Nippon所蔵

日本

傳統趣味玩賞

Nippon所藏
日本傳統趣味玩賞

★全書音檔線上聽
★所藏系列介紹

一 日本娛樂演化史

二 獨樂樂：獨自享受的藝能與遊戲

三 眾樂樂：眾人同樂的藝能與遊戲

四 觀賞趣：品味傳統藝能之粹

五 動手趣：親身體驗傳統工藝

第一章 日本娛樂演化史

在日本，娛樂原本只存在於貴族間，而現在，娛樂早已沒有貴賤之分，甚至昇華為藝術與技能，成了生活不可或缺的調味。從娛樂的發展，不僅能探討日本文化的魅力，還能看出當代的社會風氣。讓我們回到平安時代，挖掘大眾娛樂淬煉成經典藝能的祕辛吧！

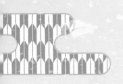

◎日本娛樂的發展
◎傳統娛樂再發現

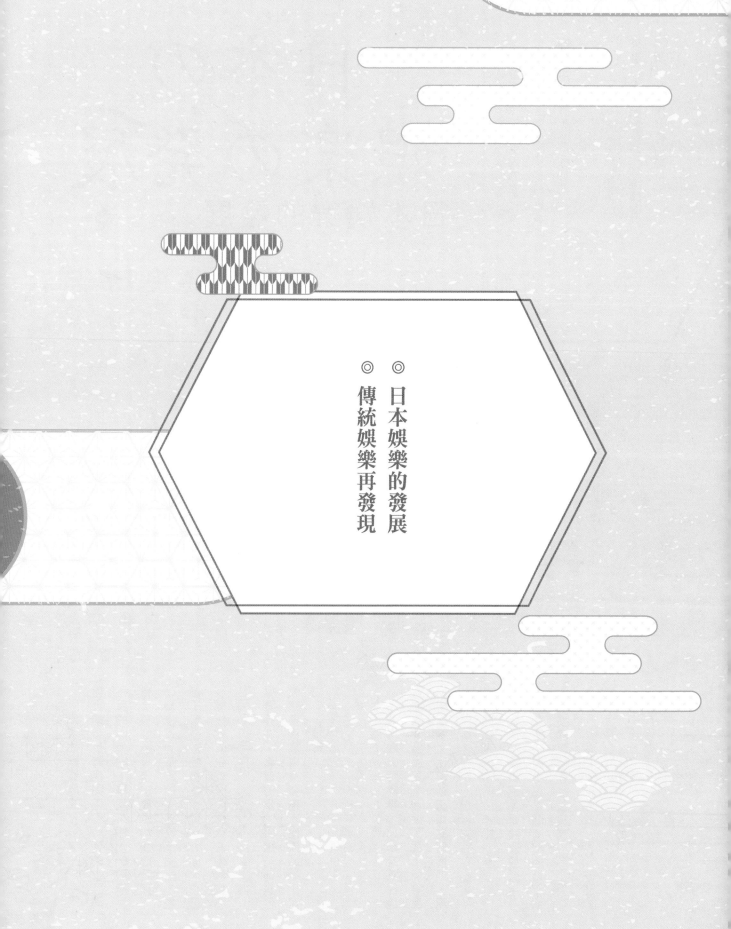

日本《にほん》の娯楽《ごらく》の発展《はってん》

日本娛樂的發展

李恭子／著

01

この項《こう》では、日本人《にほんじん》の楽《たの》しみや娯楽《ごらく》と時代《じだい》の移《うつ》り変《か》わりを時系列《じけいれつ》で見《み》ていこう。

本文中，將依照時間順序，來看日本人的樂趣與娛樂隨著時代演進有著什麼樣的變化。

奈良時代 平安時代

まずはじめに、貴族文化《きぞくぶんか》が栄《さか》えた奈良時代《ならじだい》や平安時代《へいあんじだい》の貴族《きぞく》と庶民《しょみん》の娯楽《ごらく》を比較《ひかく》しよう。例《たと》えば、一般《いっぱん》の農民《のうみん》たちは村人総出《むらびとそうで》で行《おこな》う春《はる》の豊作祈願《ほうさくきがん》の祭《まつ》りと秋《あき》の収穫祭《しゅうかくさい》であり、楽《たの》しみでもあり欠《か》かせないものでもあった。一方貴族《いっぽうきぞく》たちの間《あいだ》では、唐《とう》から伝来《でんらい》した遊《あそ》びや独自《どくじ》の国風文化《こくふうぶんか》の時代《じだい》であり、和歌《わか》、打毬《だきゅう》、蹴鞠《けまり》、楽器等《がっきなど》、一見優雅《いっけんゆうが》ではあるが、自分《じぶん》を高《たか》め、出世《しゅっせ》をするためにこれもまた欠《か》かせなかった。

先來比較貴族文化盛行的奈良時代與平安時代的貴族與平民的娛樂吧！舉例來說，一般農民會全村總動員舉辦春季的豐收祈願，以及秋季的豐收節，這既是樂趣，也是不可或缺的祭典。另一方面，在貴族間，此時是從唐朝傳入遊戲與獨有國風文化的時代，和歌、打毬、蹴鞠、樂器等等，看似優雅，但這些都是他們想要提高自身價值、出人頭地不可或缺的教養。

鎌倉時代

鎌倉時代《かまくらじだい》になると、公家文化《くげぶんか》の地方伝播《ちほうでんぱ》が進《すす》み、武士《ぶし》や庶民《しょみん》も文化《ぶんか》や新《あたら》しい思想《しそう》に触《ふ》れる転換期《てんかんき》が訪《おとず》れる。読《よ》み書《か》きができなかった武士《ぶし》が学問《がくもん》にも興味《きょうみ》を持《も》ち、文化水準《ぶんかすいじゅん》を高《たか》めていく。また、新仏教《しんぶっきょう》の浄土宗《じょうどしゅう》・浄土真宗《じょうどしんしゅう》、臨済宗等《りんざいしゅうとう》が誕生《たんじょう》し武士《ぶし》や庶民《しょみん》の間《あいだ》に浸透《しんとう》した。武士《ぶし》の活躍《かつやく》ぶりを書《か》いた軍記物《ぐんきもの》があらわされ、公家《くげ》がそれに対抗《たいこう》する形《かたち》で伝統《でんとう》に傾倒《けいとう》した和歌集《わかしゅう》をあらわした。

進入鎌倉時代後，公家文化在地方上的傳播加深，迎接了武士與平民也能接觸文化與新思想的轉換期。原本不懂讀寫的武士也對學問產生興趣，文化水準逐漸提升。另外，淨土宗、淨土真宗、臨濟宗等新興佛教誕生，滲透進武士與平民之間。記述武士活躍事蹟的軍記作品被撰寫，為了與之對抗，公家這頭也寫出了醉心於傳統的和歌集。

室町時代

その後《ご》、室町文化《むろまちぶんか》、安土桃山文化《あづちももやまぶんか》を経《へ》て、武家文《ぶけぶん》化《か》が伝統的《でんとうてき》な公家文化《くげぶんか》を次第《しだい》に圧倒《あっとう》していくことになる。室町時代《むろまちじだい》は文化《ぶんか》が花開《はなひら》き、能楽《のうがく》（平安期《へいあんき》から農民《のうみん》中心《ちゅうしん》に受《う》け継《つ》がれた田楽《でんがく》の源流《げんりゅう》、猿楽《さるがく》の母体《ぼたい》と言《い》われている）、庭園《ていえん》、華道《かどう》、茶道《さどう》、建築《けんちく》、連歌《れんが》など、多様《たよう》な芸術《げいじゅつ》が花開《はなひら》き、次第《しだい》に庶民《しょみん》にも浸透《しんとう》した。応仁《おうにん》の乱《らん》により、在京《ざいきょう》していた守護《しゅご》が帰郷《ききょう》、文化人《ぶんかじん》の多《おお》くが京《きょう》都《と》周辺都市《しゅうへんとし》や地方《ちほう》へ避難《ひなん》し京都文化《きょうとぶんか》の地方伝播《ちほうでんぱ》が進《しん》行《こう》、多《おお》くの「小京都《しょうきょうと》」が生《う》まれた。それらは絢爛豪華《けんらんごうか》な北山文化《きたやまぶんか》に対《たい》し、わび・さびに通《つう》じる東山文化《ひがしやまぶんか》の美《び》意識《いしき》に支《ささ》えられた。

之後，歷經室町文化、安土桃山文化後，武家文化漸漸凌駕於傳統的公家文化之上。室町時代是文化鼎盛的時代，能樂（據說自平安時期起，以農民為中心傳承而來的田樂為其源流，猿樂則為其母體）、庭園、華道、茶道、建築、連歌等等，多種藝術興盛，逐漸滲透至平民間。受應仁之亂影響，原本在京都的守衛們回鄉，文化人大多到京都周邊都市及外地避難，加速京都文化在外地的傳播，因而出現許多「小京都」。與絢爛豪華的北山文化相較，這些都由含有侘寂美學的東山文化支撐。

江戶時代

江戸時代《えどじだい》になると、現代《げんだい》の娯楽《ごらく》に近《ちか》いものが庶民《しょみん》の間《あいだ》に浸透《しんとう》していく。春《はる》は花見《はなみ》、夏《なつ》は花火《はなび》や水遊《みずあそ》び、秋《あき》は紅葉《こうよう》、冬《ふゆ》は雪見《ゆきみ》や雪遊《ゆきあそ》びと、四季折々《しきおりおり》の風情《ふぜい》を楽《たの》しんだり、たばこ、相撲《すもう》、一番人気《いちばんにんき》の歌舞伎《かぶき》、遠方《えんぽう》への寺社《じしゃ》への参拝等《さんぱいなど》。年中行事《ねんちゅうぎょうじ》のひな祭《まつ》りや端午《たんご》の節句《せっく》、身近《みぢか》なところで折据《おりすえ》と呼《よ》ばれていた折紙《おりがみ》、手車《てぐるま》などと呼《よ》ばれた江戸《えど》ヨーヨーや仕掛《しか》けのあるおもちゃなど。時代《じだい》の最新情報《さいしんじょうほう》を伝《つた》える広告媒体《こうこくばいたい》であった浮世絵《うきよえ》には、風景《ふうけい》、風俗《ふうぞく》、人気《にんき》の俳優等様々《はいゆうなどさまざま》なものが描《えが》かれた。駆足《かけあし》で娯楽《ごらく》の推移《すいい》をご紹介《しょうかい》したが、娯楽《ごらく》も大切《たいせつ》な文化《ぶんか》として捉《とら》える一方《いっぽう》で、時代《じだい》とともに娯楽《ごらく》が庶民《しょみん》のものになっていったことに深《ふか》い安堵《あんど》を覚《おぼ》えるのは私《わたし》だけであろうか。

進入江戶時代後，與現代娛樂相近之物逐漸普及於平民之間。春天賞花、夏天放煙火及玩水、秋天賞楓、冬天賞雪、玩雪等等，享受四季各有的風情；香菸、相撲、最受歡迎的歌舞伎、前往遠方寺社參拜等等。每年節慶的女兒節、端午節，近在身邊的有被稱為「折居」的折紙，被稱為「手車」的江戶溜溜球與機關玩具等等。曾為傳達時代最新資訊的廣告媒體——浮世繪，繪有風景、風俗、受歡迎的演員等各種事物……。至此快速介紹了娛樂的發展，除了把娛樂視為重要的文化之外，看著隨時代演進，娛樂漸轉為平民之物時，深深感到鬆了一口氣的，只有我一人嗎？

伝統《でんとう》の再発見《さいはっけん》

傳統再發現

神谷登／著

02

ここでは「伝統《でんとう》の再発見《さいはっけん》」というテーマで、一部《いちぶ》の伝統娯楽《でんとうごらく》の分野《ぶんや》で、過去《かこ》と比《くら》べて現在《げんざい》の状況《じょうきょう》はどのようになっているかを紹介《しょうかい》していきたい。

在此想以「傳統再發現」為主題，向大家介紹部分傳統娛樂領域中，與過去相比，現在的狀況又是如何。

歌舞伎

歌舞伎《かぶき》の世界《せかい》では、男性《だんせい》の役者《やくしゃ》が女性《じょせい》の役《やく》もやることで、女性《じょせい》は歌舞伎役者《かぶきやくしゃ》にはなれず、それは現在《げんざい》でも延々《えんえん》と続《つづ》いている。子役《こやく》（歌舞伎役者《かぶきやくしゃ》の娘《むすめ》など）なら舞台《ぶたい》に立《た》てるが、男性社会《だんせいしゃかい》だということは変《か》わっていない。二〇一二年《ねん》と二〇一三年《ねん》に、今《いま》までの素晴《すば》らしい実績《じっせき》と、これからの歌舞伎《かぶき》の伝統《でんとう》を背負《せお》っていく立場《たちば》にあった中村勘三郎《なかむらかんざぶろう》と市川團十郎《いちかわだんじゅうろう》。この二人《ふたり》の有名《ゆうめい》な役者《やくしゃ》が相次《あいつ》いで亡《な》くなった。このことは歌舞伎界《かぶきかい》にとって大《おお》きな柱《はしら》を二本失《にほんうしな》うに値《あたい》する衝撃《しょうげき》であった。しかし、この二人《ふたり》の息子《むすこ》たちや、その同年代《どうねんだい》の役者《やくしゃ》が今《いま》、三十《さんじゅう》～四十歳代《よんじゅっさいだい》になっていて、現在《げんざい》の歌舞伎人気《かぶきにんき》を引《ひ》っ張《ぱ》っているとともに、新《あたら》しい息吹《いぶき》を感《かん》じさせている。

在歌舞伎的世界中，因為男性演員也得扮演女性角色，所以女性無法成為歌舞伎演員，現代仍舊承襲這個傳統。如果是童星（歌舞伎演員的女兒等等），可能還能站上舞台，但仍舊是個男性社會。二〇一二年及二〇一三年，累積了亮眼成績，並背負著今後歌舞技傳統的兩位知名演員——中村勘三郎與市川團十郎相繼去世。這件事帶給歌舞技界相當大的衝擊，好比失去了兩根重大支柱。但他們的兒子，以及同世代的演員們現在邁入三、四十歲，牽引著現今歌舞伎的人氣之時，也讓人感覺受到了一股新氣象。

能樂

一方《いっぽう》、能楽《のうがく》も歌舞伎同様《かぶきどうよう》、男性《だんせい》だけの社会《しゃかい》と思《おも》われていたが、一九四八年《ねん》、社団法人能楽協会《しゃだんほうじんのうがくきょうかい》に女性会員《じょせいかいいん》が認《みと》められた。二〇〇四年《ねん》には日本能楽会《にっぽんのうがくかい》にも女性会員《じょせいかいいん》が認《みと》められたことにより、二十二人《にじゅうににん》の女性能楽師重要無形文化財総合指定保持者《じょせいのうがくしじゅうようむけいぶんかざいそうごうしていほじしゃ》に指定《してい》されるようになった。

另一方面，能樂也和歌舞伎相同，一直以來都被認為是純男性社會，但社團法人能樂協會在一九四八年承認了女性會員。日本能樂會也在二〇〇四年承認女性會員，因此，有二十二位女性能樂師被指定為重要無形文化財綜合指定保持者。

狂言

女性能楽師《じょせいのうがくし》は依然少《いぜんすく》ないが、女性《じょせい》が進出《しんしゅつ》していることと、同《おな》じく女人禁制《にょにんきんせい》だった狂言《きょうげん》も、一九八九年《ねん》に史上初《しじょうはつ》の女性狂言師《じょせいきょうげんし》が登場《とうじょう》したことから、保守的《ほしゅてき》な伝統芸能《でんとうげいのう》の世界《せかい》では大《おお》いなる進歩《しんぽ》であると言《い》っていいだろう。さらに、二〇二〇年《ねん》に行《おこな》われる東京《とうきょう》オリンピック・パラリンピック開閉式《かいへいしき》の総合統括《そうごうとうかつ》に、著名《ちょめい》な狂言師《きょうげんし》の野村萬斎《のむらまんさい》が就任《しゅうにん》した。彼《かれ》は狂言師《きょうげんし》のみならず、映画《えいが》、舞台《ぶたい》、ドラマなど、伝統芸能《でんとうげいのう》から現代《げんだい》の芸能《げいのう》まで幅広《はばひろ》い見識《けんしき》があるからだという理由《りゆう》である。

雖然女性能樂師的人數依然稀少，但從女性進入此領域一事，以及同樣禁止女性的狂言也在一九八九年出現史上首位女性狂言師一事來看，保守且傳統的藝能界可說有了相當大的進步吧！此外，即將於二〇二〇年舉辦的東京奧林匹克・帕拉林匹克運動會的開、閉幕式，由著名的狂言師野村萬齋擔任統籌總監。因為他不只是名狂言師，在電影、舞台劇、電視劇等領域，從傳統藝能到現代藝能都有相當廣泛的見識。

落語

娯楽《ごらく》としての伝統芸能《でんとうげいのう》として代表格《だいひょうかく》とも言《い》えるもののひとつに落語《らくご》がある。江戸時代《えどじだい》に生《い》きた人々《ひとびと》のために生《う》みだされた落語《らくご》は、思《おも》わず笑《わら》ってしまうような滑稽《こっけい》な話《はなし》が多《おお》い。うれしいことに現在《げんざい》は落語《らくご》ブームだという。落語《らくご》への女性進出《じょせいしんしゅつ》は、上方《かみがた》（関西《かんさい》）落語《らくご》では、一九七四年《ねん》から始《はじ》まり、東京落語《とうきょうらくご》では一九九三年《ねん》であった。このことも大《おお》きな変化《へんか》である。テクノロジー社《しゃ》会《かい》の現代《げんだい》だが、今回《こんかい》、紹介《しょうかい》した三《み》つの伝統娯楽《でんとうごらく》が盛《さか》んになってきている。その理由《りゆう》は、おそらく、人々《ひとびと》は伝《でん》統娯楽《とうごらく》に対《たい》し、伝統《でんとう》の良《よ》さに加《くわ》えて、新《あたら》しい価値《かち》を見《み》出《だ》していると思《おも》われる。そのことが「伝統《でんとう》の再発見《さいはっけん》」であると感《かん》じられてならない。

娛樂性質的傳統藝能中，另一個可謂為代表性藝能的就是落語。為了生活在江戶時代的人們而誕生的落語，有許多讓人忍不住失笑的滑稽故事。相當值得高興的是，現在正值落語熱潮。上方（關西）落語自一九七四年、東京落語自一九九三年起開始有女性進入落語世界中，這也是相當大的變化。雖然現代是數位社會，但本次介紹的這三種傳統娛樂正逐漸熱絡。其理由，大概是人們對於傳統娛樂，除了感受到其傳統的優點之外，也從中找到新的價值。不禁令人感到，這就是「傳統再發現」啊！

第二章

獨樂樂：獨自享受的藝能與遊戲

書法、華道……，這些技藝看似遙不可及，但其實都是起源自生活。給自己一個挑戰吧！試著靜下心磨墨揮毫、插花品花，透過書寫、選花材的過程，與自己對話，不但能重新審視自己，也能獲得心靈的療癒。開始小挑戰，讓藝術回歸生活，豐富人生色彩。

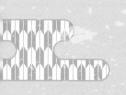

◎獨玩！傳統小遊戲

◎書道

◎花道

◎俳句

◎三味線

◎錢湯

お手玉《てだま》

お手玉《てだま》は、母《はは》から娘《むすめ》、孫《まご》へと受継《うけつ》がれる遊《あそ》びで、「隔世伝承《かくせいでんしょう》遊《あそ》び」の代表的《だいひょうてき》なものとされている。四枚《よんまい》ほど違《ちが》う色《いろ》の布《ぬの》を縫《ぬ》い合《あ》わせ、小豆《あずき》や大豆《だいず》などを中《なか》に入《い》れるが、現代《げんだい》ではポリプロピレン製《せい》のボールを入《い》れたりもする。また、お手玉作《てだまづく》りを通《とお》して裁縫《さいほう》を身《み》につけることができる。さらに、遊《あそ》ぶ時《とき》、正座《せいざ》して遊《あそ》ぶのが一般的《いっぱんてき》で、正《ただ》しい座《すわ》り方《かた》も身《み》につけることができる。そのため、女《おんな》の子《こ》の遊《あそ》び・趣味《しゅみ》として好《この》まれてきた。お手玉《てだま》は、四千年《よんせんねん》の歴史《れきし》を持《も》っていて、黒海周辺《こっかいしゅうへん》の遊牧民《ゆうぼくみん》の遺跡《いせき》から見《み》つかった羊《ひつじ》の骨《ほね》がお手玉《てだま》の原型《げんけい》と言《い》われる。数《かぞ》え歌《うた》としては、「一番初《いちばんはじ》めは一《いち》の宮《みや》」、「一《いち》かけ二《に》かけて」、「あんたがたどこさ」などがある。

丟沙包

丟沙包是由母親傳承給女兒、孫女的遊戲，是具代表性的「隔代傳承遊戲」。將四塊左右不同顏色的布縫接起來，再裝進紅豆或是大豆等東西，現在也會放入合成纖維製的小球。另外，也能透過製作沙包培養出裁縫的技能。另外，遊玩時一般是跪坐著玩，所以也可以培養出正確的跪坐姿勢。因此，作為女孩的遊戲、興趣上，丟沙包備受喜愛。沙包擁有四千年的歷史，據說從黑海周邊遊牧民族的遺跡中找到的羊骨是沙包的原型。數數歌有「首先是一之宮」、「一乘二乘」、「您們何處來呀」等歌曲。

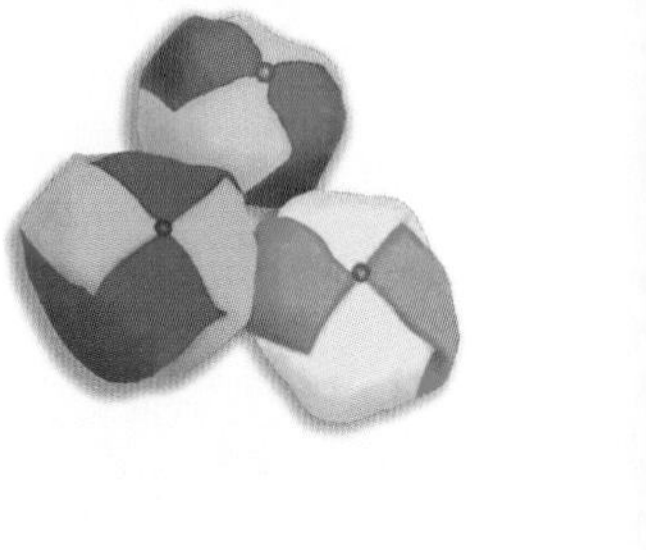

手《て》まり

手《て》まりは、伝統的《でんとうてき》なおもちゃの一《ひと》つで、飛鳥時代《あすかじだい》に中国《ちゅうごく》から渡《わた》ってきたと言《い》われている。その頃《ころ》、貴族《きぞく》の間《あいだ》で盛《さか》んだった遊《あそ》び「蹴鞠《けまり》」に使《つか》われていた。現在《げんざい》の手《て》まりになったのは江戸時代《えどじだい》だと言《い》われている。

本来《ほんらい》の遊《あそ》び方《かた》は、手《て》の中《なか》で転《ころ》がして手触《てざわ》りを楽《たの》しんだり、室内《しつない》で空中《くうちゅう》に投《な》げ、それをキャッチして模様《もよう》を楽《たの》しんだりすることだった。

明治時代中期頃《めいじじだいちゅうきころ》、よく弾《はず》むゴムまりがおもちゃとして普及《ふきゅう》し、手《て》まり歌《うた》が作《つく》られ、「まりつき」としての遊《あそ》び方《かた》が増《ふ》えた。手《て》まりとお手玉《てだま》の数《かぞ》え歌《うた》は共通《きょうつう》している歌《うた》があり、その他《ほか》に、京都《きょうと》の通《とお》り名《な》を覚《おぼ》えられる「丸竹夷《まるたけえびす》」という「京《きょう》の手《て》まり歌《うた》」などもある。現在《げんざい》、伝統的《でんとうてき》な手《て》まりは装飾品《そうしょくひん》として楽《たの》しまれている。

手鞠

傳統玩具手鞠的起源，相傳是飛鳥時代從中國傳來。當時被使用在貴族間流行的遊戲「蹴鞠」上，現在的手鞠據說是在江戶時代才成形。

原本的玩法是放在手中滾動，感受其手感，或是在室內朝空中拋丟再接住，欣賞其花紋。

明治時代中期左右，彈性極佳的橡膠手鞠成為普及的玩具，還創作出手鞠歌，也增加了「拍手鞠」的玩法。手鞠和丟沙包間有共通的數數歌，其他還有能記住京都路名的「丸竹夷」這類的「京都手鞠歌」。在現代，傳統的手鞠被當成裝飾品來欣賞。

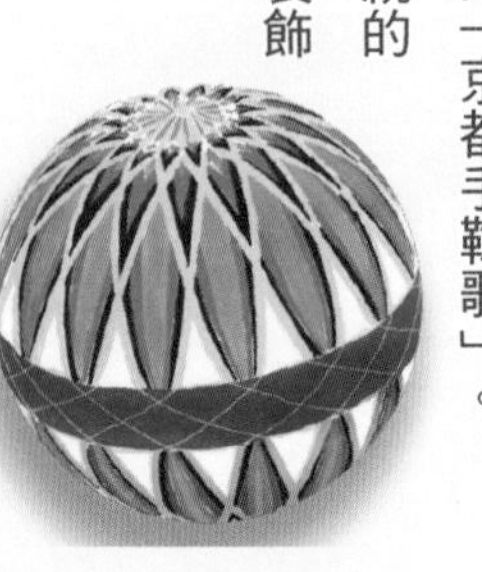

ひと
遊《あそ》ぶ
ゲ
獨樂！

けん玉《だま》

おけん玉《だま》は、尖《とが》ってるけん先《さき》と小皿《こざら》、中皿《ちゅうざら》、大皿《おおざら》の三《みっ》つの皿《さら》と、糸《いと》で本体《ほんたい》と繫《つな》がっている玉《たま》でできていて、独特《どくとく》の形《かたち》をしているおもちゃである。

玉《たま》を三《みっ》つの皿《さら》に落《お》ちないように乗《の》せたり、けん先《さき》に入《い》れたりして遊《あそ》ぶ。けん玉《だま》にはたくさんの技《わざ》があり、小皿《こざら》↓大皿《おおざら》↓けん先《さき》の順番《じゅんばん》に移《うつ》っていく技《わざ》は「日本一周《にほんいっしゅう》」という。

けん玉《だま》は、一七七七年頃《ねんころ》に伝《つた》わってきたと言《い》われている。けん玉《だま》は日本《にほん》だけでなく、イギリスやフランスやグアテマラなどの国《くに》にもある。それぞれも独自《どくじ》の歴史《れきし》を持《も》っている。日本《にほん》のけん玉《だま》の形《かたち》は、大正末期《たいしょうまっき》に作《つく》り上《あ》げられた。

また、けん玉《だま》は単《たん》なる遊《あそ》びにとどまらず、現在《げんざい》では全国規模《ぜんこくきぼ》の大会《たいかい》も行《おこな》われている。

劍玉

劍玉是由尖頭狀的劍頭，小皿、中皿、大皿這三個皿，以及用線和本體連結在一起的球組成，是個形狀特別的玩具。

玩法是不讓球掉下去，依序放到三個皿上，或是插入劍頭裡。劍玉有非常多招式，將球依小皿↓大皿↓劍頭的順序移動的招式稱為「日本一周」。

劍玉據說是一七七七年才傳入日本。不僅日本，英國、法國、瓜地馬拉等國家也有劍玉，也各有獨自的歷史。而日本劍玉的形狀，是在大正末期定型。

另外，劍玉不僅僅只是個單純的遊戲，現在還會舉行全國規模的大賽。

明日《あした》天気《てんき》になれ

明日《あした》の天気《てんき》を靴《くつ》で占《うらな》う遊《あそ》びである。「お天気占《てんきうらな》い」、「下駄《げた》占《うらな》い」ともいう。「あ～したてんきにな～れ」という掛《か》け声《ごえ》とともに靴《くつ》を思《おも》いっきり蹴《け》り上《あ》げ、落《お》ちた靴《くつ》の状態《じょうたい》で明日《あした》の天気《てんき》を占《うらな》うのだ。靴《くつ》を蹴《け》り上《あ》げる際《さい》の声《こえ》は、地方《ちほう》によってさまざまである。

落《お》ちた靴《くつ》が表《おもて》なら、明日《あした》の天《てん》気《き》は「晴《はれ》」。靴《くつ》が横《よこ》になっていたら、明日《あした》の天気《てんき》は「曇《くも》り」。靴《くつ》が裏《うら》なら、残念《ざんねん》ながら明日《あした》の天気《てんき》は「雨《あめ》」。

天気《てんき》に関《かん》する民間信仰《みんかんしんこう》の一《ひと》つとして、てるてる坊主《ぼうず》と共《とも》に、子供《こども》たちの間《あいだ》で流行《はや》っていた。特《とく》に遠足《えんそく》の前《まえ》の日《ひ》などは、「晴《は》れ」が出《で》るまで何《なん》度《ど》も行《おこな》うこともある。

明天放晴吧

這是用鞋子占卜明天天氣的遊戲。也被稱為「天氣占卜」、「木屐占卜」。邊喊著「明～天放晴～吧」，邊用力把鞋子往上踢，利用鞋子落地後的狀態占卜明天的天氣。踢鞋子時喊出的呼聲，依地區不同有著各種不同呼聲。

鞋子落地時是正面，表示明天是「晴天」。鞋子落地時是側身，表示明天是「陰天」。鞋子落地時是反面，非常遺憾，表示明天是「雨天」。

這是和天氣相關的民間信仰之一，與晴天娃娃一起流行於孩童間。特別是遠足前夕之類的時候，會一直玩到出現「晴天」為止。

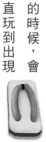

折《お》り紙《がみ》

皆《みな》さん、折《お》り紙《がみ》を折《お》ったことがあるだろうか。折《お》り紙《がみ》は、日《に》本《ほん》を代表《だいひょう》する文化《ぶんか》であって、日《に》本伝統的《ほんでんとうてき》な遊《あそ》びの一《ひと》つでもある。近年《きんねん》では「ORIGAMI」という日本語《にほんご》の発音《はつおん》を移《うつ》した名称《めいしょう》が海外《がい》にも知《し》られるようになった。

折《お》り紙《がみ》は、紙《かみ》を使《つか》って、動植物《どうしょくぶつ》や生活道具《せいかつどうぐ》などさまざまな物《もの》の形《かたち》が作《つく》れる。一枚《いちまい》の紙《かみ》で作《つく》る物《もの》や二枚《にまい》、三枚《さんまい》の紙《かみ》を使《つか》って作《つく》る物《もの》もある。

折《お》り紙《がみ》は、贈《おく》り物《もの》を紙《かみ》で包《つつ》む礼法《れいほう》から礼法《れいほう》の部分《ぶぶん》がなくなり、庶民《しょみん》は折《お》り方《かた》を楽《たの》しむようになった。江戸時代《えどじだい》に入《はい》ってから、庶民《しょみん》にも親《した》しまれるようになり、さらに、明治時代《めいじじだい》には、幼稚園《ようちえん》でも取《と》り入《い》られるようになった。折《お》り鶴《づる》や紙風船《かみふうせん》、紙飛行機《かみひこうき》、兜《かぶと》、奴《やっこ》さん、さらに、忍者《にんじゃ》が使《つか》う手裏剣《しゅりけん》などがよく知《し》られている。

折紙

大家應該都折過紙吧。折紙是代表日本的文化，也是日本傳統的遊戲之一。近幾年「ORIGAMI」這個沿用日本發音的名稱也開始在海外廣為人知。

折紙是用紙張，做出動、植物及生活道具等不同物體的形狀，有一張紙就可以做出來的東西，也有要用兩張紙、三張紙才能做出來的東西。

用紙張包裝禮品時有禮法，折紙就是去除禮法部分，成為庶民娛樂。進入江戶時代後，開始受到平民喜愛，甚至在明治時期，還納入幼稚園的教學課程上。紙鶴、紙氣球、紙飛機、頭盔、僕人還有忍者使用的手裡劍等等都相當有名。

竹馬《たけうま》

伝統的《でんとうてき》な遊《あそ》び道具《どうぐ》の一《ひと》つとしての竹馬《たけうま》には二種類《にしゅるい》ある。一《ひと》つは笹竹《ささたけ》を馬《うま》に乗《の》るように股《また》の下《した》に入《い》れて動《うご》き回《まわ》る。もう一《ひと》つは自分《じぶん》の身長《しんちょう》より少《すこ》し高《たか》めの日本《にほん》の竹《たけ》に取《と》り付《つ》けた足組《あしく》みに足《あし》を乗《の》せ、手《て》で竹《たけ》の上部《じょうぶ》を握《にぎ》り、竹《たけ》を足《あし》の代《か》わりにして歩《ある》く。日本《にほん》では後者《こうしゃ》のほうがよく使《つか》われている。

前者《ぜんしゃ》は中国《ちゅうごく》の漢末時代《かんまつじだい》と日本《にほん》の平安時代《へいあんじだい》の文献《ぶんけん》から見《み》られ、後者《こうしゃ》は日本《にほん》の室町時代《むろまちじだい》に似《に》たような遊《あそ》びが現《あらわ》れ、江戸時代末期《えどじだいまっき》に現代《げんだい》の竹馬《たけうま》の形《かたち》となった。竹馬《たけうま》はシンプルな遊《あそ》び方《かた》なのに意外《いがい》と難《むずか》しい。でも、失敗《しっぱい》を重《かさ》ねていく事《こと》によって上達《じょうたつ》していく。そして、自分《じぶん》の足《あし》と同《おな》じように竹馬《たけうま》を使《つか》いこなすことができるようになった時《とき》の痛快《つうかい》な気分《きぶん》と達成感《たっせいかん》は格別《かくべつ》のものだ。

竹馬

身為傳統玩具之一的竹馬有兩種，一種是像騎馬一樣，把竹竿夾在兩腿間跑來跑去。另一種則是在比身高稍高的兩根竹子上做出腳踏處，接著把腳踩上那邊，握住竹子的上端，把兩根竹子當自己的腳移動的遊戲。日本較常用後者的玩法。

前者可見於中國漢末時代與日本平安時代的文獻中，而後者的玩法則是日本室町時代才出現類似的遊戲，接著於江戶時代末期演變成現代竹馬的形式。竹馬的玩法明明很單純卻意外困難。但是，經歷多次失敗後，就會越變越厲害，能把竹子當成自己的雙腳般駕馭時，那痛快的心情與成就感更是不同一般。

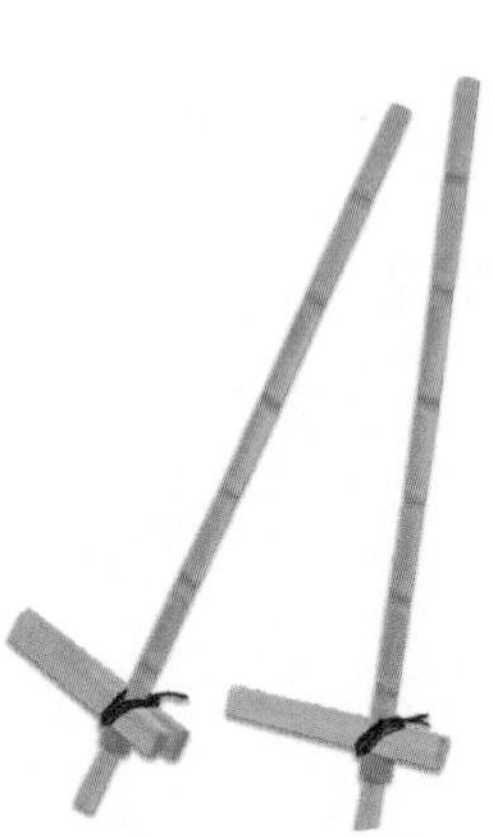

あやとり

あやとりは、約百四十《やくひゃくよんじゅう》センチ程《ほど》の紐《ひも》、多《おお》くは毛糸《けいと》を使《つか》って大《おお》きな輪《わ》を作《つく》り、その輪《わ》の両端《りょうたん》を指《ゆび》もしくは手首《てくび》に引《ひ》っ掛《か》けて、その紐《ひも》で形《かたち》を作《つく》る遊《あそ》びである。紐《ひも》を引《ひ》っ掛《か》ける場所《ばしょ》や順番《じゅんばん》を変《か》えていくことによりさまざまな形《かたち》を作《つく》ることができる。定番《ていばん》の形《かたち》は、「ゴム」、「ほうき」、「東京《とうきょう》タワー」などがある。その形《かたち》の種類《しゅるい》はオリジナルも入《い》れると、数《かぞ》えきれないほどの形《かたち》を作《つく》り出《だ》せる。

あやとりの起源《きげん》は、はっきりしておらず、似《に》ている遊《あそ》びが世《せ》界中《かいじゅう》にある。遊《あそ》びとしては、紐《ひも》があればできるシンプルなあやとりであるが、遊《あそ》びを通《とお》して成《せい》長期《ちょうき》の子供《こども》の脳《のう》を刺激《しげき》し、記憶《きおく》力《りょく》、忍耐力《にんたいりょく》、そして集中力《しゅうちゅうりょく》も同《どう》時《じ》に鍛《きた》えることができる。今《いま》で言《い》うと、知育玩具《ちいくがんぐ》と言《い》ってもよいだろう。

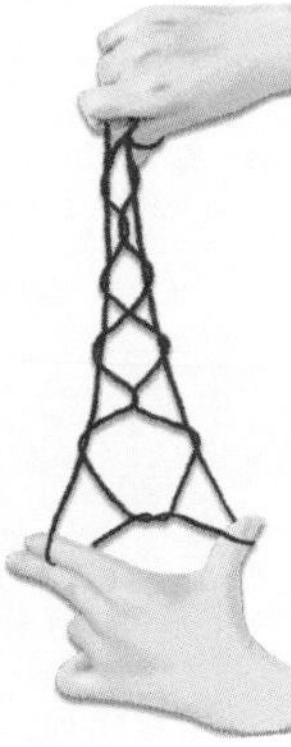

翻花繩

翻花繩是拿約一百四十公分長的繩子（大多使用毛線），做出一個大圈圈，接著用手指或手腕勾住圈圈兩端，用這條線做出花樣的遊戲。改變勾住繩子的位置以及順序，就能做出各種不同花樣。常見的有「橡皮筋」、「掃帚」、「東京鐵塔」等等。這些花樣的種類，若把自己的創意也算進去，就能創造出數也數不盡的花樣。

翻花繩的起源並不十分明確，全世界都有類似的遊戲。雖然以遊戲來說，翻花繩是只要有一條繩子就能玩的單純遊戲，但可以透過遊戲刺激成長期孩童的大腦，同時可以鍛鍊記憶力、耐性與專注力。用現代的用語來說，可以說是知育玩具吧。

凧揚《たこあ》げ

凧揚《たこあ》げは、木《き》や竹《たけ》で作《つく》った骨《ほね》組《ぐ》みに紙《かみ》や布《ぬの》を貼《は》り、そこへ紐《ひも》をつけて、風《かぜ》の力《ちから》を利用《りよう》し空《そら》へあげ、上手《じょうず》に揚《あ》げたり手繰《たぐ》ったりする遊《あそ》びである。一見簡単《いっけんかんたん》そうに見《み》えるがコツを掴《つか》むのは簡《かん》単《たん》ではない。凧揚《たこあ》げは、中国《ちゅうごく》が発祥《はっしょう》だとされているが、定《さだ》かではない。また世界各地《せかいかくち》に日本《にほん》と素材《そざい》や形《かたち》の異《こと》なる凧《たこ》がある。日《に》本《ほん》では凧揚《たこあ》げは冬《ふゆ》の風物詩《ふうぶつし》とされ、五月《ごがつ》の端午《たんご》の節句《せっく》の時期《じき》になると子供《こども》の成長《せいちょう》を願《ねが》い全国各《ぜんこくかく》地《ち》で凧揚《たこあ》げ大会《たいかい》が開催《かいさい》される。そこで競《きそ》われる内容《ないよう》は、凧《たこ》の揚《あ》がった高《たか》さや時間《じかん》などである。その他《ほか》にも手作《てづく》りの凧《たこ》のデザインや完成度《かんせいど》を競《きそ》うもの、互《たが》いに凧《たこ》をぶつけ合《あ》い相手《あいて》の糸《いと》を切《き》る「けんか凧《だこ》」、人間《にんげん》よりはるかに大《おお》きい凧《たこ》を数人《すうにん》がかりで揚《あ》げる「大凧揚《おおたこあ》げ」などさまざまである。

放風箏

放風箏，是在以木頭或竹竿做出的骨架上貼布或紙，接著綁上繩子，利用風力使其升空，靈巧地升起風箏、操控風箏的遊戲。看似簡單，但想抓住訣竅卻不容易。放風箏據傳是發祥自中國，但沒有定說，另外，世界各地也有和日本不同材料、形狀的風箏。在日本，放風箏被視為體現冬季風情的事物，在五月端午節時，各地也會舉辦放風箏大賽以祈求孩子的成長。大賽中競爭的是風箏升空的高度與時間等等。另外，也有競爭手工風箏的設計與完成度的比賽；彼此拿風箏互撞，弄斷對方風箏線的「打架風箏」；好幾個人同心協力放比人還大的風箏的「放大風箏」等等，種類繁多。

書《しょ》道《どう》

書道

青山美鈴／著

04

日本《にほん》で古《ふる》くから筆記用具《ひっきようぐ》として使《つか》われている毛筆《もうひつ》と墨《すみ》を使《つか》い芸術的《げいじゅつてき》に漢字《かんじ》や平《ひら》仮名《がな》を表現《ひょうげん》する書道《しょどう》は、日本《にほん》を代表《だいひょう》する伝統芸術《でんとうげいじゅつ》のひとつである。

日本《にほん》での書道《しょどう》のはじまりは大変古《たいへんふる》く、その歴史《れきし》は六百年代《ろっぴゃくねんだい》にもさかのぼる。中《ちゅう》国《ごく》から漢字《かんじ》や仏教《ぶっきょう》が日本《にほん》へ伝《つた》えられると、日本《にほん》でも写経《しゃきょう》が行《おこな》われるようになった。六一〇年《ねん》になると紙《かみ》や墨《すみ》の製法《せいほう》も伝《つた》えられ、日本《にほん》の書道《しょどう》は更《さら》に盛《さか》んになっていった。

日本《にほん》の書道《しょどう》は、平安時代《へいあんじだい》に草仮名《そうがな》がつくられたことと相《あい》まって[1]日本独自《にほんどくじ》の発《はっ》展《てん》を遂《と》げた。そして数多《かずおお》くの流派《りゅうは》が生《う》まれた。また、かな文字《もじ》が使《つか》われるようになると、日本独特《にほんどくとく》の柔《やわ》らかく優雅《ゆうが》[2]な書《しょ》風《ふう》は高《たか》い評価《ひょうか》を受《う》けるようになった。この時代《じだい》の能筆家《のうひつか》である、小野道風《おののとうふう》、藤原《ふじわらの》

▲小野道風 出自：Wikipedia

▲藤原佐理 出自：Wikipedia

佐理《すけまさ》、藤原行成《ふじわらのゆきなり》は「三蹟《さんせき》」と呼《よ》ばれ、彼《かれ》らの活躍《かつやく》が日本《にほん》の書道《しょどう》を更《さら》に大《おお》きく発展《はってん》させていくのだった。まさに彼《かれ》らを抜《ぬ》きにしては、「日本《にほん》の書道《しょどう》」を語《かた》ることはできないだろう。

書道《しょどう》で使《つか》う漢字《かんじ》の書体《しょたい》は、篆書《てんしょ》・隷《れい》書《しょ》・楷書《かいしょ》・行書《ぎょうしょ》・草書《そうしょ》の五《いつ》つに分類《ぶんるい》される。篆書《てんしょ》は、縦画《たてかく》は垂直《すいちょく》、横画《よこかく》は水平《すいへい》、左右対称《さゆうたいしょう》、縦長《たてなが》の均整《きんせい》のとれた書体《しょたい》で、日本《にほん》では印鑑《いんかん》に多《おお》く使《つか》われている。隷書《れいしょ》は、篆書《てんしょ》と異《こと》なり横長《よこなが》の書体《しょたい》で日本《にほん》では紙幣《しへい》の文字《もじ》に使《つか》われている。楷書《かいしょ》は、隷《れい》書《しょ》をさらに簡単《かんたん》にしたもので点《てん》や線《せん》を崩《くず》さず、はっきりした書《か》き方《かた》が特徴《とくちょう》で現代《げんだい》の日本《にほん》で一般的《いっぱんてき》に使《つか》われ、漢字学習《かんじがくしゅう》の基《き》本《ほん》となる書体《しょたい》である。行書《ぎょうしょ》は、楷書《かいしょ》を元《もと》に点《てん》や線《せん》を続《つづ》けたり省略《しょうりゃく》したりして書《か》いたもので、楷書《かいしょ》よりも丸《まる》みがあり速《はや》く書《か》くことができるため、漢字《かんじ》かな交《ま》じり作《さく》品《ひん》に用《もち》いられることが多《おお》い。草書《そうしょ》は、画《かく》数《すう》が少《すく》なく行書《ぎょうしょ》よりも省略《しょうりゃく》が多《おお》く大変速《たいへんはや》く書《か》くことができるが、現代《げんだい》の日本人《にほんじん》の多《おお》くにとっては読《よ》み書《か》きするのが難《むず》しい書体《しょたい》である。

さて、日本《にほん》には年賀状《ねんがじょう》[3]を毛筆《もうひつ》でしたためたり[4]、毛筆《もうひつ》で文書《ぶんしょ》に署名《しょめい》する閣《かく》僚《りょう》が少《すく》なからず[5]いるなど、毛筆《もうひつ》の筆《ひっ》記《き》は日本人《にほんじん》にとって重要《じゅうよう》な嗜《たしな》み[6]の一《ひと》つであり続《つづ》けている。日本《にほん》の書道愛好家《しょどうあいこうか》[7]二千万人《にせんまんにん》から三千万人《さんぜんまんにん》はいるという。日本《にほん》で書道《しょどう》が普及《ふきゅう》した理由《りゆう》に小中学校《しょうちゅうがっこう》のカリキュラム[8]に書道教育《しょどうきょういく》があることが考《かん》えられる。小学三年生《しょうがくさんねんせい》から中学卒業《ちゅうがくそつぎょう》するまでの七年間《ななねんかん》で、書道《しょどう》の基本的《きほんてき》な知《ち》識《しき》と技法《ぎほう》を学《まな》ぶのだ。また、学校《がっこう》での教《きょう》育《いく》のほかに、日本各地《にほんかくち》には数多《かずおお》くの書道《しょどう》教室《きょうしつ》が存在《そんざい》し、愛好者《あいこうしゃ》に学習《がくしゅう》の機会《きかい》を提《てい》供《きょう》していることも考《かんが》えられる。

日本《にほん》の正月《しょうがつ》の伝統行事《でんとうぎょうじ》の一《ひと》つに「書《か》き初《ぞ》め」がある。書《か》き初《ぞ》めとは、年《とし》が明《あ》けて初《はじ》めて書《か》く書《しょ》の事《こと》である。毎年一月二日《まいとしいちがつふつか》に行《おこな》うのが習《なら》わしで、この日《ひ》に書《か》くと書道《しょどう》が上達《じょうたつ》すると言《い》い伝《つた》えられている。今年《ことし》も冬休《ふゆやす》みが終《お》わり新学期《しんがっき》が始《はじ》まった各地《かくち》の小中学校《しょうちゅうがっこう》では、児童《じどう》たちが宿題《しゅくだい》として書《か》いた書道作品《しょどうさくひん》がずらりと掲示《けいじ》され

▲準備好書寫用具，開始揮毫吧！

ていることだろう。

現在《げんざい》も日本《にほん》には、日本《にほん》の書道文化《しょどうぶんか》を継承《けいしょう》し[9]美《うつく》しい作品《さくひん》を作《つく》り続《つづ》ける書道家《しょどうか》たちがたくさんいる。漢字作品《かんじさくひん》を書《か》く書道家《しょどうか》、かな作品《さくひん》を書《か》く書道家《しょどうか》、漢字《かんじ》かな交《ま》じり作品《さくひん》を書《か》く書道家《しょどうか》、それぞれまんべんなく[10]書《か》く書道家《しょどうか》など、作風《さくふう》は様々《さまざま》だ。最近《さいきん》はそのどれにも分類《ぶんるい》されない、全《まっ》たく新《あたら》しい書道作品《しょどうさくひん》を書《か》く書道家《しょどうか》も増《ふ》えてきている。書《しょ》の詩人《しじん》として親《した》しまれている相田《あいだ》みつをは、今《いま》でも大勢《おおぜい》のファンを持《も》つ書道家《しょどうか》である。一九八四年《ねん》には、『にんげんだもの』を出版《しゅっぱん》し、ベストセラー[11]詩集《ししゅう》となった。心《こころ》にじんわりとしみるわかりやすい言葉《ことば》と書《しょ》は、今《いま》でも多《おお》くの人《ひと》に愛《あい》されている。また、二一六年内閣官《ないかくかん》房伊勢志摩《ぼういせしま》サミット・ロゴマーク選考会《せんこうかい》審議委員《しんぎいいん》を務《つと》めた女性書家《じょせいしょか》の紫舟《ししゅう》の「文《も》字《じ》に内包《ないほう》される感情《かんじょう》や理《ことわり》を引《ひ》き出《だ》し表現《ひょうげん》する」と称《しょう》されるその作品《さくひん》は「唯一無二《ゆいいつむに》の現代《げんだい》アート」と、海外《かいがい》からも高《たか》い評価《ひょうか》を受《う》けている。

もし、あなたが日本《にほん》の書道《しょどう》に興味《きょうみ》をもったならば、東京浅草《とうきょうあさくさ》の「時代屋明治《じだいやめいじ》館《かん》」で書道体験《しょどうたいけん》をしてみてはどうだろう。東京随一《とうきょうずいいち》の観光名所《かんこうめいしょ》である浅草《あさくさ》にあるため、外国人観光客《がいこくじんかんこうきゃく》も多《おお》く安心《あんしん》できる環境《かんきょう》で書道《しょどう》が体験《たいけん》できるのも魅力的《みりょくてき》である。書《か》き方《かた》の基礎《きそ》を学《まな》んで、好《す》きな文字《もじ》を、漢字《かんじ》・ひらがな・カタカナから選《えら》ぶスタイル[12]である。失敗《しっぱい》しても時間内《じかんない》なら何《なん》枚《まい》でも書《か》くことができるので、納得《なっとく》のいくまで書道《しょどう》を楽《たの》しんでみよう。書《か》いた作《さく》品《ひん》はお土産《みやげ》に持《も》ち帰《かえ》ろう。きっと素敵《すてき》な旅《たび》の思《おも》い出《で》になるにちがいない。

使用日本自古作為書寫工具來用的毛筆、墨水，藝術性表現漢字及平假名的書道，是代表日本的傳統藝術之一。

書道在日本的起源相當古老，其歷史可回朔到西元六百年代。漢字及佛教從中國傳進日本後，日本也開始抄經。西元六一〇年，紙張與墨的製法也傳進了日本，日本的書道變得更加盛行。

日本書道，因為平安時代創造出草假名的影響下，開始有了日本獨自的發展，也因此出現了許多流派。另外，自從使用假名文字之後，日本獨特的柔軟、優雅的書寫風格受到很高的評價。這個時代的書法家——小野道風、藤原佐理、藤原行成被稱為「三蹟」，他們的活躍讓日本書道有了更大的發展。正可說如果沒有他們，就無法談論「日本的書道」吧。

書道中使用的漢字書體可分為篆書、隸書、楷書、行書、草書五種。篆書是豎筆垂直、橫筆水平、左右對稱、縱長勻稱的書體，在日本常用於印章上。隸書與篆書不同，是寬長的書體，在日本使用於紙幣的文字上。楷書是隸書更加簡化的書體，點與線明確，清楚的書寫方法是其特徵，在現代日本被廣泛使用，是學習漢字的基本書體。行書是以楷書為基礎，連寫或省略點與線寫出來的書體。比楷書圓潤，且可以快速書寫，所以常使用在漢字、假名交雜的作品裡。草書筆畫少，比行書省略更多，雖然能很迅速地書寫，但對現代大多數日本人來說，是相當難讀寫的書體。

那麼，由於日本會用毛筆寫賀年明信片，加上用毛筆在文件上簽名的閣員也不少等因素，毛筆書寫一直是日本人的重要嗜好之一。據說日本的書道愛好者有兩千萬到三千萬人。中、小學的教育課程中有書道教育這點，能認作書道在日本普及的理由，因為從小學三年級到中學畢業的這七年，會學習書道的基本知識與技巧。另外，在學校教育之外，日本各地有許多書道教室，提供愛好者學習機會，這也被認為是普及的理由之一。

日本新年的傳統活動中，有一個就是「新春揮毫」，新春揮毫就是指在新年初始，第一次寫書道。習慣在每年的一月二號進行，傳說在這天寫書道，書道就會進步。想必今年寒假結束，新學期開始後，各地的中、小學也會把學生們在作業中書寫的書道作品張貼出來展示。

現在在日本，也有許多書道家持續書寫繼承日本書道文化的美麗作品。書寫漢字作品的書道家、書寫假名作品的書道家、書寫漢字假名交雜作品的書道家、不管什麼都寫的書道家等等，書寫風格多采多姿。最近也增加了許多無法分類在其中一種，寫出全新書道作品的書道家。深受大家喜愛的書道詩人的相田みつを（此為筆名，本名相田光男），是到現在還擁有眾多粉絲的書道家。他在一九八四年出版了《因為是人類啊》，成了暢銷詩集。那一點一滴滲入人心、簡單易懂的話語及書道，到現在還深受許多人喜愛。另外，擔任二〇一六年內閣官房伊勢志摩高峰會徽標圖樣甄選會審議委員的女性書道家紫舟，其被讚為「抽出內包於文字裡的感情與條理後，再將其表達出來」的作品是「獨一無二的現代藝術」，海外也給予相當高的評價。

如果你也對日本書道有興趣，到東京淺草的「時代屋明治館」體驗書道如何呢？因為淺草是日本數一數二的觀光名勝，外國觀光客也相當多，能在令人安心的環境中體驗書道也相當有魅力。那邊的體驗方式是先學習書寫基礎，再選擇要以漢字、平假名或片假名來書寫自己喜歡的字。即使失敗，只要是在時間內都能重寫好幾次，所以盡情享受書道樂趣到滿意為止吧！把寫好的作品當紀念品帶回家吧！肯定會成為很棒的旅行回憶。

單字與句型

單字

1. 相《あい》まって：互相結合、影響。
2. 優雅《ゆうが》：優雅、高雅。
3. 年賀状《ねんがじょう》：賀年卡。
4. したためる：撰寫。
5. 少《すく》なからず：不少、許多。
6. 嗜《たしな》み：嗜好、喜好。
7. 愛好家《あいこうか》：愛好者。
8. カリキュラム：【英】curriculum，學習計畫。
9. 継承《けいしょう》：繼承。
10. まんべんなく：均勻、平均地。
11. ベストセラー：【英】bestseller，暢銷書。
12. スタイル：【英】style，風格、作風。

句型

・～ていく：（繼續）～下去。
・～にちがいない：一定是～。

華《か》道《どう》

05

華道

原口和美／著

日本人《にっぽんじん》と花《はな》の繋《つな》がりは深《ふか》い。日本《にほん》は四《し》季《き》がはっきりしており、それぞれの季節《きせつ》に美《うつく》しい花《はな》が咲《さく》。古代《こだい》の和歌《わか》『万葉集《まんようしゅう》』。天皇《てんのう》から農民《のうみん》まで様々《さまざま》な身分《みぶん》の人々《ひとびと》が詠《よん》だ歌《うた》を集《あつ》めた約四万五千首《やくよんまんごせんしゅ》が数《かぞ》えられ、その歌《うた》の約三分《やくさんぶん》の一《いち》は草花《くさばな》が詠《よ》まれている。このことから分《わ》かるように、古《ふる》くから人々《ひとびと》は花《はな》を観賞《かんしょう》し楽《たの》しんで来《き》たのである。

四季《しき》折々《おりおり》の美《うつく》しい草花《くさばな》・樹々《きき》を花器《かき》に生《い》け、その美《うつく》しさを鑑賞《かんしょう》して楽《たの》しむ伝統《でんとう》芸能《げいのう》「華道《かどう》」。「花道《かどう》」と表記《ひょうき》されることもある。その他《ほか》にも「いけばな」とも呼《よ》ばれることもある。花《はな》を生《い》けるという行為《こうい》においては同《おな》じであるが、華道《かどう》は華《はな》の「道《みち》」、中国《ちゅうごく》の哲学者《てつがくしゃ》「老子《ろうし》」が唱《とな》えた「道《みち》」の概念《がいねん》の影響《えいきょう》を受《う》けており、礼《れい》儀《ぎ》や作法《さほう》を重《おも》んじており、求道的《きゅうどうてき》だと言《い》

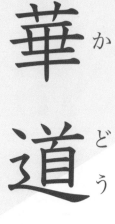

えるだろう。

華道《かどう》は明治以降《めいじいこう》から戦前《せんぜん》まで女子教《じょしきょう》育《いく》に礼法《れいほう》の一環《いっかん》として取《と》り入《い》れられていた。このことから、かつて華道《かどう》は「女性《じょせい》の教養《きょうよう》」として女学生《じょがくせい》・女性《じょせい》のステータス[1]になっていた。現在《げんざい》では伝統的《でんとうてき》な習《なら》い事《ごと》の一《ひと》つという認識《にんしき》だが、今《いま》なお華道《かどう》に対《たい》しポジティブ[2]なイメージがあるという人《ひと》は多《おお》いのではないだろうか。

花《はな》を生《い》けるようになった起源《きげん》は、仏教《ぶっきょう》の伝来《でんらい》で行《おこな》われる[3]ようになった「供《く》花《げ》」であると言《い》われている。初《はじ》めは時節《じせつ》の花《はな》を花瓶《かびん》に挿《さ》しただけの簡単《かんたん》なものであったが、のちに中国《ちゅうごく》からもたらされた唐物《とうぶつ》の器《うつわ》に花《はな》を挿《さ》し姿《すがた》・形《かたち》に工夫《くふう》を加《くわ》えるようになった。文献《ぶんけん》や資料《しりょう》にいけばなが登場《とうじょう》するようになったのは室町時代《むろまちじだい》で、書院造《しょいんづく》り[4]や、庭園《ていえん》、茶道《さどう》など日《に》本独特《ほんどくとく》の文化《ぶんか》が作《つく》り出《だ》された時代《じだい》でもある。実《じつ》はこの日本独特《にほんどくとく》の文化《ぶんか》をリード[5]していたのは将軍家有名大名《しょうぐんけやゆうめいだいみょう》に抱《かか》えられた[6]武士《ぶし》たちであったそう。前述《ぜんじゅつ》の通《とお》り、今《いま》でこそ女性的《じょせいてき》なイメージの強《つよ》い華《か》道《どう》だが当時《とうじ》は男性的《だんせいてき》なものであったのである。その後《ご》、武家社会《ぶけしゃかい》や貴族社会《きぞくしゃかい》へ広《ひろ》がって行《い》った。江戸時代初期《えどじだいしょき》で印刷技術《いんさつぎじゅつ》の発展《はってん》に伴《ともな》って出版《しゅっぱん》された花伝書《かでんしょ》によりさらに大衆化《たいしゅうか》を遂《と》げ、多《おお》くの流派《りゅうは》が誕生《たんじょう》し家元制度《いえもとせいど》[7]もできた。現在《げんざい》、華道《かどう》は「華道家元池《かどういえもといけ》の坊《ぼう》」、「小原流《おはらりゅう》」、「草《そう》月流《げつりゅう》」を中心《ちゅうしん》に三百《さんびゃく》を超《こ》える流派《りゅうは》があるとも言《い》われている。それぞれが創始者《そうししゃ》の掲《かか》げる[8]理念《りねん》の元《もと》で活動《かつどう》をしている。各《かく》流派《りゅうは》によって、花《はな》を生《い》ける様式《ようしき》、技法《ぎほう》、また花《はな》へ対《たい》する考《かんが》え方《かた》も異《こと》なる。

さて、華道《かどう》の基本的《きほんてき》な楽《たの》しみ方《かた》はまず目《め》で見《み》て楽《たの》しむ、鑑賞《かんしょう》だろう。四季《しき》折々《おりおり》の植物《しょくぶつ》を生《い》かした色彩《しきさい》や造形《ぞうけい》の美《うつく》しさ、その植物《しょくぶつ》の美《うつく》しさを最大限《さいだいげん》引《ひ》き立《た》てるべく様々《さまざま》な技工《ぎこう》を凝《こ》らされた作品《さくひん》から作者《さくしゃ》が込《こ》めた思《おも》いやその美《うつく》しさに思《おも》いを巡《めぐ》らせるのだ。華道《かどう》を鑑賞《かんしょう》したい場合《ばあい》は、花展《かてん》へ行《い》くのがいいだろう。伝統文《でんとうぶん》化《か》だからと和服《わふく》を着《き》なければいけない、などと気負《きお》わなくても大丈夫《だいじょうぶ》。あまり派《は》手《で》な色彩《しきさい》の服《ふく》でなければ問題《もんだい》はない。花《か》

▲草月流的創辦人勅使河原蒼風

▲小原流的創辦人小原雲心

▲華道家元池坊的創辦人小野妹子

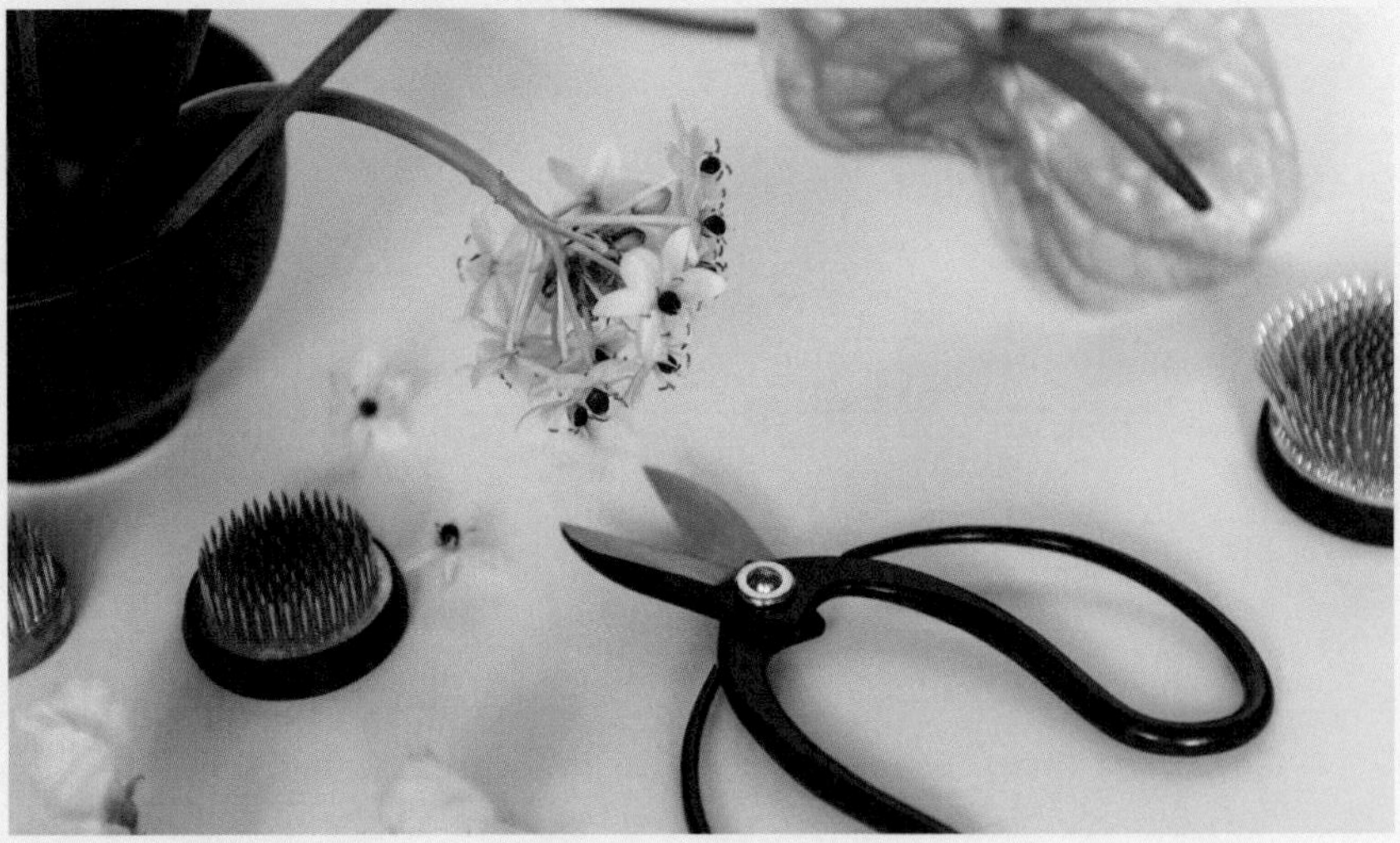

▲準備好花材後，就能開始小試身手囉！

展《てん》へ出向《でむ》かなくても、デパート、ホテル、カフェなどに作品《さくひん》が飾《かざ》られていることも多《おお》く私《わたし》たちが思《おも》う以上《いじょう》に華道《かどう》は身近《みぢか》にあるのだ。

もし貴方《あなた》が華道《かどう》に魅《み》せられた[9]のなら、実際《じっさい》に自分自身《じぶんじしん》で生《い》けてみるのも楽《たの》しみ方《かた》の一《ひと》つだろう。花《はな》を選《えら》ぶことに始《はじ》まり、花器選《かきえら》び、基本的《きほんてき》な生《い》け方《かた》、流派《りゅうは》に属《ぞく》するのであればその宗派《しゅうは》の信念《しんねん》・理《り》念《ねん》に応《おう》じた表現方法《ひょうげんほうほう》など、学《まな》ぶことは少《すく》なくない。手始《てはじ》めに、各流派《かくりゅうは》の開《ひら》く展覧《てんらん》会《かい》や教室《きょうしつ》の見学《けんがく》などへ出向《でむ》き、自分《じぶん》のスタイルや考《かんが》え方《かた》に合《あ》う流派《りゅうは》を見《み》つけることが必要《ひつよう》である。

流派《りゅうは》の華道教室《かどうきょうしつ》に通《かよ》うと、その習熟《しゅうじゅく》度《ど》に応《おう》じてお免状《めんじょう》や資格《しかく》が取得《しゅとく》できる。国家試験《こっかしけん》のようなものではなく、取得《しゅとく》の目安《めやす》は各流派《かくりゅうは》は、または先生《せんせい》の裁量《さいりょう》による。お免状《めんじょう》や資格《しかく》を取得《しゅとく》した後《のち》、その流《りゅう》派《は》の名《な》を掲《かか》げ弟子《でし》を取指導《とりしどう》をする資格《しかく》が認《みと》められる。つまり指導《しどう》することを流派《りゅうは》から公式《こうしき》に許可《きょか》されるのである。

数《かず》ある伝統文化《でんとうぶんか》の中《なか》でも華道《かどう》の海外進《かいがいしん》出《しゅつ》はめざましい[10]と言《い》える。規模《きぼ》の大《おお》きな流派《りゅうは》は海外《かいがい》に多《おお》くの支部《しぶ》を構《かま》え積極的《せっきょくてき》に活動《かつどう》をしている。また前述《ぜんじゅつ》した通《とお》り、お免状《めんじょう》や免許《めんきょ》を持《も》った外国人《がいこくじん》が運営《うんえい》している団体《だんたい》もある。日本在来《にほんざいらい》の花材《かざい》だけではなく西洋《せいよう》の花材《かざい》を取《と》り入《い》れることができる華道《かどう》は世界中《せかいじゅう》どこにいても気軽《きがる》に始《はじ》めることができ、生活《せいかつ》に彩《いろ》どりを添《そ》えることができる美《うつく》しい芸術活動《げいじゅつかつどう》なのである。

日本人與花朵間有很深的關係，日本四季分明，每個季節都有美麗花朵綻放。古代的和歌集《萬葉集》，收藏了約四萬五千首，從天皇到農民等各種不同身分的人所吟詠的和歌，其三分之一就是在吟詠花草。從這件事情可知，人們自古以來就會欣賞、享受花朵之美。

將四季各時的美麗花草、樹木插在花器中，鑑賞、享受其中之美的傳統藝能「華道」，也寫作「花道」，其他也被稱為「插花」。就插花這個行為來說，以上全是相同事情，但華道是華之「道」，受到中國哲學家「老子」所提倡的「道」概念影響，重視禮儀、禮節，也可說是求道吧。

明治以後到戰前為止，華道是女性禮儀教

育中的一環，由此可知，華道在過去是「女性教養」，代表著女學生、女性的地位。雖然現在被視為傳統才藝之一，但應該還有許多人直至今日仍對華道有很正面的印象吧。

開始插花的起源，據傳是佛教傳進日本後開始的「供奉鮮花」。一開始只是將當季花朵插進花瓶般地單純，但不久後，開始在將花插在中國傳來的唐朝器皿後的姿態、模樣上下功夫。插花是從室町時代開始出現在文獻與資料上，這也是個書院造、庭園、茶道等日本獨特文化誕生的時代。其實，引領這個日本獨特文化的，據說是將軍家或是知名大名門下的武士們。如前述，現在給人女性印象強烈的華道，在當時其實是男性的才藝。之後，在武家社會及貴族社會中普及。江戶時代初期，隨著印刷技術發展出版了傳授插花技法的書籍，使華道大眾化，誕生了許多流派，也建立了家元制度。現在，據說華道以「華道家元池坊」、「小原流」、「草月流」為中心，有超過三百個流派。各自依創始者提倡的理念活動。根據流派不同，插花時的樣式、技法，以及對花的想法也都不同。

那麼，享受華道樂趣的基本方法，首先就是用眼睛欣賞、鑑賞。活用四季當季的植物創造出來的色彩與造型美，為了最大限度地引導出該植物的美，在各種技巧上下功夫的作品，可以讓我們思考那份美與作者隱藏其中的想法。如果想要鑑賞華道，去花展是個不錯的選擇。「因為是傳統文化，一定得穿和服吧？」不必擔心，只要衣服顏色別太鮮豔就沒問題。就算不去花去，百貨公司、飯店、咖啡廳等等，許多地方都有裝飾著華道作品，華道超越我們想像地就近在身邊。

如果你受到華道吸引，自己親身嘗試插花也是一種享受方法。從選擇花種開始，選擇花器、基本的插花方法，如果隸屬某個流派，符合該流派的信念、理念的表現方法等等，有許多事情可以學習。一開始，需要先到各流派舉辦的展覽或是開設的教室參觀，找到與自己的風格、想法相符的流派。

到流派開設的華道教室上課後，就可以依熟練度獲得證書或是執照。這並非類似國家考試的東西，獲得基準為各流派，或是老師的裁量。獲得證書或執照後，就等於獲得可以打著該流派名字招收、指導學生的資格。也就是說，這是流派公認許可的指導資格。

在眾多的傳統文化中，華道向海外的推廣成績可說是最為亮眼的。規模較大的流派，在海外設置相當多分部，積極活動。另外，如同前述，也有取得證書或證照的外國人營運的團體。不僅是日本舊有的花材，也能加入西洋花材的華道，不管在世界何處都能隨意開始接觸，這是能為生活增添色彩的美麗藝術活動。

單字與句型

單字

1. ステータス：【英】status，社會地位、身份。
2. ポジティブ：【英】positive，正面。
3. 行《おこな》う：實施、舉行。
4. 書院造《しょいんづく》り：書院造，日本室町時代至近世初期成立住宅結構。
5. リード：【英】lead，領導、領先。
6. 抱《かか》える：①抱、夾。②承擔、負擔。③雇用。在此為③的意思。
7. 家元制度《いえもとせいど》：「家元《いえもと》」即為「當家」。當家將技藝傳授給弟子，弟子精通後則能取得證書或資格，讓流派得以長期傳承下去的制度。
8. 掲《かか》げる：①掛、舉起。②刊登、刊載。③提出。在此為③的意思。
9. 魅《み》せられる：被吸引。
10. めざましい：突出的、令人驚艷的。

句型

・～によって：①由於～。②透過～。③由～、被～。④根據（情況）～。在此為④的意思。
・～に応《おう》じて：根據～、按照～。

俳《はい》句《く》

06

俳句

水島利恵／著

「古池《ふるいけ》や　蛙《かわ》ず飛《と》び込《こ》む　水《みず》の音《おと》」。これは日本《にほん》でよく知《し》られている俳句《はいく》の一《ひと》つである。俳句《はいく》は、五《ご》、七《しち》、五《ご》の合計《ごうけい》十七語《じゅうしちご》から成定型詩《なるていけいし》であり、世界《せかい》で一番《いちばん》短《みじか》い詩《し》といわれている。俳句《はいく》の基本的《きほんてき》なルールは二《ふた》つだけで、一《ひと》つは五《ご》、七《しち》、五《ご》の十七語《じゅうしちご》で構成《こうせい》されることである。この語数《ごすう》は、日本人《にほんじん》にとって非常《ひじょう》に心地《ここち》[1]よく聞《き》こえるリズムであるそうだ。もう一《ひと》つのルールは、季節《きせつ》の言葉《ことば》である「季《き》語《ご》」を入《い》れることである。例《たと》えば桜《さくら》は春《はる》の季《き》語《ご》、雪《ゆき》なら冬《ふゆ》の季《き》語《ご》のように、その言葉《ことば》を聞《き》くだけで季節《きせつ》を知《し》ることのできる季《き》語《ご》が俳句《はいく》の中《なか》に入《はい》っていなければいけない。このようなシンプルなルールと少《すく》ない語数《ごすう》から成俳句《なるはいく》は、どこでも気軽《きがる》に作《つく》れることから幅広《はばひろ》い世代《せだい》の人《ひと》に親《した》しまれている。

俳句《はいく》は、室町時代《むろまちじだい》から楽《たの》しまれていた俳諧連歌《はいかいれんが》（前《まえ》の人《ひと》が詠《よん》だ句《く》に続《つづ》けて次《つぎ》の人《ひと》が句《く》を詠《よ》み、五十《ごじゅう》、百句《ひゃっく》などまとまった数《かず》になるまで続《つづ》けていく遊《あそ》び）が源流《げんりゅう》であり、江戸時代《えどじだい》になると俳諧連歌《はいかいれんが》の第《だい》一句《いっく》である発句《ほっく》が独立《どくりつ》し、その後俳句《ごはいく》が確立《かくりつ》される。たった十七語《じゅうしちご》である発句《ほっく》を優美《ゆうび》で芸術性《げいじゅつせい》の高《たか》い文学《ぶんがく》に極《きわ》めた[2]人物《じんぶつ》が松尾芭蕉《まつおばしょう》であり、その後明治時代《ごめいじじだい》になると、正岡子規《まさおかしき》によって俳句《はいく》という独立《どくりつ》した文学《ぶんがく》が完成《かんせい》した。

毎日歩《まいにちある》いている道《みち》、家族《かぞく》や友達《ともだち》との会話《かいわ》、旅先《たびさき》での出来事《できごと》など、生活《せいかつ》の全《すべ》てに俳句《はいく》の題材《だいざい》となるものが潜《ひそ》んでいる。外《そと》に出《で》ると、蛙《かえる》が池《いけ》に飛《と》び込《こ》む音《おと》が聞《き》こえてきた、その出来事《できごと》を俳句《はいく》に詠《よ》んだ松尾《まつお》芭蕉《ばしょう》の句《く》が冒頭《ぼうとう》の俳句《はいく》である。後世《こうせい》に語《かた》り継《つ》がれる有名《ゆうめい》な俳句《はいく》ですら、このような日常《にちじょう》の些細《ささい》な[3]出来事《できごと》が題材《だいざい》になっているのである。そう考《かんが》えると、俳句《はいく》も意外《いがい》と簡単《かんたん》に作《つく》れるのではないかと思《おも》えてくるだろう。そこで、思《おも》い立《た》ったが吉日《きちじつ》[4]。早速俳句《さっそくはいく》を作《つく》ってみよう。まず題材《だいざい》と季語《きご》を考《かんが》える。冒頭《ぼうとう》の句《く》の季語《きご》は蛙《かえる》であるが、蛙《かえる》は春《はる》に繁殖《はんしょく》することから、春《はる》の季語《きご》である。季語《きご》は旧暦《きゅうれき》で考《かんが》えられているため、現代《げんだい》と少《すこ》しのずれ[5]があるのが要注意《ようちゅうい》だ。季節《きせつ》が分《わ》からない場合《ばあい》は、多《おお》くの季語《きご》が紹介《しょうかい》されている『歳時記《さいじき》』を見《み》てみるといいだろう。次《つぎ》に、大切《たいせつ》なのが感動《かんどう》の中心《ちゅうしん》、つまり感情《かんじょう》を俳句《はいく》の中《なか》でどのように表現《ひょうげん》するか考《かんが》える。最後《さいご》は五《ご》、七《しち》、五《ご》にまとめて詠《よ》んでみる。実《じつ》は「字余《じあま》り」「字足《じた》らず」といって、十七《じゅうしち》語《ご》に収《おさ》まらなくても大丈夫《だいじょうぶ》なのだ。

それでもちょっと難《むずか》しいと思《おも》った人《ひと》は、みなさんが一番《いちばん》よく知《し》っている俳人《はいじん》の友蔵《ともぞう》さん、そう、アニメ「ちびまる子《こ》ちゃん」のおじいちゃんの句《く》を手本《てほん》[6]に

▲正岡子規 出自：近代日本人の肖像～

▲〈奧之細道行腳圖〉森川許六作。松尾芭蕉（左）與河合曽良（右） 出自：Wikipedia

してみよう。「ともぞう、心《こころ》の俳句《はいく》」では、俳句《はいく》のルールから多少外《たしょうは》ずれたものもあるが、思《おも》わず[7]吹《ふ》き出《だ》してしまうようなユーモアあふれた俳句《はいく》を鑑賞《かんしょう》できる。テレビから俳句《はいく》を学《まな》びたい人《ひと》は、NHK「俳句《はいく》さく咲《さ》く！」が俳句初心者《はいくしょしんしゃ》向《む》けの番組《ばんぐみ》であり、一般者《いっぱんしゃ》から応募《おうぼ》された作品《さくひん》も含《ふく》めて添削《てんさく》、解説《かいせつ》をしてくれるので勉強《べんきょう》になるだろう。もっと気楽《きらく》に学《まな》びたい人《ひと》には、「プレバト」というバラエティー番組《ばんぐみ》の「俳句《はいく》の才能査定《さいのうさてい》ランキング」というコーナーを見《み》るのがお薦《すす》めだ。芸能人《げいのうじん》が与《あた》えられたお題《だい》から俳句《はいく》を作《つく》り、それを先生《せんせい》が評価《ひょうか》、添削《てんさく》してくれるのであるが、先生《せんせい》の超辛口《ちょうからくち》[8]の評価《ひょうか》が笑《わら》わずにはいられない。また、「俳句王《はいくおう》国《こく》がゆく」というNHKの番組《ばんぐみ》では、様々《さまざま》な地域《ちいき》へ行《い》き、地元《じもと》の名物《めいぶつ》や景勝地《けいしょうち》などを題材《だいざい》にして作《つく》った俳句《はいく》が紹介《しょうかい》され、俳句《はいく》はこうやって作《つく》るのだなということが分《わ》かる番組《ばんぐみ》である。

小学校《しょうがっこう》で初《はじ》めて俳句《はいく》を学習《がくしゅう》し、その後《ご》も日常《にちじょう》に馴染《なじ》み[9]深《ふか》い俳句《はいく》。毎年八月《まいとしはちがつ》十九日《じゅうくにち》は語呂合《ごろあ》わせから俳句《はいく》の日《ひ》とされており、夏休《なつやす》みということもあって、子《こ》供《ども》にも俳句《はいく》を楽《たの》しんでもらおうとイベントが催《もよお》される。高校生《こうこうせい》のためには「俳句《はいく》甲子園《こうしえん》」という大会《たいかい》があり、予選《よせん》を勝《か》ち進《すす》んだ高校生《こうこうせい》の中《なか》から俳句日本一《はいくにほんいち》が選《えら》ばれる。また、有名《ゆうめい》なお茶《ちゃ》メーカー[10]は、毎年俳句大賞《まいとしはいくたいしょう》の開催《かいさい》を行《おこな》っており、今《いま》では一年《いちねん》で二百万件近《にひゃくまんけんちか》い応募《おうぼ》がされるほど有名《ゆうめい》なものになった。この俳句大賞《はいくたいしょう》の特《とく》色《しょく》は、英語俳句《えいごはいく》の部《ぶ》があることで、言語《げんご》を超《こ》えて楽《たの》しめるという新《あたら》しい俳句《はいく》の可《か》能性《のうせい》を広《ひろ》げてくれている。

四季《しき》の移《うつ》り変《か》わり、自然《しぜん》の美《うつく》しさ、感《かん》情《じょう》や情緒《じょうちょ》を短《みじか》い文字《もじ》で表現《ひょうげん》することができる俳句《はいく》は、言外《げんがい》に込《こ》められた意味《いみ》が深《ふか》く、様々《さまざま》な想像《そうぞう》をめぐらすのも鑑賞《かんしょう》の楽《たの》しみである。多《おお》くを語《かた》らない日本人《にほんじん》の美《び》意識《いしき》の象徴《しょうちょう》である俳句《はいく》の世界《せかい》を一度覗《いちどのぞ》いてみてはどうだろう。今《いま》まで見《み》えなかったものが見《み》えてくるかもしれない。

「閑寂古池旁，青蛙跳進水中央，撲通一聲響」。這是在日本為人所知的一首俳句。俳句是由五、七、五合計十七個字構成的定型詩，是世界上最短的詩。俳句的基本規則只有兩個，一個是要由五、七、五合計十七個字構成。據說這個字數對日本人來說，是聽起來相當舒服的節奏。另外一個規則，是要在其中使用代表季節的詞彙「季語」。舉例來說，「櫻」是春天的季語，「雪」是冬天的季語，像這樣，俳句中得要使用一聽到這個詞彙就能知道是哪個季節的季語。如此簡單的規則與少數幾個字就能完成的俳句，無論在哪裡都能輕鬆創作，因而受到廣泛年齡層喜愛。

▲創作俳句時，都是將作品寫在「短冊」上。

俳句的源流為室町時代起被人們當作消遣

的俳諧連歌（前一個人吟詠一句後，下一個人接著吟詠，直到五十句、一百句這類整數句數才結束的遊戲），進入江戶時代後，俳諧連歌的第一句（發句）獨立出來，之後確立了俳句。用僅僅十七個字的發句就創造出優美且高度藝術性的文學，將此文學鑽研到極致的人就是松尾芭蕉，接著進入明治時代後，由正岡子規完成了俳句這獨立的文學。

每天走過的道路，與家人或朋友的對話，旅行中發生的事情等等，可以作為俳句題材的東西就隱藏在生活大小事中。外出時聽見青蛙跳進水裡的聲音，松尾芭蕉用這件事創作出的俳句就是本文開頭的俳句。就連這首流傳至後世的有名俳句，也是以這般日常生活的小事為題材。這麼思考後，是不是覺得創作俳句其實意外地簡單呢？在此，心動不如馬上行動，立刻試著創作俳句吧！首先來思考題材與季語。開頭那首俳句的季語是「青蛙」，因為青蛙在春天繁殖，所以是春天的季語。因為季語要用舊曆來思考，和現代的新曆有些微差距，這點要注意。如果不知道季語，可以去看介紹許多季語的《歲時記》。接下來，重點是感動的中心，也就是要思考該如何在俳句中表現出感情。最後再統整成五、七、五後吟詠。其實也允許「多字」、「少字」的狀況，不是剛剛好十七個字也沒有關係。

即使如此還是覺得有點困難的人，可以拿大家最熟悉的俳人友藏，沒錯！就是動畫〈櫻桃小丸子〉的爺爺的俳句來當範本。在「友藏，心之俳句」中，雖然稍微偏離俳句的規則，但可以欣賞到讓人忍不住噴笑出聲，充滿幽默感的俳句。如果想看電視學俳句，NHK的〈俳《は》句《く》さく咲《さ》く！〉就是適合初學者收看的節目，包含從一般觀眾徵稿的作品在內，節目會針對俳句做修改、解說，想必能從中獲益良多！想要更輕鬆學習的人，推薦看〈プレバト〉這個綜藝節目中的「俳句才華評定排行榜」單元。藝人根據題目創作俳句，接著由老師評論、修改，老師超辛辣的評論讓人無法不捧腹大笑。另外，〈俳《は》句《く》王《おう》国《こく》がゆく〉這個NHK的節目則會到各個地區去，介紹以當地的名產或名勝景點為題材創作的俳句，是個可以理解「原來俳句是這樣創作出來的」的節目。

小學時第一次學習的俳句，之後也與日常生活關係密切的俳句。因為諧音的關係，每年八月十九日為俳句之日，這正值暑假期間，所以會舉辦活動讓孩子們也能享受俳句樂趣。也有為高中生舉辦的「俳句甲子園」大賽，從一路贏過預賽的高中生中，選出日本第一名的俳句。另外，某知名茶飲製造商，每年都會舉辦俳句大賞，現在已經有名到每年會有將近兩百萬件的作品參賽。這個俳句大賞的特色就是有英語俳句部門，從超越語言享受樂趣這點來看，更擴展了俳句新的可能性。

可以利用簡單文字表現出四季遷移、自然美、感情與情緒的俳句，包含在弦外之音中的意義相當深遠，引發人各種想像也是鑑賞的樂趣之一。

大家不妨窺探一次象徵日本人言簡意賅的美意識——俳句，或許能看見至今未曾發現的東西。

單字與句型

單字

1. 心地《ここち》：感覺、心情。
2. 極《きわ》める：極其、專精。
3. 些細《ささい》：瑣碎。
4. 思《おも》い立《た》ったが吉日《きちじつ》：想到就該馬上行動。
5. ずれ：偏移、背離。
6. 手本《てほん》：示範。
7. 思《おも》わず：不禁～。
8. 辛口《からくち》：毒舌。
9. 馴染《なじみ》：熟悉。
10. メーカー：【英】maker，製造商。

句型

・～ですら（でさえも）：甚至～。
・～ずにはいられない：非常想～、不禁～。

三《しゃ》味《み》線《せん》

三味線

原口和美／著

07

　ベンベンと軽《かろ》やかで独特《どくとく》な音色《ねいろ》を奏《かな》でる「三味線《しゃみせん》」を用《もち》いた音楽《おんがく》を一度《いちど》は耳《みみ》にしたことがあるのではないだろうか。歴史的《れきしてき》に見《み》れば、比較的新《ひかくてきあたら》しい楽器《がっき》だと言《い》える。室町時代《むろまちじだい》に「琉球《りゅうきゅう》」（現在《げんざい》の沖《おき》縄県《なわけん》）から本土《ほんど》に伝《つた》わったと言《い》われている。十五世紀《じゅうごせいき》から十六世紀《じゅうろくせいき》に行《おこな》われていた中継貿易《なかつぎぼうえき》「琉球貿易《りゅうきゅうぼうえき》」で中国王朝《ちゅうごくおうちょう》「明《みん》」から琉球《りゅうきゅう》にもたらされた[1]「三弦《さんげん》」が三《しゃ》味線《みせん》の始《はじ》まりである。琉球《りゅうきゅう》に伝《つた》えられた三弦《さんげん》は「三線《さんしん》」と呼《よ》ばれ、沖縄音楽《おきなわおんがく》には欠《か》かせない楽器《がっき》へと発展《はってん》していった。その後《ご》、本土《ほんど》へ伝《つた》わり「三味線《しゃみせん》」へと名前《なまえ》を変《か》え、本土《ほんど》でも歌舞伎《かぶき》に用《もち》いられるなど、伝統芸能《でんとうげいのう》になくてはならないものになっていったのである。三線《さんしん》、三味線《しゃみせん》といずれも[2]三本《さんぼん》の線《せん》を弾《はじ》いて、音《おと》を奏《かな》でる弦楽器《げんがっき》であることに変《か》わりはないが、

それぞれ異《こと》なった特徴《とくちょう》を持《も》つ。三線《さんしん》は人《ひと》差指《さしゆび》に義甲《ぎこう》と呼《よ》ばれる専用《せんよう》の撥《ばち》[3]をつけて音《おと》を奏《かな》でる。また蛇《へび》の皮《かわ》を楽器《がっき》の胴《どう》に貼《は》り付《つ》ける。三味線《しゃみせん》はイチョウ型《がた》の撥《ばち》を用《もち》いて、胴部分《どうぶぶん》には犬《いぬ》や猫《ねこ》の皮《かわ》を貼《は》る。

三味線《しゃみせん》の種類《しゅるい》は、長唄《ながうた》などに用《もち》いる「細棹三味線《ほそざおしゃみせん》」、地唄《じうた》や民謡《みんよう》に用《もち》いる「中棹三味線《ちゅうざおしゃみせん》」、義太夫《ぎだゆう》や津軽地方《つがるちほう》の民謡《みんよう》に用《もち》いる（その場合《ばあい》は「津軽三味線《つがるしゃみせん》」と呼《よ》ばれる）「太棹三味線《ふとざおしゃみせん》」に大別《たいべつ》することができる。同《おな》じ三味線《しゃみせん》だが、棹《ざお》の幅《はば》や、長《なが》さが異《こと》なっており、使用《しよう》する撥《ばち》の大《おお》きさや重《おも》さ、材質《ざいしつ》によって、音階《おんかい》、音質《おんしつ》などが変《かわ》り、弦《げん》を弾《はじ》く強弱《きょうじゃく》や、速《はや》さなどで聞《き》くものの印象《いんしょう》を変《か》える事《こと》ができる表現力豊《ひょうげんりょくゆた》かな楽器《がっき》なのである。

三味線《しゃみせん》を使用《しよう》した音楽《おんがく》「三味線音楽《しゃみせんおんがく》」にはどんな種類《しゅるい》があるだろうか。まず、民衆《みんしゅう》に愛《あい》され、三味線伴奏《しゃみせんばんそう》を伴《ともな》ったはやり歌《うた》[4]を「三味線小曲《しゃみせんしょうきょく》」、お座敷《ざしき》などで楽《たの》しまれている小唄《こうた》もその一《ひと》つである。

それから歌舞伎《かぶき》の音楽《おんがく》として成立《せいりつ》し、主《おも》に江戸《えど》で発展《はってん》してきた「長唄《ながうた》」、劇場音楽《げきじょうおんがく》である「浄瑠璃《じょうるり》」、盲人《もうじん》の職業的《しょくぎょうてき》演奏家《えんそうか》、作曲家《さっきょくか》が伝承《でんしょう》してきた三味線歌曲《しゃみせんかきょく》「地唄《じうた》」、津軽地方《つがるちほう》で成立《せいりつ》し、本来《ほんらい》は津軽地方《つがるちほう》の民謡伴奏《みんようばんそう》に用《もち》いられたが、現代《げんだい》においては特《とく》に独奏《どくそう》の意味《いみ》で使《つか》われる「津軽三味線《つがるしゃみせん》」などがある。また地方《ちほう》によって伴奏方法《ばんそうほうほう》は異《こと》なる。

三味線《しゃみせん》は伝統的《でんとうてき》な楽器《がっき》の一《ひと》つであり上記《じょうき》の通《とお》り、歌舞伎《かぶき》や民謡《みんよう》など他《ほか》の伝統芸能《でんとうげいのう》とも繋《つな》がりが深《ふか》い。しかし現代《げんだい》における伝統芸能《でんとうげいのう》は継承《けいしょう》が大《おお》きな課題《かだい》である。三味線《しゃみせん》も例外《れいがい》ではない。時代《じだい》とともにいつしか伝統芸能《でんとうげいのう》を楽《たの》しむ人《ひと》たちは少《すく》なくなってしまった。伝統芸能《でんとうげいのう》になんだか「古臭《ふるくさ》い」というイメージを持《も》つ者《もの》も少《すく》なくないだろう。しかし、近年《きんねん》ではこういった伝統芸能《でんとうげいのう》に親《した》しみやすく、楽《たの》しみやすいようにと現代風《げんだいふう》のアレンジを加《くわ》える動《うご》きが広《ひろ》まっている。

例《たと》えば、三味線界《しゃみせんかい》に旋風《せんぷう》を巻《ま》き起《お》こした[5]津軽三味線《つがるしゃみせん》「吉田兄弟《よしだきょうだい》」は国内外《こくないがい》でも有名《ゆうめい》である。北海道出身《ほっかいどうしゅっしん》である兄弟《きょうだい》ユニットである吉田兄弟《よしだきょうだい》。彼《かれ》らは伝統《でんとう》を保《たも》ちつつも現代《げんだい》の人《ひと》でも楽《たの》しみやすいように自《みずか》ら作曲《さっきょく》も手《て》がけ、日本《にほん》のみならず[6]世界的《せかいてき》にも三味線《しゃみせん》の名《な》を知《し》らしめた。伝統音楽《でんとうおんがく》の違《ちが》った一面《いちめん》に触《ふ》れ、その力強《ちからづよ》さに改《あらた》めて目《め》を向《む》ける[7]事《こと》が出来《でき》たのだ。それは日本人《にほんじん》ではなく海外《かいがい》の人《ひと》までをも

▲吉田兄弟成功地將津輕三味線推向世界，也曾於二〇〇九年來台演出。
照片提供：株式会社 YB ENTERTAINMENT

魅了《みりょう》してしまうのだから、まさに革命《かくめい》児《じ》[8]と言《い》って間違《まちが》いないだろう。世界各《せかいかっ》国《こく》で公演《こうえん》や活動《かつどう》を行《おこな》うだけではなく、国《こく》内外《ないがい》のアーティストとのコラボをするなど、私《わたし》たちの知《し》らなかった三味線《しゃみせん》を楽《たの》しませてくれる。

また、詩吟《しぎん》と和楽器《わがっき》をロックと融合《ゆうごう》させた男女八人組《だんじょはちにんぐみ》バンド「和楽器《わがっき》バンド」も忘《わす》れてはいけない。尺八《しゃくはち》・箏《そう》・三味《しゃみ》線《せん》・和太鼓《わだいこ》・ギター・ベース・ドラムのバンド編成《へんせい》で繰広《くりひろ》げられる音楽《おんがく》はまさに「和《わ》」と「洋《よう》」の見事《みごと》な融合《ゆうごう》。国内《こくない》はもちろん海外《かいがい》からの注目度《ちゅうもくど》の高《たか》さは言《い》うまでもない。メンバー八人《はちにん》のうち、和楽器《わがっき》担当《たんとう》のメンバーはそれぞれが伝統芸能《でんとうげいのう》に長《た》けており、師範《しはん》の資格《しかく》を有《ゆう》する者《もの》もいる。自《みずか》らが伝統芸能《でんとうげいのう》を継承《けいしょう》し、「伝統芸《でんとうげい》能《のう》をよりポップに世界《せかい》へ広《ひろ》げたい」という信念《しんねん》の元《もと》、活動《かつどう》を行《おこな》っているバンドである。最近《さいきん》ではボカロ[9]との融合《ゆうごう》など新《あたら》しい音楽《おんがく》を生《う》み出《だ》し続《つづ》けている。和楽器《わがっき》バンドは音楽《おんがく》もさることながらビジュアル[10]を通《とお》して日本伝統芸能《にほんでんとうげいのう》を表現《ひょうげん》している点《てん》も高《たか》く評価《ひょうか》されている理由《りゆう》の一《ひと》つである。

アレンジを加《くわ》えることに対《たい》してはもちろん賛否両論《さんぴりょうろん》あるが違《ちが》った切《き》り口《くち》から伝《でん》統芸能《とうげいのう》を楽《たの》しむことができ、改《あらた》めて伝統《でんとう》芸能《げいのう》を再認識《さいにんしき》するきっかけになるのではないだろうか。

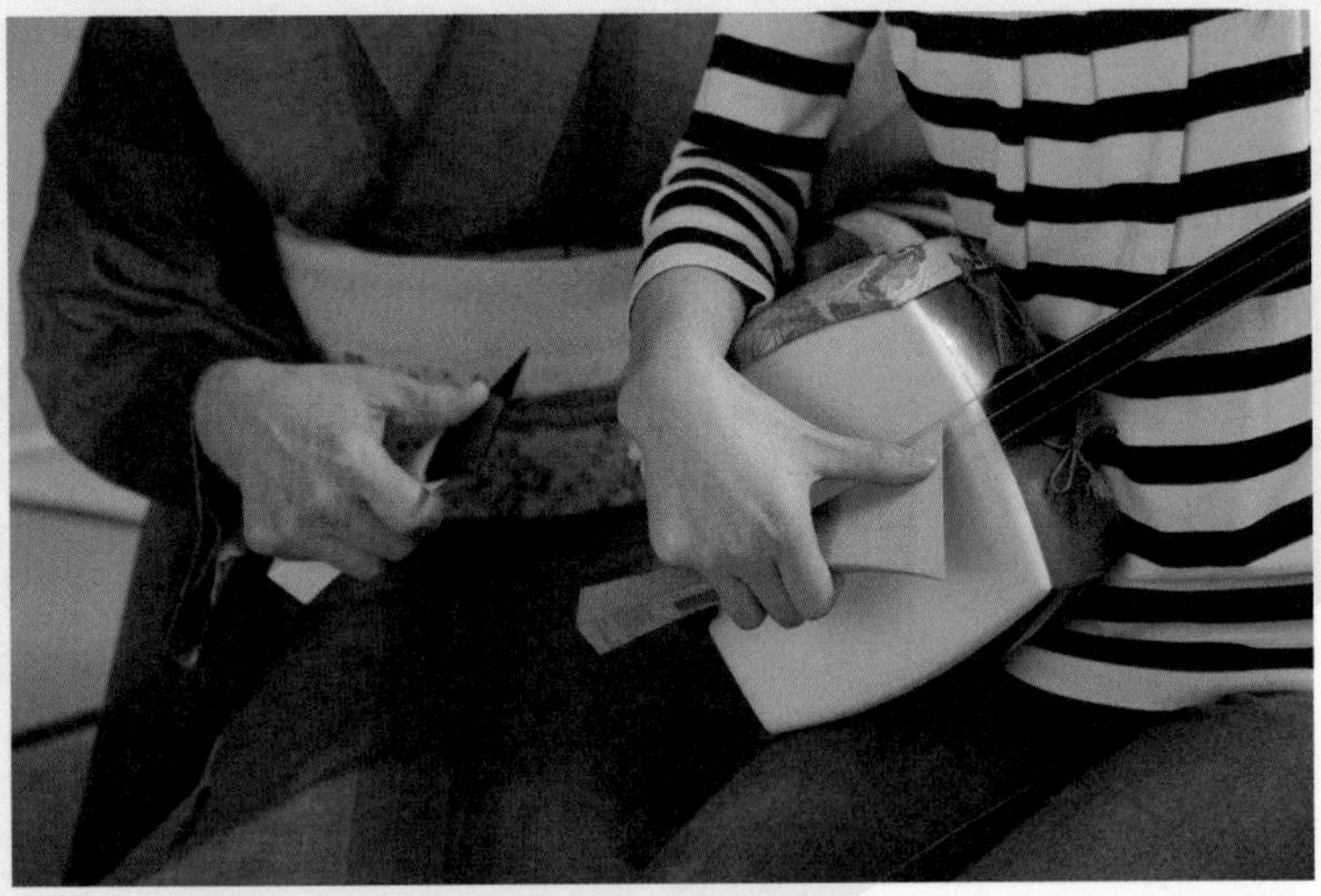

▲沖繩到處都有三味線體驗教室，有機會的話請務必親自演奏一次，沉浸於三味線美妙的音色中吧！

錚錚輕快演奏出獨特音色的「三味線」，大家應該都曾經聽過一次由此樂器演奏的音樂吧。從歷史上來看，三味線可說是相對新穎的樂器。據說是室町時代時，從「琉球」（現在的沖繩縣）傳進日本本土。在十五世紀至十六世紀進行的中繼貿易「琉球貿易」中，由中國王朝「明朝」流傳到琉球的「三弦」就是三味線的起源。流傳到琉球的三弦被稱為「三線」，進一步發展為沖繩音樂中不可或缺的樂器。其後，流傳到本土之時更名為「三味線」，本土也將其運用在歌舞伎上等等，成為傳統藝能中無可取代的樂器。三線、三味線皆為撥彈三根弦線，彈奏出聲音的弦樂器，但各有不同特徵。三線是在食指裝上被稱為義甲的專用撥子彈奏，且琴身上貼有蛇皮。而三味線是用銀杏型的撥子彈奏，琴身貼的是狗或貓的皮。

三味線大致可分為彈奏長唄的「細棹三味線」、彈奏地唄及民謠的「中棹三味線」、彈奏義太夫節及津輕地區民謠（此時被稱為「津輕三味線」）的「太棹三味線」等類型。雖然同為三味線，因為其琴把粗細、長短不同而有差異，使用撥子的大小、重量、材質不同，會改變音階、音質，撥弦的力道強弱、速度也會改變帶給聽者的印象，是種表現力豐富的樂器。

　那麼，使用三味線彈奏的音樂「三味線音樂」有哪些種類呢？首先，深受民眾喜愛，利用三味線伴奏的流行歌稱為「三味線小曲」，在宴席等場合欣賞的小唄就屬於這類。還有成為歌舞伎音樂，主要在江戶發展的「長唄」；劇場音樂的「淨瑠璃」；由盲人職業演奏家、作曲家傳承下來的三味線歌曲「地唄」；於津輕地區發展，本來是替津輕地區的民謠伴奏，現在則特別指稱獨奏的「津輕三味線」等等。此外，依地區不同，伴奏方法也有所不同。

　三味線是一種傳統樂器，如上文所述，也與歌舞伎及民謠等其他傳統藝能關係密切。但在現代，傳統藝能的傳承是相當大的課題，三味線也不例外。隨著時代發展，不知何時開始，欣賞傳統藝能的人數逐漸減少。

　也有不少人對傳統藝能抱著總覺得「很過時」的印象吧。但近年，這類傳統藝能為了讓大家更容易親近、容易樂在其中，加入現代化改編的動向正逐漸普及。

　舉例來說，在三味線界掀起旋風的津輕三味線「吉田兄弟」在海內外皆很有名氣。吉田兄弟為出生於北海道的兄弟雙人組合，他們除了維持傳統之外，為了讓現代人也能輕易樂在其中，也自己參與作曲，且不僅在日本，還將三味線推廣到全世界。接觸傳統音樂的不同面相後，也能重新看見其強而有力的一面。不只日本人，連外國人也深受吸引，說他們掀起革命也不為過吧！他們不只於世界各國舉辦公演及活動，還與國內外的音樂人合作等等，讓我們得以享受未曾知曉的三味線。

　此外，也不能忘記將詩吟、和樂器和搖滾結合的男女八人樂團「和樂器樂團」。尺八、箏、三味線、和太鼓、吉他、貝斯、爵士鼓組成的樂團所創造出的音樂，正可謂完美的「和」、「洋」融合。不用說，不只在國內，他們在國外也受到高度矚目。八位團員中，負責演奏和樂器的團員，每個人對傳統藝能的造詣都很深，其中甚至有團員擁有師範資格。他們是自己繼承傳統藝能後，以「想讓傳統藝能變得更加流行通俗，並將其推廣至全世界」的信念，進行活動的樂團。最近還融合了VOCALOID 等等，不斷創造出新音樂。和樂器樂團不只是在音樂領域上，透過視覺感官表現日本傳統藝能這點，也是他們受到高度評價的原因之一。

　關於加入改編這點，當然是褒貶不一，但能從不同切入點享受傳統藝能，應該可以成為一個重新認識傳統藝能的契機。

單字與句型

單字

1. もたらす：帶來（主要指抽象的事物，如：幸福）。
2. いずれも：全都～。
3. 撥《ばち》：撥子、撥片，彈奏弦樂器的工具。
4. はやり歌《うた》：流行歌曲。
5. 旋風《せんぷう》を巻《ま》き起《お》こす：引起旋風、廣受矚目。
6. のみならず：不僅～。
7. 目《め》を向《む》ける：①看向～。②關心。③以某種態度對待某人。在此為②的意思。
8. 革命児《かくめいじ》：開闢者。
9. ボカロ：【英】VOCALOID，ボーカロイド的簡稱，為YAMAHA 開發的語音合成軟體，初音未來便是利用此技術誕生的虛擬歌手。
10. ビジュアル：【英】visual，視覺。

句型

・～においては：①在～。表示動作進行的場所、時間。②與～有關。在此為①的意思。
・～とともに：與～同時、一起。

銭《せん》湯《とう》

銭湯

08

下鳥陽子／著

銭湯《せんとう》とは、日本《にっぽん》の公衆浴場《こうしゅうよくじょう》の一種《いっしゅ》で、入浴料金《にゅうよくりょうきん》を定《さだ》め公衆《こうしゅう》を入浴《にゅうよく》させるための施設《しせつ》である。もともとは、仏教伝来《ぶっきょうでんらい》のために中国《ちゅうごく》などから日本《にっぽん》へ来《き》た僧侶《そうりょ》たちが身《み》を清《きよ》める「浴堂《よくどう》」が始《はじ》まりとも言《い》われている。寺院《じいん》に設置《せっち》された「浴堂《よくどう》」は、次第《しだい》に[1]一般《いっぱん》の庶民《しょみん》にも開放《かいほう》されるようになり、後《のち》に入浴料《にゅうよくりょう》を支払《しはら》って入浴《にゅうよく》する銭湯《せんとう》（風呂屋《ふろや》または湯屋《ゆや》とも呼《よ》ばれる）が増《ふ》えていった。庶民《しょみん》や下級武士《かきゅうぶし》に開放《かいほう》されるようになった当初《とうしょ》は、男女混《だんじょこん》浴《よく》で、娯楽《ごらく》・社交《しゃこう》の場《ば》としても機能《きのう》していた。その一方《いっぽう》で、窓《まど》も少《すく》なく薄暗《うすぐら》いものが多《おお》かったため、盗難《とうなん》なども少《すく》なくなく、衛生面《えいせいめん》でも問題《もんだい》があったようだ。江《え》戸《ど》（現在《げんざい》の東京《とうきょう》の旧称《きゅうしょう》）における最初《さいしょ》の銭湯《せんとう》は、薬草《やくそう》をたいてその蒸気《じょうき》を浴《あ》びる蒸風呂《むしぶろ》タイプのものであった。その後《ご》だんだんと浴槽《よくそう》に湯《ゆ》を入《い》れるタイプへと変化《へんかし》していった。多《おお》くの庶民《しょみん》は自分《じぶん》の家《いえ》に風呂《ふろ》を持《も》つことが経済的《けいざいてき》に困難《こんなん》だったため、公衆浴場《こうしゅうよくじょう》である銭湯《せんとう》を利用《りよう》して入浴《にゅうよく》するのが一般的《いっぱんてき》であった。このように、昔《むかし》から日本人《にっぽんじん》は一日《いちにち》の疲《つか》れを癒《いや》すために多《おお》くの人《ひと》が入浴《にゅうよく》を好《この》んでいた事《こと》や、庶民《しょみん》の衛生観念《えいせいかんねん》が向上《こうじょう》したことで、街中《まちなか》でもそれを営業《えいぎょう》とする銭湯《せんとう》が増《ふ》え、十九世紀《じゅうきゅうせいき》初期《しょき》には江戸《えど》だけでも約六百軒《やくろっぴゃくけん》以上《いじょう》の銭湯《せんとう》があったという。近代《きんだい》に入《はい》ると、これまでの薄暗《うすぐら》い銭湯《せんとう》から、湯気抜《ゆげぬ》きの窓《まど》を設《もう》け天井《てんじょう》を高《たか》くした広《ひろ》く開放的《かいほうてき》な造《つく》りが主流《しゅりゅう》となった。太平洋戦争後《たいへいようせんそうご》には、人口《じんこう》そのもの[2]の増加《ぞうか》や高度成長期《こうどせいちょうき》の労働者《ろうどうしゃ》の増加《ぞうか》とともに全国《ぜんこく》で多《おお》くの銭湯《せんとう》が建築《けんちく》され、その数《かず》は約二万二千軒《やくにまんにせんけん》にも上《のぼ》った[3]。暦《こよみ》に合《あ》わせて柚子湯《ゆずゆ》や菖蒲湯《しょうぶゆ》など季節《きせつ》の伝統行事《でんとうぎょうじ》を行《おこな》ったりする銭湯《せんとう》もあった。

ここで関東地方《かんとうちほう》で多《おお》く見《み》られる一般的《いっぱんてき》な銭湯《せんとう》の構造《こうぞう》を紹介《しょうかい》してみよう。まず、入《い》り口《ぐち》には「ゆ（湯《ゆ》）」の字《じ》が書《か》かれた大《おお》きな暖簾《のれん》[4]がかかっていることが多《おお》く、その入《い》り口《ぐち》を入《はい》ると履物《はきもの》を入《い》れる下駄箱《げたばこ》[5]と入浴料《にゅうよくりょう》を払《はら》う番台《ばんだい》（カウンター）がある。その先《さき》に男湯《おとこゆ》と女湯《おんなゆ》に分《わ》かれた脱衣所《だついじょ》・浴室《よくしつ》があり、さらにその先《さき》は体《からだ》を洗《あら》う洗《あら》い場《ば》と湯《ゆ》につかる浴槽《よくそう》に分《わ》かれている。また大《おお》きな特徴《とくちょう》は、浴室《よくしつ》の壁《かべ》にペンキで描《えが》かれた壁画《へきが》（ペンキ絵《え》）があり、とりわけ[6]富士山《ふじさん》を題材《だいざい》にした図柄《ずがら》[7]が多《おお》く見《み》られる。これは、浴槽《よくそう》が壁側《かべがわ》にある東日本《ひがしにほん》の銭湯特有《せんとうとくゆう》のもので、浴槽《よくそう》が浴室《よくしつ》の中央《ちゅうおう》にある西日本《にしにほん》の銭湯《せんとう》にはほとんど見《み》られないそうだ。全国的《ぜんこくてき》には、タイルに絵《え》を描《えが》き焼《や》いたものを壁《かべ》に装飾《そうしょく》したものが多《おお》い。図柄《ずがら》には、「宝船《たからぶね》」「鯉《こい》の瀧昇《たきのぼ》り」「七福神《しちふくじん》」など縁起《えんぎ》の良豪華《よいごうか》なものが多《おお》いが、高価《こうか》なものだったため一《いち》部《ぶ》の銭湯《せんとう》にのみ見《み》られた。

▲要取下木板鑰匙就會上鎖，是最傳統的鞋櫃。

▲錢湯一般都男女分開，正對著彼此。是最傳統的鞋櫃。

このように、近代化《きんだいか》した銭湯《せんとう》では、かつての板張《いたば》りの洗《あら》い場《ば》や浴槽《よくそう》から、次《し》第《だい》にタイルを使用《しよう》した耐久性《たいきゅうせい》があり衛生《えいせい》的《てき》な浴室《よくしつ》が好《この》まれるようになった。同時《どうじ》に壊《こわ》れやすかった木《き》の桶《おけ》から、プラスチック製《せい》の桶《おけ》も普及《ふきゅう》し始《はじ》めた。当時《とうじ》はそれに広告《こうこく》を載《の》せて銭湯《せんとう》に納品《のうひん》されることが多《おお》かった。中《なか》でも全国《ぜんこく》の銭湯《せんとう》でよく見《み》かける「ケロリン」の赤《あか》い文字《もじ》は有名《ゆうめい》で、かつて行《おこな》われた東京《とうきょう》オリンピックの前年《ぜんねん》一九六三年《ねん》に、ある製薬会社《せいやくがいしゃ》が始《はじ》めた広《こう》告《こく》が最初《さいしょ》であると言《い》われている。このように銭湯《せんとう》を利用《りよう》した広告《こうこく》は多《おお》くの人《ひと》の目《め》に留《と》まり[8]、広告効果《こうこくこうか》があった。最近《さいきん》では、テレビアニメの「けものフレンズ」とコラボレーションした桶《おけ》も実現《じつげん》した。

日常生活《にちじょうせいかつ》の中《なか》で利用《りよう》されることの多《おお》い銭湯《せんとう》とは別《べつ》に、近年《きんねん》では「スーパー銭《せん》湯《とう》」や「健康《けんこう》ランド」のような公衆浴場《こうしゅうよくじょう》も見《み》られ、家族連《かぞくづ》れでも、一人《ひとり》でも気軽《きがる》に楽《たの》しめる施設《しせつ》も増《ふ》えている。温度《おんど》の異《こと》なるお湯《ゆ》はもちろん、気泡《きほう》のでるジャグジー式《しき》の浴槽《よくそう》、炭酸《たんさん》ガスが溶《と》け込《こ》んだ炭《たん》酸風呂《さんぶろ》、バラの花《はな》びらを浮《う》かばせたバラ風呂《ぶろ》、岩盤浴《がんばんよく》などそれぞれの効能《こうのう》を楽《たの》しむことができるほか、垢《あか》すりやマッサージ、食事《しょくじ》など施設内《しせつない》のサービスが充実《じゅうじつ》しているところも少《すく》なくない。

日本《にっぽん》で古《ふる》くから使《つか》われている言《い》い回《まわ》し[9]で「裸《はだか》の付《つ》き合《あ》い」という言葉《ことば》がある。身《み》を守《まも》るものをすべて脱《ぬ》ぎ捨《す》て本心《ほんしん》や本《ほん》音《ね》を語《かた》り合《あ》うような親《した》しい人間関係《にんげんかんけい》のことを言《い》う。日本《にっぽん》の映画《えいが》やドラマでは、いろいろな場面《ばめん》で銭湯《せんとう》での入浴《にゅうよく》シーンがよく使《つか》われる。なぜなら、銭湯《せんとう》という場所《ばしょ》が昔《むかし》から地域《ちいき》のコミュニティーとして機《き》能《のう》してきたからである。大《おお》きな湯舟《ゆぶね》の暖《あたた》かい湯《ゆ》に体《からだ》を沈《しず》め精神的《せいしんてき》に解放《かいほう》されリラックスすることで、自然《しぜん》に身分《みぶん》や職業《しょくぎょう》を超《こ》えた個々《こここ》の人間《にんげん》としての会話《かいわ》が生《う》まれるのかもしれない。

錢湯是日本公眾浴池的一種，訂出使用金額，讓大眾可以進入沐浴的設施。據說原本起源自，從中國等地到日本傳教的佛教僧侶淨身用的「浴堂」，原本設置於寺院裡的「浴堂」，也逐漸開放給一般平民使用，之後只要支付使用費即可沐浴的錢湯（也被稱為風呂屋或是湯屋）漸漸增加。開放給平民及下級武士使用的當時為男女混浴，還兼有娛樂、社交的功能。另一方面，因為窗戶稀少，許多錢湯光線昏暗，所以不少竊盜等狀況，衛生方面也有問題。江戶（東京的舊稱）的第一個錢湯，是燃燒藥草，沐浴其蒸氣的蒸氣浴型態。之後漸漸變轉變成在浴缸內倒入熱水的型態。因為許多平民經濟不允許在自己家裡建浴室，所以利用公眾浴池的錢湯沐浴相當普遍。如同這般，日本人從以前就有許多人喜歡藉由沐浴來洗去一天的疲

▲泡進熱水前，記得要先把身體洗乾淨喔！也切記毛巾不能放進浴池中。

憊，加上平民的衛生觀念提高，因此街上以此營生的錢湯也逐漸增加，十九世紀初期，據說光江戶就有超過六百間錢湯。進入近代後，從原本光線昏暗的錢湯，變成設有透氣窗、加高樓高、建造出寬廣且開放的空間，這也漸漸成為主流。太平洋戰爭後，隨著人口增加以及高度成長期的勞工數增加，全國各地建造了許多錢湯，其數量約莫超過兩萬兩千間。有些錢湯還會配合節慶，推出柚子澡、菖蒲澡等季節性傳統活動。

在此介紹關東地區最常見的錢湯構造吧！首先，入口處大多掛有寫著大大的「ゆ（湯）」字的門簾，走過入口後，就有放鞋子的鞋櫃和支付使用費用的櫃台。接著就是男女有別的更衣室、浴室，裡面還會再分成先清洗身體的區域和泡澡用的浴缸。另外，還有個大特徵就是浴室的牆壁繪有用油漆畫出來的壁畫（油漆畫），特別常見以富士山為題材的圖樣。這是將浴缸靠牆設置的東日本的錢湯特有之景，據說這在將浴缸設置於中央的西日本錢湯幾乎看不到。以全國來說，許多錢湯會把在磁磚上作畫、窯燒後的東西裝飾於牆壁上。圖樣也多為「寶船」、「鯉躍瀑布而上」、「七福神」等吉祥的豪華圖樣，但因為價格不菲，只有在部分的錢湯能看到。

就像這樣，近代化的錢湯裡，人們的喜好從原本木板鋪設的洗澡處及浴缸，漸漸轉變成喜歡使用磁磚，耐久性佳且更衛生的浴室。同時，塑膠製的水桶也取代了容易損壞的木桶且開始普及。當時常會在樹膠桶貼上廣告後交貨給錢湯，其中，在全國的錢湯裡常見的「ケロリン（止痛藥藥名）」紅色字樣最為有名，據說這起源自過去舉辦東京奧運前一年的一九六三年，為某間製藥公司刊載的廣告。就像這樣，利用錢湯宣傳的廣告被許多人看見，達到廣告效果。最近也實現了和電視動漫「けものフレンズ（動物朋友）」聯名的水桶。

和日常生活中常利用的錢湯不同，近年也出現了「超級錢湯」、「健康中心」這類的公眾浴池，不管是攜家帶眷還是單獨一人皆可輕鬆享受的設施也增加了。不僅有不同溫度的浴池，還有會噴出氣泡的按摩浴缸、溶入二氧化碳氣體的碳酸澡、撒上玫瑰花瓣的玫瑰花澡、岩盤浴等，除了可以享受各自不同的功效外，還有搓澡、按摩、餐點等等，其設施內擁有多元服務的店家也不少。

日本自古以來，「赤誠相見」是常被掛在口邊的措辭表現，意指將保護身體的防衛全部褪去，彼此可以真心對話的親密人際關係。日本電影、連續劇中，各種場面上的錢湯沐浴畫面裡常會用到這句話。這是因為錢湯這個地方，從以前就有著地區交流的功能。或許是將身體浸泡在大浴缸的熱水裡，精神得以解放、放鬆後，自然而然就能聊出超越身分與職業，單純人與人之間的對話吧。

單字與句型

單字

1. 次第《しだい》に：漸漸地。
2. ～そのもの：其本身。
3. ～にも上のぼる：達到某種數量。
4. 暖簾《のれん》：印有商店名的門簾。
5. 下駄箱《げたばこ》：放置木屐的鞋櫃。
6. とりわけ：特別、格外。
7. 図柄《ずがら》：圖案。
8. 目《め》に留《と》まる：矚目、印象深刻。
9. 言《い》い回《まわ》し：說法。

句型

- ～における：①在～。表示動作進行的場所、時間。②與～有關。後續名詞，在此為①的意思。
- ほか（外《ほか》）：此外～。

第三章

眾樂樂：眾人同樂的藝能與遊戲

科技日新月異，休閒娛樂的選擇隨之多樣，但真正能把人串連起來的卻不多。何不暫時離開網路世界，面對面來場深度交流？用將棋鬥智、從茶道品味一期一會的難能可貴、自盆踊感受凝聚力之美……，親身參與競技遊戲與文化活動，創造獨一無二的回憶吧！

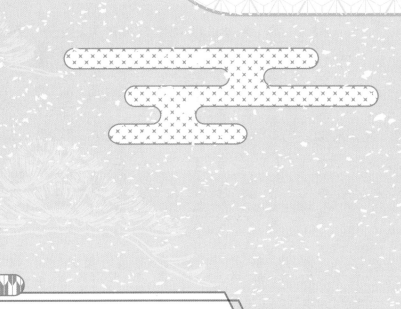

◎眾遊！傳統小遊戲

◎競技歌牌

◎茶道

◎香道

◎將棋

◎盆踊

めんこ

日本《にほん》の男性《だんせい》が小《ちい》さい頃《ころ》、絶対《ぜったい》に遊《あそ》んだことがあるといっても過言《かごん》ではない日本《にほん》の伝統《でんとう》な遊《あそ》びといえば、めんこが挙《あ》げられる。めんこの歴史《れきし》は、江戸時代《えどじだい》に始《はじ》まった泥《どろ》めんこから始《はじ》まる。その後《ご》、明治初期《めいじしょき》に鉛製《なまりせい》のめんこが普及《ふきゅう》し、明治三十年頃《めいじさんじゅうねんころ》にボール紙製《がみせい》のめんこに変《か》わった。一《いっ》般的《ぱんてき》なめんこの形《かたち》には長方型《ちょうほうがた》と丸型《まるがた》がある。めんこの基本的《きほんてき》な遊《あそ》び方《かた》の中《なか》で一番有名《いちばんゆうめい》なのは「おこし」という。自分《じぶん》のめんこを相手《あいて》のめんこの横《よこ》の地面《じめん》にぶつけ、風圧《ふうあつ》で裏返《うらがえ》しにすることで、相手《あいて》のめんこをもらうことができる。めんこの絵柄《えがら》には男《おとこ》の子《こ》の憧《あこが》れる武者《むしゃ》などが印刷《いんさつ》されていることが多《おお》い、男《おとこ》の子《こ》の間《あいだ》の遊《あそ》びでもあり、戦《たたか》いでもある。

面子

說起「這是日本男性小時候絕對玩過的遊戲」也不為過的日本傳統遊戲，就會提到面子。面子的歷史，從江戶時代開始出現的泥土面子開始。之後在明治初期，鉛製面子普及，明治三十年左右變成了用紙板製成的面子。一般來說，面子的形狀有長方形和圓形。面子基本的遊戲方法中，最有名的就是「掀翻」，把自己的面子朝對方面子旁邊的地面砸，利用風壓將對方的面子翻面後，就可以收為己有。面子的花紋多會印上受男生憧憬的武士等東西，這是男孩子間的遊戲，也是戰爭。

おはじき

おはじきは、めんこと似《に》たような遊《あそ》び方《かた》で、指《ゆび》で弾《はじ》いて相手《あいて》のおはじきに当《あ》てたら、もらえる。めんこのように攻撃的《こうげきてき》ではなく、室内《しつない》で静《しず》かに遊《あそ》べるので、男《おとこ》の子《こ》より女《おんな》の子《こ》に好《この》まれるのであろう。おはじきはガラス製《せい》で、形《かたち》は平《たい》らで、直径《ちょっけい》は約十二《やくじゅうに》ミリの大《おお》きさである。指《ゆび》で弾《はじ》いて遊《あそ》ぶことから「おはじき」と名付《なづ》けられた。弾《はじ》いて遊《あそ》ぶ以外《いがい》にも、見《み》て楽《たの》しむ遊《あそ》びでもある。日本《にほん》でおはじきが遊《あそ》びとして広《ひろ》まったのは奈良時代《ならじだい》だとされている。中国《ちゅうごく》から伝《つた》わってきたとも言《い》われているが、諸説《しょせつ》ある。当時《とうじ》のおはじきは小石《こいし》が使《つか》われていたことから「石弾《いしはじ》き」と呼《よ》ばれていた。ガラス製《せい》のおはじきになったのは明治時代後《めいじじだいこう》期《き》である。

彈子

彈子玩法和面子類似，用手指彈自己的彈子，如果撞到對方的彈子，就可以收為己有。但這個遊戲比起男生，更受到女生喜愛，因為它不像面子那般具攻擊性，可以在室內安靜遊玩。彈子是玻璃，形狀扁平，直徑約12公厘。因為玩法是用手指彈，被稱為「彈子」。除了彈著玩，也是個可以旁觀欣賞的遊戲。一般認為日本是從奈良時代開始出現這種遊戲，據說是從中國傳入，但有諸多說法。因為當時是用小石頭來玩，也被稱為「彈石頭」，是在明治後期才變成玻璃製的彈子。

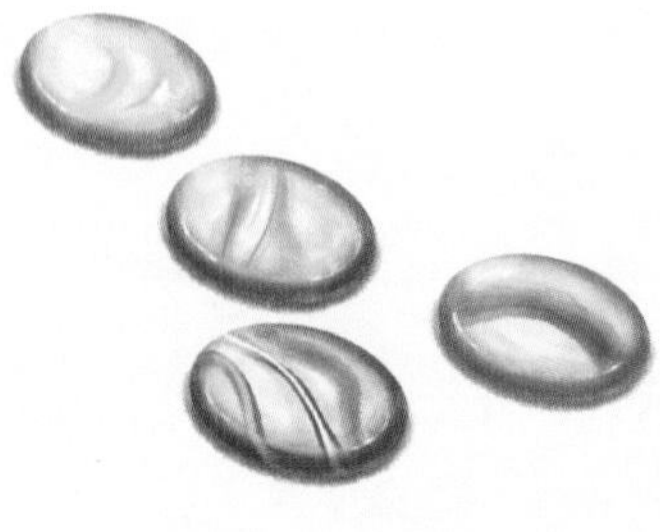

なで
でんとう
伝統
ム
傳統小遊戲
佳蓉／著 09

羽根つき

羽根《はね》つきは、日本《にほん》の女《おんな》の子《こ》がよくお正月《しょうがつ》の時《とき》にする遊《あそ》びである。遊《あそ》び方《かた》は、ラケットでシャトルを落《お》とさないように打《う》ち合《あ》うバドミントンに似《に》ている。羽《は》根《ね》つきの場合《ばあい》は羽子板《はごいた》で羽根《はね》を打《う》ち、落《お》としたほうが負《ま》けになり、顔《かお》に墨《すみ》を塗《ぬ》られるルールがある。顔《かお》に墨《すみ》を塗《ぬ》られるのは罰《ばつ》ゲームだと思《おも》われているが、実《じっ》はそうではない。羽根《はね》の先《さき》に無《む》患子《くろじ》が塗《ぬ》られているという意味《いみ》は、子供《こども》が病気《びょうき》にならないようにと願《ねが》いが込《こ》められているということである。そのため羽根《はね》つきを長《なが》く打《う》ち続《つづ》けることは、お互《たが》いの健康《けんこう》を願《ねが》うという意味《いみ》があるそうだ。羽根《はね》つきで使《つか》われている羽子板《はごいた》には押絵《おしえ》という装飾法《そうしょくほう》で飾《かざ》りをつけ、飾《かざ》り物《もの》や店《みせ》の商売繁盛《しょうばいはんじょう》に使《つか》われるものもある。今《いま》でも家《いえ》や商店《しょうてん》などで、お正月《しょうがつ》の飾《かざ》りとしても使《つか》われ続《つづ》けている。

板羽球

板羽球是日本女生常在新年時玩的遊戲。玩法和拿球拍交互打羽毛球，不能讓球落地的羽球十分類似。板羽球則是拿羽子板打毽子，規則是沒接到的那方就算輸，會被用墨水在臉上畫一筆。常有人覺得用墨水在臉上畫畫是處罰，其實並非如此。從毽子的羽毛前端塗有無患子，希望孩子能無病無痛的這一點來看，板羽球帶有為了希望彼此健康，傳接球能愈久愈好的意思。現在用於板羽球的羽子板上面會用貼畫這種手法裝飾，也被店家用來當裝飾品祈求生意興隆。時至今日，仍會被家庭或商店用作新年裝飾。

みん
遊《あそ》ぶゲ

眾遊！

紙風船《かみふうせん》

紙風船《かみふうせん》は、文字通《もじどお》り紙《かみ》でできている風船《ふうせん》のこと。中《なか》でも六《ろく》色八枚《しょくはちまい》の紙《かみ》は伝統的《でんとうてき》な紙風船《かみふうせん》に使《つか》われている。六色《ろくしょく》はそれぞれ白《しろ》・赤紫《あかむらさき》・黄《き》・青《あお》・白《しろ》・赤《あか》・黄《き》・緑《みどり》の順《じゅん》に繋《つな》がっている。遊《あそ》び方《かた》はとてもシンプルで、掌《てのひら》で打《う》ち上《あ》げて遊《あそ》ぶだけだ。掌《てのひら》に当《あ》たると「クシャ」という軽快《けいかい》な音《おと》がし、単純《たんじゅん》なだけに気《き》がつけば夢中《むちゅう》になって遊《あそ》んでいるはずだ。紙風船《かみふうせん》は、明治《めいじ》二十四年頃《にじゅうよねんごろ》に登場《とうじょう》したと言《い》われている。その後《ご》、おもちゃとして主《おも》に駄菓《だが》子屋《しや》で売《う》られ、愛《あい》されてきた。日本《にほん》の夏《なつ》の風物詩《ふうぶつし》で、前述《ぜんじゅつ》のカラフルなデザインのもの以外《いがい》に、果物《くだもの》や動物《どうぶつ》をモチーフにした紙《かみ》風船《ふうせん》も多《おお》く、目《め》で楽《たの》しむこともできる。

紙氣球

紙氣球，如字面所示是用紙張製成的氣球。傳統的紙氣球會使用六色八張紙，六個顏色分別依白、紅紫、黃、藍、白、紅、黃、綠的順序連結。遊玩方法相當簡單，只要用掌心往上打就好。因為不是用普通紙張，而是用玻璃紙製作，所以很輕，容易往上打。擊中掌心時會發出「唰」的輕快聲音。因為是單純的遊戲，發現時已經玩得忘我了。紙氣球據說是在明治二十四年登場，之後，主要做為玩具，在柑仔店裡販售，深受喜愛。這是日本體現夏季風情的事物，除了前述色彩鮮豔的東西外，也有許多以水果或動物為主題，也可以觀賞。

紙相撲《かみずもう》

紙相撲《かみずもう》は、厚紙《あつがみ》で力士《りきし》の絵《え》を描《えが》き、切抜《きりぬ》いて半分《はんぶん》に折《お》り、土《ど》俵《ひょう》を模《も》した台《だい》の上《うえ》に乗《の》せ、相撲《すもう》の力士《りきし》のように組《く》ませる。そして、対戦《たいせん》する双方《そうほう》が指《ゆび》で台《だい》を叩《たた》いて振動《しんどう》させ、厚紙《あつがみ》の力士《りきし》たちに相撲《すもう》に似《に》た動《うご》きをさせることによって勝負《しょうぶ》を競《きそ》う遊《あそ》びである。「トントン相撲《ずもう》」ともいう。「トントン」とは、紙相撲《かみずもう》で台《だい》を叩《たた》く音《おと》が「トントン」と聞《き》こえるのに由来《ゆらい》するらしい。とてもシンプルな遊《あそ》び方《かた》だけれど、知《し》らず知《し》らずテンションが上《あ》がって、思《おも》わず声《こえ》が出《で》てしまうほどだ。男《おとこ》の子《こ》、女《おんな》の子《こ》ともに人気《にんき》の遊《あそ》びである。紙相撲《かみずもう》の始《はじ》まりは、昭和《しょうわ》二十六年《にじゅうろくねん》徳川義幸《とくがわよしゆき》氏《し》が紙力《かみりき》士《し》で遊《あそ》んだのが最初《さいしょ》だった。今《いま》では、相撲《すもう》の力士《りきし》だけではなく、動物《どうぶつ》やさまざまなキャラクターなどバラエティー豊《ゆた》かである。

紙相撲

紙相撲就是在厚紙板上畫上相撲力士的畫，剪下來後對折，擺上模擬土俵的平台上，使其如相撲力士般對賽。接著，對戰的雙方用手指敲擊平台創造震動，讓厚紙板力士們做出類似相撲的動作，彼此較量的遊戲。也被稱為「咚咚紙相撲」。「咚咚」的由來是，在玩相撲時敲擊平台的聲音聽起來「咚咚」響。雖然玩法相當簡單，但會在不知不覺中變得興奮，忍不住就大叫出聲。是種受男生、女生歡迎的遊戲。紙相撲的起始，是源自於昭和二十六年德川義幸拿紙力士來玩。現在不只是相撲力士，還有動物及各種不同角色，種類相當豐富。

缶蹴《かんけ》り

缶蹴《かんけ》りは、空《あ》き缶《かん》を使《つか》ったかくれんぼと鬼《おに》ごっこをミックスした遊《あそ》びである。遊《あそ》び方《かた》は、「×」などの印《しるし》を付《つ》け、もしくは円《えん》を描《か》いた所《ところ》に空《あ》き缶《かん》を置《お》く。鬼《おに》以外《いがい》の人《ひと》が缶《かん》を思《おも》い切《き》り蹴飛《けと》ばす。鬼《おに》は蹴飛《けと》ばされた缶《かん》を印《しるし》を付《つ》けた所《ところ》に戻《もど》し、決《き》められた数《かず》（例《たと》えば「十《じゅう》」）をカウントダウンする間《あいだ》に、ほかの人《ひと》は隠《かく》れる。鬼《おに》は隠《かく》れている人《ひと》を見《み》つけた時《とき》、大《おお》きな声《こえ》で「（名前《なまえ》）見《み》つけた！」と叫《さけ》んで、缶《かん》を踏《ふ》みに戻《もど》る。見《み》つけられた人《ひと》は缶《かん》のそばで助《たす》けを待《ま》つ。鬼《おに》が隠《かく》れている人《ひと》を探《さが》している間《あいだ》に捕《つか》まっていない人《ひと》が缶《かん》を蹴《け》ることができたら、今《いま》まで捕《つか》まっていた人《ひと》はまた隠《かく》れることができる。缶蹴《かんけ》りは、昭和初期《しょうわしょき》に始《はじ》まったが、今《いま》でも、子供《こども》の間《あいだ》で人気《にんき》が高《たか》い遊《あそ》びの一《ひと》つである。

踢罐子

踢罐子，是使用空罐，將捉迷藏和躲貓貓結合起來的遊戲。玩法是把空罐子擺在畫上「╳」等記號上或是圓圈裡。鬼以外的人用力踢罐子之後，當鬼的人要去把踢飛的罐子撿回來擺回原來的地方，其他人要在鬼數決定好的數字（例如「10」）時去躲起來。鬼找到躲起來的人之後，要大喊「找到（名字）了！」並跑回原本的地方踩罐子。被找到的人要在罐子旁邊等救援。鬼在找躲起來的人之時，還沒被抓住的人成功踢到罐子後，剛剛被抓到的人就能再跑去躲起來。

踢罐子遊戲出現於昭和初期，現在也是相當受孩子們歡迎的遊戲之一。

雪合戦《ゆきがっせん》

雪合戦《ゆきがっせん》は、簡単《かんたん》に言《い》うと雪《ゆき》を使《つか》う遊《あそ》びであり、雪《ゆき》が多《おお》く降《ふ》る地《ち》域《いき》でよく行《おこな》われている。自然《しぜん》の遊《あそ》び場《ば》として当地《とうち》の人々《ひとびと》に好《この》まれてきた。雪《ゆき》が降《ふ》らない地域《ちいき》の人々《ひとびと》に羨《うらや》ましがられている。雪《ゆき》を使《つか》う遊《あそ》びは古《ふる》くからあったものとみられ、日本《にほん》では平安時代《へいあんじだい》には行《おこな》われていたとされている。雪合戦《ゆきがっせん》は、ただ雪《ゆき》を握《にぎ》り、固《かた》めてぶつけ合《あ》う遊《あそ》びだけではなく、「スポーツ雪合戦《ゆきがっせん》」としても人気《にんき》を集《あつ》めている。スポーツ雪合戦《ゆきがっせん》の始《はじ》まりは、北海道《ほっかいどう》の壮《そう》瞥町《べつちょう》という町《まち》で冬《ふゆ》でも地域《ちいき》を活《かっ》性化《せいか》できるような町《まち》を作《つく》りたいという考《かんが》えから生《う》まれた。その後《ご》、日本各地《にほんかくち》で全国大会《ぜんこくたいかい》が開催《かいさい》され、海外《かいがい》にも広《ひろ》まっていった。雪《ゆき》が降《ふ》る所《ところ》での冬《ふゆ》の代表的《だいひょうてき》な遊《あそ》びの一《ひと》つとして子供《こども》だけでなく、大人《おとな》にも楽《たの》しまれている。

打雪仗

打雪仗，簡單來說就是拿雪來玩的遊戲，常降雪的地區常會玩這個遊戲。這天然的遊戲場所深受當地居民們喜愛，受到不降雪地區的居民羨慕。一般認為自古就有拿雪來玩的遊戲，據傳日本在平安時代就有這類遊戲。

打雪仗，不僅僅只是抓一把雪，捏緊之後互砸的遊戲，「運動打雪仗」也非常受到歡迎。運動打雪仗的起源，是北海道的壯瞥町這個小鎮，為了創造一個在冬季中也能讓地區活絡的城鎮這樣的想法中誕生。那之後，在日本各地舉辦全國大賽，也普及到國外去。

這是降雪地區冬季的代表性遊戲之一，不僅是孩子，大人也樂在其中。

枕投《まくらな》げ

枕投《まくらな》げは、枕《まくら》を投《な》げ合《あ》う遊《あそ》びである。移動教室《いどうきょうしつ》や修学旅行《しゅうがくりょこう》などで宿泊《しゅくはく》した際《さい》に行《おこな》うこの枕投《まくらな》げは学生《がくせい》の間《あいだ》で非常《ひじょう》に人気《にんき》がある。修学旅行《しゅうがくりょこう》の夜《よる》といえば、枕《まくら》投《な》げ！と思《おも》っている人《ひと》も多《おお》いだろう。「枕合戦《まくらがっせん》」ともいう。修《しゅう》学旅行《がくりょこう》の遊《あそ》びだけにとどまらず、「枕投《まくらな》げ大会《たいかい》」にも発展《はってん》していき、社員旅行《しゃいんりょこう》で枕投《まくらな》げ大会《たいかい》を開《かい》催《さい》する会社《かいしゃ》も近年《きんねん》増《ふ》え始《はじ》めた。枕投《まくらな》げが単《たん》なる遊《あそ》びから八対八《はちたいはち》ドッヂボールに似《に》た形式《けいしき》のスポーツに進化《しんか》したきっかけは、二〇一三年静岡県伊東温泉《ねんしずおかけんいとうおんせん》にて行《おこな》われた「全日本《ぜんにほん》まくら投《な》げ大会《たいかい》in伊東温泉《いとうおんせん》」である。現在《げんざい》は、全国的《ぜんこくてき》に予選会《よせんかい》が開催《かいさい》されるほどである。枕投《まくらな》げはいつから始《はじ》まったのか、明《あき》らかではない。江戸時代《えどじだい》に行《おこな》われていた可能性《かのうせい》が高《たか》いという説《せつ》がある。

枕頭戰

枕頭戰，就是拿枕頭互砸的遊戲。在移動教室（中小學的校外教學）或是修學旅行等需要住宿時，這個枕頭戰的遊戲相當受到學生們歡迎。應該有許多人聽到修學旅行的夜晚，就會想到「枕頭戰！」吧，也被稱為「枕頭大戰」。這不僅只是修學旅行中的遊戲，還發展成「枕頭戰大賽」，在員工旅行中舉辦枕頭戰大賽的公司近幾年也開始增加。枕頭戰從單純的遊戲進化成類似8對8躲避球形式的運動的契機，是二〇一三年在靜岡縣伊東溫泉舉辦的「全日本枕頭戰大賽in 伊東溫泉」。現在甚至會在全國各地舉辦預賽。不清楚枕頭戰是起源於什麼時候，但有種說法是，在江戶時代即有枕頭戰的可能性極高。

競技《きょうぎ》かるた

競技歌牌

10 下鳥陽子／著

六《ろく》～十三世紀前半《じゅうさんせいきぜんはん》ごろまでの百人《ひゃくにん》の歌《か》人《じん》の和歌《わか》を一首《いっしゅ》ずつ集《あつ》めて作《つく》った歌集《かしゅう》がある。それが『小倉百人一首《おぐらひゃくにんいっしゅ》』である。十七世紀《じゅうしちせいき》ごろになると絵入《えい》りの歌《うた》がるたの形態《けいたい》で庶民《しょみん》に広《ひろ》まり、子供《こども》から大人《おとな》まで楽《たの》しめる遊戯《ゆうぎ》として普及《ふきゅう》した。百人一《ひゃくにんいっ》首《しゅ》の歌《うた》がるたは百枚《ひゃくまい》の読《よ》み札《ふだ》と同《おな》じ枚数《まいすう》の取《と》り札《ふだ》からなる。現在《げんざい》の百人一首《ひゃくにんいっしゅ》は、読《よ》み札《ふだ》に歌人《かじん》の肖像《しょうぞう》と作者《さくしゃ》の名前《なまえ》・和歌《わか》が記《しる》されている。取《と》り札《ふだ》だけには同《おな》じ和歌《わか》の下《しも》の句《く》（後半部分《こうはんぶぶん》）だけが、すべて仮《か》名《な》で書《か》かれている。一般的《いっぱんてき》なルールは、読《よ》み手《て》が上《かみ》の句《く》（前半部分《ぜんはんぶぶん》）を読《よ》み上《あ》げ、取《と》り手《て》は並《なら》べた取《と》り札《ふだ》の中《なか》から下《しも》の句《く》を探《さが》して取《と》り、最《もっと》も多《おお》くの札《ふだ》を取《と》った人《ひと》が勝《か》ち、というものだ。

現在《げんざい》では、正月《しょうがつ》の風物詩《ふうぶつし》[1]として伝統《でんとう》文化的《ぶんかてき》な側面《そくめん》[2]を持《も》ちながら、一方《いっぽう》で、競技《きょうぎ》として行《おこな》われている「競技《きょうぎ》かるた」も盛《さか》んである。明治時代以前《めいじじだいいぜん》から各地《かくち》で行《おこな》われていたこの競技《きょうぎ》は、百人一首《ひゃくにんいっしゅ》の百《ひゃく》枚《まい》の読《よ》み札《ふだ》と無作為《むさくい》[3]に選《えら》ばれた五十枚《ごじゅうまい》の取《と》り札《ふだ》が用《もち》いられ、一対一《いったいいち》で勝《か》ち負《ま》けを争《あらそ》う個人戦《こじんせん》や、複数《ふくすう》の個人戦《こじんせん》で争《あらそ》い過《か》半数《はんすう》の選手《せんしゅ》が勝《か》ったチームが勝《か》ちとなる団体戦《だんたいせん》がある。団体戦《だんたいせん》では「声《こえ》かけ」といって対戦中《たいせんちゅう》の仲間《なかま》に対《たい》して行《おこな》う応援《おうえん》のようなものも許《ゆる》されている。地方《ちほう》により異《こと》なっていたルールは統一《とういつ》され修正《しゅうせい》を加《くわ》えながら現在《げんざい》に至《いた》っている。無作為《むさくい》に選《えら》ばれた取《と》り札《ふだ》を、二十五枚《にじゅうごまい》ずつ自分《じぶん》の陣《じん》地《ち》に三段《さんだん》に分《わ》けて並《なら》べた状態《じょうたい》で競技《きょうぎ》の準《じゅん》備《び》が整《ととの》う。並《なら》べた取《と》り札《ふだ》の位置《いち》を暗記《あんき》する時間《じかん》が十五分間設《じゅうごふんかんもう》けられた後《あと》、対戦相《たいせんあい》手《て》、読《よ》み手《て》の順《じゅん》に礼《れい》をしてから競技《きょうぎ》が開《かい》始《し》される。剣道《けんどう》や柔道《じゅうどう》などの武道《ぶどう》でよく使《つか》われる「礼《れい》に始《はじ》まり礼《れい》に終《お》わる」という言葉《ことば》があるが、これは礼儀《れいぎ》・礼節《れいせつ》をもって試合《しあい》に臨《のぞ》むことは勝敗《しょうはい》よりも重要《じゅうよう》であるという考《かん》え方《かた》を言《い》ったものである。競技《きょうぎ》かるたの試合《しあい》においても礼《れい》をしてから競技《きょうぎ》が開始《かいし》されるように、作法《さほう》[4]を守《まも》ることの大切《たいせつ》さ、また相手《あいて》への敬意《けいい》を示《しめ》すべきであることが重《おも》んじられている[5]。競技一試合《きょうぎいちしあい》あたりの所要時間《しょようじかん》はおよそ九十分《きゅうじゅっぷん》ほどで、全国《ぜんこく》クラスの大会《たいかい》に参加《さんか》する個人戦《こじんせん》の選手《せんしゅ》などは、トーナメント方式《ほうしき》で勝《か》ち進《すす》んでいくと五試合《ごしあい》から七試《しちし》合《あい》をこなす[6]ことになる。これは高度《こうど》な瞬発力《しゅんぱつりょく》だけでなく想像以上《そうぞういじょう》の体力《たいりょく》・持久《じきゅう》力《りょく》・集中力《しゅうちゅうりょく》が必要《ひつよう》となるため「畳《たたみ》の上《うえ》の格闘技《かくとうぎ》[7]」などと言《い》われることもある。

▲競技歌牌實際對戰情形

毎年一月上旬《まいとしいちがつじょうじゅん》[8]には、滋賀県大津市《しがけんおおつし》にある近江神宮《おうみじんぐう》で男子《だんし》の日本一決定戦《にほんいちけっていせん》である名人戦《めいじんせん》、女子《じょし》の日本一決定戦《にほんいちけっていせん》であるクイーン戦《せん》が開催《かいさい》されている。この大会《たいかい》を皮切《かわき》り[9]に、夏《なつ》に行《おこな》われる高校生限定大《こうこうせいげんていたい》会《かい》である「高校選手権《こうこうせんしゅけん》」の「かるた甲子《こうし》園《えん》」など、年間《ねんかん》を通《とお》してたくさんの大会《たいかい》が開催《かいさい》されている。

そんな競技《きょうぎ》かるたやかるたを題材《だいざい》にした作品《さくひん》はいくつかあるが、中《なか》でも競技《きょうぎ》かるたの世界《せかい》に情熱《じょうねつ》をかける高校生《こうこうせい》たちのストーリーを描《えが》いた作品《さくひん》で有名《ゆうめい》なのが、コミック『ちはやふる』である。初心者《しょしんしゃ》のいる弱小《じゃくしょう》チームながらも競技《きょうぎ》かるたの

▲《花牌情緣》
封面由東立出版社提供

▲《百人一首》中的在原業平朝臣　出自：国立国会図書館ウェブサイト

▲《百人一首》中的山部赤人（又稱山邊赤人）　出自：国立国会図書館ウェブサイト

全国大会出場《ぜんこくたいかいしゅつじょう》を目指《めざ》し、一生懸命練習《いっしょうけんめいれんしゅう》に励《はげ》む、ある高校《こうこう》の「競技《きょうぎ》かるた部《ぶ》」を舞台《ぶたい》にしたものだ。ストーリーの中《なか》では、百人一首《ひゃくにんいっしゅ》の和現代語訳《わげんだいごやく》を織《お》り込《こ》み[10]ながら、和歌《わか》をいろいろな角度《かくど》でひもといていくおもしろさがある。百人一首《ひゃくにんいっしゅ》の和歌《わか》のうち、四十三首《よんじゅうさんしゅ》は恋《こい》の歌《うた》であると言《い》われているが、昔《むかし》の人《ひと》も現代《げんだい》の人《ひと》も、人《ひと》を愛《あい》する心《こころ》には変《か》わりがない、と共感《きょうかん》したりもする。一方《いっぽう》、「田子《たご》の浦《うら》にうち出《い》でて見《み》れば白妙《しろたへ》の 富士《ふじ》の高嶺《たかね》に 雪《ゆき》は降《ふ》りつつ」（作者《さくしゃ》／山部赤人《やまべのあかひと》）は、日本一《にほんいち》の高《たか》さを誇《ほこ》る富士山《ふじさん》の壮大《そうだい》さや自然《しぜん》の不変《ふへん》さを詠《よ》んだもので、『ちはやふる』では「千年前《せんねんまえ》の人々《ひとびと》も今《いま》と同《おな》じ景色《けしき》を眺《なが》めていたのだ」、と描写《びょうしゃ》している。「ちはやぶる 神代《かみよ》も聞《き》かず竜田川《たつたがわ》からくれなゐに水《みず》くくるとは」（作者《さくしゃ》／在原業平朝臣《ありわらのなりひらあそん》）はコミック主人公《しゅじんこう》の綾瀬千早《あやせちはや》の代名詞《だいめいし》ともいえるだろう。コミック連載開始《れんさいかいし》から多《おお》くの賞《しょう》を受賞《じゅしょう》したこの作品《さくひん》は、二〇一一年《ねん》にアニメ化《か》された後《あと》、二〇一六年《ねん》にはコミック累計発行部数《るいけいはっこうぶすう》も一七〇〇万《まん》部《ぶ》を突破《とっぱ》し、実写映画化《じっしゃえいがか》となった。『ちはやふる - 上《かみ》の句《く》』と『ちはやふる - 下《しも》の句《く》』の二部作《にぶさく》にわけて映画公開《えいがこうかい》に至《いた》ったこの作品《さくひん》が、のちに競技《きょうぎ》かるたの認知《にんち》度《ど》に大《おお》きな影響《えいきょう》を与《あた》えたと言《い》っても過言《かごん》ではないだろう。作品《さくひん》のアニメ化《か》から実《じっ》写映画《しゃえいが》の公開後《こうかいご》、認知度《にんちど》のみならず競技《きょうぎ》人口《じんこう》も爆発的《ばくはつてき》に増加《ぞうか》するなど、「ちはやふるブーム」が起《お》きている。二〇一八年《ねん》三月《さんがつ》には、シリーズの三作目《さんさくめ》で完結編《かんけつへん》となる『ちはやふる - 結《むす》び』も公開《こうかい》された。

有一本歌集，是集結六至十三世紀前半左右的一百位歌人的各一首和歌製作而成，這就是《小倉百人一首》。十七世紀時，加入繪圖變成歌牌的型態在平民間普及，成為老少皆能樂在其中的遊戲。百人一首的歌牌，由一百張詠唱牌與相同數量的字牌構成。現在的百人一首，詠唱牌上記載歌人的肖像、作者名字與和歌，字牌上只有同一首和歌的下句（後半部分），內容全用假名書寫。一般的規則是，由詠唱者念出上句（前半部分）後，玩家從檯面上的字牌中找出下句，搶到最多字牌者獲勝。

於現代，不只有著新年象徵這傳統文化的

一面，另一方面，以比賽形式進行的「競技歌牌」也相當盛行。這項從明治時代以前即於各地舉辦的競賽，使用百人一首的一百張詠唱牌，以及隨意選出的五十張字牌。有一對一競爭的個人賽，也有進行複數場個人賽後，過半數選手勝利的隊伍即為勝者的團體賽。團體賽中，也允許選手為其他選手加油的「喊話」行為。原本依地區不同，規則也有不同，將其統一修正後，成為現有的形式。隨意選出的字牌，平分成二十五張，在各自的陣地中排成三排，這就做好賽前準備了。排好後，有十五分鐘讓選手背下字牌位置，接著依序向對戰對手、詠唱者敬禮後，正式開始比賽。劍道、柔道等武術比賽中常聽到「以禮為始、以禮為終」這句話，這表現出了比起勝負，更重要的是要有禮儀、禮節進行比賽的想法。在競技歌牌的比賽中，也是先敬禮後才進行比賽，這表現出他們更加重視遵守禮儀、且要向對方表現敬意這點。一場比賽大約耗時九十分鐘，參加全國級大賽的個人賽選手，在淘汰賽中一路過關斬將，大約得贏五到七場比賽。這不僅需要高度爆發力，也需要超乎想像的體力、耐力、專注力，所以也被稱為「塌塌米上的格鬥技」。

每年一月上旬，會在滋賀縣大津市的近江神宮裡舉辦爭奪日本男子第一的名人戰與爭奪日本女子第一的女王戰。以這場大賽為起頭，夏天會舉辦僅限高中生參加的「高中錦標賽」的「歌牌甲子園」等等，一年之中有非常多的大賽舉辦。

有幾個作品以競技歌牌或是歌牌為題材創作，而其中最為有名的，就是描繪高中生熱衷於競技歌牌世界中故事的漫畫《花牌情緣》。以某間有初學者的弱小隊伍，以參加全國大賽為目標，拼命努力練習的高中「競技歌牌社」為故事舞台的作品。不只將百人一首的現代語譯編入故事中，從各種角度來解讀和歌也是其有趣之處。一百首和歌中，有四十三首為情歌，不管是古代人還是現代人，愛人的心都沒有任何不同，這點也讓人產生共鳴。另一方面，「一出田子浦，遙見富士山。高高青峰上，紛紛白雪寒。」（作者／山部赤人）這首和歌即是吟詠日本第一高峰富士山的壯闊以及大自然的不變性，《花牌情緣》中，描寫為「千年以前的人和我們現在都看著相同景色啊」。「悠悠神代事，黯黯不曾聞。楓染龍田川，潺潺流水深。」（作者／在原業平朝臣）可說是漫畫主角綾瀨千早的代名詞了吧。從漫畫連載起，這個作品即獲得許多獎項，二〇一一年製作成動畫後，二〇一六年時，漫畫累積銷量超過一千七百萬本，接著拍攝成真人版電影。電影分別製作成《花牌情緣 - 上之句》和《花牌情緣 - 下之句》這二部曲上映，這部作品可說在之後為競技歌牌的認知度帶來巨大影響也不為過吧。作品製作成動畫以及真人版電影上映後，不僅是認知度，連競技人口也有爆發性成長等等，掀起了「花牌情緣熱潮」。系列作的第三部作品，同時也是完結篇的《花牌情緣 - 結》也於二〇一八年三月上映。

單字與句型

單字

1. 風物詩《ふうぶつし》：體現四季風情的事物。
2. 側面《そくめん》：事物的另一面。
3. 無作為《むさくい》：隨意、隨機。
4. 作法《さほう》：作法。
5. 重《おも》んじる：重視。
6. こなす：處理、運用自如。
7. 格闘技《かくとうぎ》：格鬥技、競技。
8. 上旬《じょうじゅん》：上旬。
9. 皮切《かわき》り：最初、開端。
10. 織《お》り込《こ》む：穿插、編入。

句型

- ～からなる：從～製成。
- ～ものだ：本來～。為一般事理、常識等客觀的看法。

茶《さ》道《どう》

11 茶道

水島利恵／著

抹茶《まっちゃ》アイス、抹茶《まっちゃ》ケーキ、抹茶《まっちゃ》ラテなどなど、抹茶《まっちゃ》のお菓子《かし》、飲《の》み物《もの》に目《め》がない[1]人《ひと》も多《おお》いであろう。一昔前《ひとむかしまえ》には、「green tea」と訳《やく》されていた抹茶《まっちゃ》であるが、今《いま》では「matcha」と言《い》えば、世界《せかい》中《じゅう》で通《つう》じるほど、抹茶《まっちゃ》は世界中《せかいじゅう》の人々《ひとびと》に知《し》られるようになった。健康志向《けんこうしこう》も手伝《てつだ》って、いろんな国《くに》で抹茶《まっちゃ》ブーム[2]が起《お》こり、今《いま》やその人気《にんき》は安定《あんてい》の地位《ちい》を保《たも》っている。しかし、抹茶《まっちゃ》好《ず》きな人《ひと》でも、抹茶《まっちゃ》そのものを味《あじ》わう薄茶《うすちゃ》（お薄《うす》）を飲《の》んだことがないという人《ひと》は結構《けっこう》いるかもしれない。抹茶《まっちゃ》を点《た》てて飲《の》む儀式《ぎしき》である「茶《さ》道《どう》」は、古《ふる》くから伝《つた》わる日本《にほん》の伝統文化《でんとうぶんか》の一《ひと》つであり、今《いま》も趣味《しゅみ》や習《なら》い事《ごと》として人々《ひとびと》に嗜《たしな》まれ[3]ながら受《う》け継《つ》がれている。

平安時代《へいあんじだい》に中国《ちゅうごく》の唐《とう》から伝《つた》わってきた

茶《ちゃ》は、最初《さいしょ》は薬《くすり》として飲《の》まれていたが、鎌倉時代《かまくらじだい》に禅宗《ぜんしゅう》の一派《いっぱ》である臨済宗《りんざいしゅう》の開《かい》祖栄西《そえいさい》が茶《ちゃ》の種《たね》を植《う》え始《はじ》め、それが京都《きょうと》の方《ほう》にまで広《ひろ》がって武士階級《ぶしかいきゅう》にもお茶《ちゃ》を飲《の》む文化《ぶんか》が広《ひろ》まったといわれている。当時《とうじ》はお茶《ちゃ》を飲《の》み、その銘柄《めいがら》を当《あ》てる「闘茶《とうちゃ》」という賭《か》け事《ごと》が流行《りゅうこう》したが、安《あ》土桃山時代《づちももやまじだい》になると村田珠光《むらたじゅこう》は茶会《ちゃかい》での賭《か》け事《ごと》や飲酒《いんしゅ》を禁止《きんし》し、客人《きゃくじん》との精神交《せいしんこう》流《りゅう》を重視《じゅうし》するように説《と》いた[4]。それを受《う》け継《つ》いだ武野紹鴎《たけのじょうおう》、そしてその弟子《でし》である千利休《せんのりきゅう》によって茶室《ちゃしつ》、茶道具《ちゃどうぐ》、作法《さほう》が一体《いったい》となった「茶《ちゃ》の湯《ゆ》」が完成《かんせい》した。その後《ご》、江戸時代《えどじだい》になると大衆《たいしゅう》にも広《ひろ》がっていき、「表千家《おもてせんけ》、裏千家《うらせんけ》、武者《むしゃ》の小路《こうじ》千家《せんけ》」の流派《りゅうは》が門弟《もんてい》をまとめる役割《やくわり》を担《にな》い、現在《げんざい》もこの「三千家《さんせんけ》」をはじめ、多《おお》くの流派《りゅうは》によって茶道《さどう》の文化《ぶんか》が継承《けいしょう》されている。

日本《にほん》のお寺《てら》に行《い》くと、抹茶《まっちゃ》が飲《の》める席《せき》を見《み》ることも少《すく》なくない。抹茶《まっちゃ》を飲《の》みながら庭園《ていえん》を鑑賞《かんしょう》するなどという優雅《ゆうが》なことをしてみたいと思《おも》いながらも、抹茶《まっちゃ》を飲《の》むマナー[5]が分《わ》からないために躊躇《ちゅうちょ》してしまう人《ひと》も多《おお》いのではないだろうか。正式《せいしき》な茶会《ちゃかい》では細《こま》かい決《き》まり事《ごと》があるが、このような一般向《いっぱんむ》けの場《ば》では作法《さほう》を気《き》にせずに気軽《きがる》に楽《たの》しめばよいとされている。それでも気《き》になる人《ひと》とは、

1.お菓子《かし》はお茶《ちゃ》が出《だ》される前《まえ》に全部食《ぜんぶた》べる。

2.茶碗《ちゃわん》は両手《りょうて》で持《も》ち、左手《ひだりて》の掌《てのひら》に載《の》せる。

3.茶碗《ちゃわん》の正面《しょうめん》から飲《の》まない。

▲抹茶高雅的苦味讓甜點多了更多層次，吸引了許多抹茶控。

この三《みっ》つの作法《さほう》さえ気《き》をつけていれば問題《もんだい》ないだろう。抹茶《まっちゃ》といえば一般的《いっぱんてき》に茶筅《ちゃせん》で泡立《あわだ》てて作《つく》られる薄茶《うすちゃ》が知《し》られているが、正式《せいしき》な茶事《ちゃじ》では、たくさんの抹《まっ》茶《ちゃ》を練《ね》るように作《つく》る濃茶《こいちゃ》も出《だ》される。薄《うす》茶《ちゃ》の三倍《さんばい》の量《りょう》を使《つか》う濃茶《こいちゃ》は、渋《しぶ》みのある抹茶《まっちゃ》を使《つか》うことができないため、より甘《あま》みのある高級《こうきゅう》な抹茶《まっちゃ》が使用《しよう》される。ところで、抹茶《まっちゃ》に使《つか》われている抹葉《まっぱ》は普通《ふつう》の緑茶《りょくちゃ》と何《なに》が違《ちが》うか疑問《ぎもん》に思《おも》ったことはないだろうか。抹茶《まっちゃ》は直射日光《ちょくしゃにっこう》を遮《さえぎ》る方法《ほうほう》

▲拿茶碗時切記以「雙手」捧起來喔！

で栽培《さいばい》された「碾茶《てんちゃ》」という緑茶《りょくちゃ》を挽《ひ》いたものであり、日《ひ》に当《あ》たらずに育《そだ》った茶《ちゃ》っ葉《ば》は薄《うす》くて柔《やわ》らかく、また色《いろ》も鮮《あざ》やか[6]であり、苦《にが》みが少《すく》なく甘《あま》みを感《かん》じるのが特徴《とくちょう》である。製造工程《せいぞうこうてい》に手間暇《てまひま》[7]がかかっているため、値段《ねだん》も普通《ふつう》の緑茶《りょくちゃ》より高額《こうがく》である。

茶道《さどう》は簡単《かんたん》に言《い》えば亭主《ていしゅ》が客《きゃく》を招《まね》き、お茶《ちゃ》を点《た》ててもてなす[8]儀式《ぎしき》であるが、総合芸術《そうごうげいじゅつ》とも言《い》われている茶道《さどう》は奥《おく》が深《ふか》く、茶室《ちゃしつ》や庭《にわ》などの空間《くうかん》、茶道具《ちゃどうぐ》や茶室《ちゃしつ》に飾《かざ》る掛《か》け軸《じく》などの工芸品《こうげいひん》、茶会《ちゃかい》で出《で》てくる懐石料理《かいせきりょうり》や和菓子《わがし》といった食《しょく》、客人《きゃくじん》をもてなす作法《さほう》、四季折々《しきおりおり》の自然《しぜん》、また侘《わ》び寂《さ》びの哲学《てつがく》など、日本《にほん》の様々《さまざま》な文化《ぶんか》が内包《ないほう》されて発展《はってん》したものであり、茶道《さどう》を本当《ほんとう》に理解《りかい》するためには様々《さまざま》な面《めん》での教養《きょうよう》が必要《ひつよう》となる。少《すこ》しでも茶道《さどう》に興味《きょうみ》を持《も》った人《ひと》は、二〇一八年十月《ねんじゅうがつ》に公開《こうかい》された『日日是好日《にちにちこれこうじつ》―お茶《ちゃ》が教《おし》えてくれた15のしあわせ』を見《み》てみてはどうだろうか。大学生《だいがくせい》の時《とき》に母《はは》の勧《すす》めで茶道教室《さどうきょうしつ》に通《かよ》うようになった主人公《しゅじんこう》が二十五年《にじゅうごねん》の日々《ひび》を振《ふ》り返《かえ》り、茶道《さどう》から「生《い》き方《かた》」を学《まな》んでいくというストーリーであり、映《えい》画《が》の中《なか》ではお茶《ちゃ》の点《た》て方《かた》や作法《さほう》を見《み》ることができる。また、この映画《えいが》の原作《げんさく》となった森下典子《もりしたのりこ》のエッセイを読《よ》んでみるのもいいだろう。

「一期一会《いちごいちえ》[9]」という言葉《ことば》を聞《き》いたことがあるだろうか。実《じつ》はこの言葉《ことば》は茶道《さどう》由来《ゆらい》のものであり、「どの茶会《ちゃかい》でもその機会《きかい》は二度《にど》と繰返《くりかえ》されることはなく、生《しょう》涯《がい》に一度《いちど》しかない出会《であい》であると心得《こころえ》て[10]主客《しゅきゃく》ともに誠意《せいい》を尽《つ》くすべきである」という意味《いみ》から「もしかすると二度《にど》とは会《あ》えないかもしれないという覚悟《かくご》で人《ひと》に接《せっ》しなさい」という戒《いまし》めも含《ふく》まれている。実《じつ》は日本《にほん》のおもてなし文化《ぶんか》というのは、人《ひと》に精神誠意《せいしんせいい》を尽《つ》くしてもてなすという茶道《さどう》の神髄《しんずい》が根本《こんぽん》となっている。

應該有許多人對抹茶冰淇淋、抹茶蛋糕、抹茶拿鐵等抹茶甜點、飲料毫無抵抗力吧。抹茶過去被翻譯成「green tea」，但現在只要說「matcha」就能在世界上通用，抹茶已經廣為全世界的人所知了。在健康取向推波助瀾下，許多國家掀起抹茶旋風，現在其受歡迎程度維持著安定地位。但是，即使喜歡抹茶，應該也有許多人沒有喝過直接品味抹茶的薄茶（淡茶）吧。「茶道」為點抹茶（以茶筅刷抹茶）後飲用的儀式，是日本自古流傳至今的傳統文化之一，現在也被人們當作興趣或是才藝，領略這項素養的同時也傳承下去。

平安時代從中國傳來的茶，一開始是被當成藥品飲用，但在鎌倉時代，禪宗一派的臨濟宗開祖榮西開始種植茶葉種子，這還傳到京都，飲茶文化也在武士階級中普及。當時還流行品茶後，猜出茶葉品牌的「鬥茶」賭博，進入安土桃山時代後，村田珠光宣揚禁止在茶會中賭博以及飲酒、要重視與客人間的精神交流。繼承這點的武野紹鷗以及其弟子千利休完成了將茶室、茶道具、禮儀融為一體的「茶之湯」。之後在江戶時代，普及到大眾階級，「表千家、裏千家、武者小路千家」等流派負擔統整門徒的任務，現在除了這「三千家」之外，還有許多流派繼承茶道文化。

到日本的寺院去，常見可以飲用抹茶的空間。應該有不少人想要優雅地邊飲用抹茶，邊欣賞庭院風光，但因為不知道飲用抹茶的規矩，所以躊躇不已吧。正式的茶會中有許多繁瑣規矩，但這類以一般民眾為對象的地方，可以不需要在意禮儀，輕鬆樂在其中即可。即使如此還是很在意的人，只要注意以下三點：

①甜點要在端上茶前食用完畢。

②雙手拿起茶碗後，擺在左手掌心上。

③不要就著茶碗正面飲用。

如此一來就不會有問題了。說到抹茶，一般廣為所知的應該是用茶筅刷出泡沫來的薄茶，但在正式的茶會中，也會拿出使用大量抹茶攪拌出來的濃茶。使用薄茶三倍分量製作的濃茶，因為無法使用帶有澀味的抹茶，所以會使用更甘甜的高級抹茶。說到這裡，大家是否有過「抹茶使用的茶葉和普通綠茶有什麼不同」的疑問呢？抹茶是使用遮蔽日光直射栽培出的「碾茶」這種綠茶碾磨而成，遮蔽日光長大的茶葉薄又柔軟、且色彩鮮艷，苦味少帶有甘甜是其特徵。因為製造過程相當費時費工，價格也比一般綠茶高。

▲若有機會參與茶會，不妨仔細觀察茶道的作法！

茶道，簡單來說就是主人邀請客人前來，點茶招待客人的儀式，但被稱為綜合藝術的茶道相當深奧，茶室及庭院等空間、茶道具及掛在茶室內的掛軸等工藝品、茶會中端出來的懷石料理及和菓子等食物、招待客人的禮儀、四季時令的對應、以及侘寂哲學等等，是將日本各種文化內包其中，進一步發展的文化，想要真正理解茶道，就需要擁有各方面的教養。稍微對茶道有點興趣的人，不妨觀賞二〇一八年十月上映的〈日日好日：茶道教我的幸福[15]味〉。（台灣於二〇一九年二月上映）這是描述大學時在母親推薦下到茶道教室學習的主角回顧自己二十五年的每一天，從茶道學習「人生價值觀」的故事，在電影中可以看到刷茶方法以及禮儀。另外，也可以閱讀電影原著，森下典子所著的隨筆集。

是否曾聽過「一期一會」這句話呢？其實這句話由來自茶道，從「不管是哪場茶會，都不可能再有第二次相同機會，要把這是生涯僅此一次的相逢放在心上，主客皆需克盡所有誠意」的意思中，也有「要抱著或許再也沒第二次見面機會的覺悟待人接物」的教訓。日本無微不至的殷勤款待文化，其實其根本就是對人奉獻精神誠意、盛情款待的茶道精髓吧。

單字與句型

單字

1. 目《め》がない：著迷、喜歡到失去判斷能力。
2. ブーム：【英】boom，風潮。
3. 嗜《たしな》む：嗜好。
4. 説《と》く：勸說、遊說。
5. マナー：【英】manners，禮貌、禮儀。
6. 手間暇《てまひま》：工夫，勞力與時間。
7. 鮮《あざ》やか：鮮豔、亮麗。
8. もてなす：招待。
9. 一期一会《いちごいちえ》：一生僅有一次的緣分，用以勸戒人要惜緣。一世一相逢。
10. 心得《こころえ》る：①了解、明白。②答應。在此為①的意思。

句型

- ～ながら（も）：儘管～。前續名詞、形容詞、動詞ます形・ない形，表示逆接。
- ～とされている：被視為～。為「～を～としている」的被動形，表示客觀的看法，一般社會大眾的思維。

香《こう》道《どう》

12

香道

柴田和之／著

太古《たいこ》の昔《むかし》より人類《じんるい》は香《かお》りと深《ふか》く関《かか》わり続《つづ》けてきた。仲間《なかま》かどうかの手《て》がかり[1]をはじめ、食用可能《しょくようかのう》かどうかの判別《はんべつ》や、宗教《しゅうきょう》における邪悪《じゃあく》か神聖《しんせい》かの区別《くべつ》、食欲《しょくよく》を増進《ぞうしん》する[2]ためのスパイスとして、はたまたミイラ製造時《せいぞうじ》の防腐剤《ぼうふざい》に至《いた》るまで、人々《ひとびと》は鼻《はな》から多《おお》くの情報《じょうほう》を得《え》て、それを様々《さまざま》な形《かたち》で利用《りよう》してきた。最近《さいきん》では芳香《ほうこう》などを用《もち》いて心身《しんしん》のリラックスを図《はか》る[3]アロマセラピーが広《ひろ》く一般《いっぱん》に好《この》まれている。では、このアロマセラピーを複《ふく》数人《すうにん》で行《おこな》い、二《ふた》つのアロマの優劣《ゆうれつ》を競《きそ》い合《あ》ったり、作法《さほう》に乗《の》っ取《と》ってアロマの種《しゅ》類《るい》を当《あ》てたり、既存《きそん》の詩《し》とコラボさせて出来《でき》た作品《さくひん》を品評《ひんぴょう》したりなどする高度《こうど》に様式化《ようしきか》された遊《あそ》びが日本《にっぽん》に昔《むかし》から存在《そんざい》していたと言《い》ったら、果《は》たして信《しん》じられるだろうか。

仏教《ぶっきょう》は六世《ろくせい》紀きごろに中国《ちゅうごく》から日本《にっぽん》へ伝《つた》えられたが、香《こう》はその時《とき》仏教《ぶっきょう》と一緒《いっしょ》に伝来《でんらい》している[4]。当時《とうじ》はお寺《てら》で仏壇《ぶつだん》の前《まえ》や、お坊《ぼう》さん自身《じしん》のけがれを除《のぞ》いてきれいにするために使《つか》われた。七世紀《しちせいき》には上《じょう》流《りゅう》貴族《きぞく》の間《あいだ》で部屋《へや》や衣服《いふく》に香《かお》りをつける空薫物《そらだきもの》が流行《はや》り出《だ》し、平安時代《へいあんじだい》から江戸《えど》時代《じだい》にかけて徐々《じょじょ》に一般庶民《いっぱんしょみん》にも流行《りゅうこう》が広《ひろ》がっていった。

香《こう》を競《きそ》い合《あ》う遊《あそ》びは薫物合《たきものあわせ》と呼《よ》ばれ、平安時代《へいあんじだい》の貴族《きぞく》の間《あいだ》では教養《きょうよう》のひとつとされた。判定《はんてい》する[5]人《ひと》は、香《こう》の作《つく》り方《かた》が上手《うま》いかどうか、香《かお》りがいいかどうかなどを総合的《そうごうてき》に判定《はんてい》しなければならない。さすがは平《へい》安貴族《あんきぞく》の教養《きょうよう》と言《い》われるだけあって、優《ゆう》劣《れつ》を判定《はんてい》するのはそう簡単《かんたん》なことではないようだ。このほか、十四世紀《じゅうよんせいき》には炷継《たきつぎ》香《こう》や組香《くみこう》といった新《あら》たな遊《あそ》び方《かた》が流行《りゅうこう》する。このような香遊《こうあそ》びは十六世紀《じゅうろくせいき》の終《お》わり頃《ごろ》になって、広《ひろ》く一般《いっぱん》にも香道《こうどう》として親《した》しまれるようになった。室町時代後期《むろまちじだいこうき》の公家《くげ》で学者《がくしゃ》でもあった三条西実隆《さんじょうにしさねたか》は流《りゅう》派《は》を問《と》わず香道《こうどう》の始祖《しそ》として仰《あお》がれている[6]人物《じんぶつ》である。実隆《さねたか》は武家《ぶけ》の志野宗《しのそう》信《しん》、相阿弥《そうあみ》とともに香道《こうどう》の成立《せいりつ》に尽力《じんりょく》した。現在《げんざい》まで残《のこ》っている主《おも》な流派《りゅうは》には香《かお》りを楽《たの》しみ心《こころ》の余裕《よゆう》[7]を得《え》ることに重《おも》きが置《お》かれた御家流《おいえりゅう》と、厳《きび》しい礼儀作法《れいぎさほう》を通《とお》して精神修養《せいしんしゅうよう》を行《おこな》うことに重《おも》きが置《お》かれた志野流《しのりゅう》があるが、御家流《おいえりゅう》が公家《くげ》の三《さん》条西実隆《じょうにしさねたか》から、志野流《しのりゅう》が武家《ぶけ》の志野宗信《しのそうしん》からそれぞれ相伝《そうでん》されている。

室町時代《むろまちじだい》、香遊《こうあそ》びは茶人《ちゃじん》らの間《あいだ》でも教養《きょうよう》の一《ひと》つとされた。なぜなら、茶道《さどう》の成立《せいりつ》が香道《こうどう》と密接《みっせつ》に結《むす》びついているからだ。例《たと》えば、茶道《さどう》で使《つか》われる道具《どうぐ》のいくつかは香道《こうどう》と同《おな》じ道具《どうぐ》が使《つか》われている。

茶碗《ちゃわん》を受《う》け取《と》る時《とき》に使《つか》う布《ぬの》や、道具《どうぐ》を並《なら》べるための敷物《しきもの》、棚《たな》や札《ふだ》などである。他《ほか》にも香道《こうどう》であれ茶道《さどう》であれ、その種類《しゅるい》を当《あ》てる遊《あそ》びは様式《ようしき》が同《おな》じで十回行《じゅっかいおこな》うので香道《こうどう》は十種香《じっしゅこう》、茶道《さどう》は十種茶《じっしゅちゃ》と呼《よ》ばれている。千利休《せんのりきゅう》も香《こう》を学《まな》んでおり、利休《りきゅう》茶道《さどう》の秘伝書《ひでんしょ》である南方録《なんぼうろく》には、香道《こうどう》に関《かん》する詳細《しょうさい》な記述《きじゅつ》がなされている。

▲香道的始祖：三条西實隆 土佐光信作。出自：Wikipedia

江戸《えど》時代中期《じだいちゅうき》の享保《きょうほう》・元文年間《げんぶんねんかん》に香道《こうどう》は最盛期《さいせいき》を迎《むか》える。

商人《しょうにん》、職人《しょくにん》、農民《のうみん》、武士《ぶし》と、身分《みぶん》を問《と》わず多《おお》くの人《ひと》が香道《こうどう》を楽《たの》しんだ。この頃《ころ》になると、香道《こうどう》はすでに一般庶民《いっぱんしょみん》の間《あいだ》でも教養常識《きょうようじょうしき》として広《ひろ》く親《した》しまれていた[8]。香道研究《こうどうけんきゅう》も盛《さか》んに行《おこな》われては詳細《しょうさい》に記録《きろく》され、研究家《けんきゅうか》も多《おお》く輩出《はいしゅつ》し、香道研究《こうどうけんきゅう》はこの時期《じき》に量《りょう》・質《しつ》ともにピークに達《たっ》した。

香道《こうどう》では「香《こう》を嗅《か》ぐ」とは言《い》わず、「香《こう》を聞《き》く」という言《い》い方《かた》をする。

心《こころ》をその香《かお》りに傾《かたむ》き、ゆっくりと味《あじ》わうという意味《いみ》で、嗅《か》ぐとは区別《くべつ》している。

▲將香碳埋入香灰後，會特別將灰整理成圓錐狀，並在中心開一個火窗，幫助香碳燃燒，最後將香木放在銀葉上就能開始品香了。

香《こう》を重《おも》んじる文化《ぶんか》は世界各地《せかいかくち》にあるものの、日本《にほん》のように香道《こうどう》として一《ひと》つの伝統芸能《でんとうげいのう》にまで発展《はってん》した例《れい》は少《すく》なく、「組香《くみこう》」のように香《こう》と文学《ぶんがく》が結《むす》びついている例《れい》に至《いた》っては他《ほか》に類《るい》を見《み》ない。

現在《げんざい》、日本《にほん》では東京《とうきょう》、京都《きょうと》をはじめ、全国各地《ぜんこくかくち》で香道《こうどう》を体験《たいけん》することができ、また本格的《ほんかくてき》に習《なら》い事《ごと》として稽古《けいこ》[9]を積《つ》み、資格取得《しかくしゅとく》を目指《めざ》すこともできる。店舗《てんぽ》としていつでも体験《たいけん》できるようなところもあれば、月《つき》に一回《いっかい》の教室形式《きょうしつけいしき》のところもあるため、事前《じぜん》に調《しら》べたり、各教室《かくきょうしつ》や店舗《てんぽ》に問《と》い合《あ》わせてみたりするとよい。

なお、香《こう》の香《かお》りは非常《ひじょう》に繊細《せんさい》なため、参加《さんか》する時《とき》は香水《こうすい》など、においの強《つよ》いものの使用《しよう》は控《ひか》える[10]必要《ひつよう》がある。作法《さほう》はいくつかあるものの、最《もっと》も大切《たいせつ》なのは香《こう》の香《かお》りそのものを楽《たの》しむことであると、多《おお》くの香道教室《こうどうきょうしつ》が紹介《しょうかい》している。上達《じょうたつ》への近道《ちかみち》はたくさん聞香《ぶんこう》の回数《かいすう》をこなすことであるとも言《い》われている。香《こう》の種類《しゅるい》などの知識《ちしき》がないことなどは気《き》にせず、興《きょう》味《み》があればどんどん参加《さんか》してみるとよいだろう。

自遠古以來，人類一直和氣味有很深的關聯。從判別是否為同伴的線索外、判別是否可以食用、在宗教上區別是邪惡或神聖、用以促進食慾的香料，甚至是到製作木乃伊時的防腐劑，人們會從鼻子得到許多資訊，而這利用在各種不同形式上。最近會使用芳香精油等等的東西放鬆身心的香療普及，受到大眾喜愛。那麼，複數人一起進行香療、競爭兩種香精的優劣、根據禮儀來猜香精的種類、品評和既存的詩歌結合後創作出來的作品等等的遊戲，要是說日本自古以來就存在這類高度規範化的遊戲，真的會有人相信嗎？

佛教在六世紀左右從中國傳進日本，香也在當時和佛教一起傳進日本。當時是在佛寺裡放在佛壇前，以及和尚用來去除自己的汙穢、淨身。七世紀時，上流貴族間開始流行在房間裡或是衣服上染上香氣的薰香，從平安時代到江戶時代，逐漸在一般平民間流行開來。

利用競爭香氣來遊玩的遊戲稱為「薰物合」，被平安時代的貴族視為一種教養。判定的人，得從香製作得好不好、取名是否適當、香氣好不好等做出綜合性的判斷。真不愧是被譽為平安時代貴族的教養，判定優劣似乎不是

▲位於京都的山田松香木店有聞香體驗等服務，詳情請至官網查詢。 照片提供：山田松香木店 www.yamadamatsu.co.jp

那麼簡單的工作。除此之外，十四世紀起，炷繼香及組香這類的新玩法開始流行。這類香遊戲到十六世紀末期時，變成廣泛受一般人喜愛的香道。室町時代後期的公家，同時也是學者的三条西實隆是不問流派，皆敬他為始祖的人物。實隆和武家的志野宗信、相阿彌一起致力於香道的成立。現在仍留存的主要流派，有重視享受香氣、得到心靈寬裕的御家流，與重視透過嚴謹的禮儀、禮節進行精神修養的志野流，御家流是傳承自公家的三条西實隆，而志野流是傳承自武家的志野宗信。

室町時代，香遊戲在茶人間也被視為教養之一。這是因為茶道的成立與香道緊密相關。舉例來說，茶道中使用的道具，有幾個就和香道使用的道具相同。接過茶碗時使用的布，以及排列道具時使用的墊布、棚架、牌子等等。其他，不管是香道還是茶道，猜種類遊戲的樣式相同，因為進行十個回合，所以在香道中稱為十種香，茶道中稱為十種茶。千利休也學習過香，在利休茶道的秘傳書「南方錄」中，有關於香道的詳細記述。

香道在江戶時代中期的享保・元文年間迎接極盛期。商人、工匠、農民、武士，不論身分，許多人都享受著香道的樂趣。此時，香道已經是個廣受平民喜愛的教養常識了。香道研究也相當盛行，也留下詳細記錄，出現了非常多研究者，香道研究的量、質都在這個時期達到顛峰。

在香道裡不說「嗅香」而會說「聞香」，含有心為那個香氣傾倒，細細品味的意思，所以和「嗅」加以區別。

重視香的文化在世界各地都有，但如日本香道這般發展成一種傳統藝能的例子相當罕見，「組香」這樣結合香和文學的例子更是獨一無二。

現在在日本，以東京、京都為首，全國各地皆可體驗香道，此外也可以正式當成才藝練習，以獲得證照為目標。因為有隨時都可以體驗的店鋪，也有一個月開課一次的形式，事前查好資訊或是詢問各教室或店鋪比較好。

另外，香的香氣相當細膩，所以參加時需要避免使用香水等味道重的東西。雖然有幾個禮儀，但最重要的就是盡情享受「香的香氣」，許多香道教室都是如此介紹。所謂進步的捷徑就是完成更多聞香的次數。不需要在意有沒有香的種類等等的知識，只要有興趣，就儘管參加吧。

單字與句型

單字

1. 手《て》がかり：線索。
2. 増進《ぞうしん》する：ふえていくこと：增進、提升。
3. 図《はか》る：①謀求、策劃。②安排、考慮。在此為①的意思。
4. 伝来《でんらい》：從國外傳入。
5. 判定《はんてい》する：判定。
6. 余裕《よゆう》：從容。
7. 親《した》しむ：①親密、親近。②喜愛。在此為②的意思。
8. 仰《あお》ぐ：尊敬。
9. 稽古《けいこ》：排練、練習。
10. 控《ひか》える：節制、抑制。

句型

・をはじめ：以~為首。前續名詞。
・だけあって：正因為~所以~。前續名詞／普通形。

将《しょう》棋《ぎ》

將棋

神谷登／著

13

将棋《しょうぎ》は二人《ふたり》で勝敗《しょうはい》を競《きそ》うボードゲームの一種《いっしゅ》である。一般《いっぱん》に「将棋《しょうぎ》」という場《ば》合《あい》は、「本将棋《ほんしょうぎ》」のことを指《さ》す。本将棋《ほんしょうぎ》は、「持《も》ち駒《ごま》[1]」の概念《がいねん》があることが大《おお》きな特徴《とくちょう》で、諸外国《しょがいこく》の類似《るいじ》したゲームであるチェス[2]や象棋《シャンチー》[3]にもない、独特《どくとく》なルールである。

その由来《ゆらい》は、チェスなどと同様《どうよう》に、古《こ》代《だい》インドのチャトランガ（BC二〇〇〜BC三〇〇年頃《ねんごろ》）が起源《きげん》と言《い》われ、それが中《ちゅう》国《ごく》へ渡《わた》り、中国将棋《ちゅうごくしょうぎ》に、そして、奈良時《なら》代《だい》の遣唐使《けんとうし》であった吉備《きび》の真備《まきび》が中国《ちゅうごく》から日本《にっぽん》へ中国将棋《ちゅうごくしょうぎ》を持《も》ち帰《かえ》ったという説《せつ》がある。（諸説《しょせつ》あり）

日本《にほん》で将棋《しょうぎ》が行《おこな》われるようになったのは平安時代《へいあんじだい》で、日本《にほん》の貴族《きぞく》の間《あいだ》で遊《あそ》ばれている。しかし、平安時代《へいあんじだい》〜鎌倉時代《かまくらじだい》〜室町時代《むろまちじだい》にかけての将棋《しょうぎ》は、現在《げんざい》の将棋《しょうぎ》の型《かた》とは違《ちが》って、様々《さまざま》な型《かた》と駒数《こますう》があった。十六世紀後半以降《じゅうろくせいきこうはんいこう》に、現在《げんざい》のような型《かた》になったようだ。江戸時代《えどじだい》には、江戸《えど》幕府《ばくふ》に将棋所《しょうぎしょ》が作《つく》られ、第八代将軍徳川《だいはちだいしょうぐんとくがわ》吉宗《よしむね》の頃《ころ》（一七一六年《ねん》）から、毎年十一月十七日《まいとしじゅういちがつじゅうしちにち》に江戸城《えどじょう》で「御城将棋《おしろしょうぎ》[4]」が開《ひら》かれるようになり、このことを由来《ゆらい》として、日本将棋連盟《にほんしょうぎれんめい》は一九七五年《ねん》に新暦《しんれき》の十一月十七日《じゅういちがつじゅうしちにち》を「将棋《しょうぎ》の日《ひ》」に定《さだ》めた。

将棋《しょうぎ》は二人《ふたり》で行《おこな》い、勝敗《しょうはい》を競《きそ》うゲームのことで、二人《ふたり》の対局者《たいきょくしゃ》が交互《こうご》に指《さ》す。必要《ひつよう》なものは、将棋盤《しょうぎばん》と駒《こま》。盤上《ばんじょう》（九《きゅう》×九《きゅう》のマス）の升目《ますめ》に八種類《はちしゅるい》の駒《こま》を各二十《かくにじゅう》枚《まい》、それを先手《せんて》と後手《ごて》がそれぞれ使《つか》うため、計四十枚《けいよんじゅうまい》の駒《こま》を使用《しよう》することになる。まず、初期配置《しょきはいち》をそれぞれしてから開始《かいし》することになる。

そして、相手《あいて》の王《おう》（王将《おうしょう》）を取《と》ったほうが勝利《しょうり》になる。つまり、相手《あいて》の王《おう》（王将《しょう》）が動《うご》けなくなった時点《じてん》（「詰《つ》み[5]」という）で勝《か》ちとなる。

また、他《ほか》の駒《こま》を飛《と》び越《こ》すことはできない（桂馬《けいま》のみは可《か》）。相手《あいて》の駒《こま》のある位《い》置《ち》に自分《じぶん》の駒《こま》を動《うご》かした時《とき》に、相手《あいて》の駒《こま》を盤上《ばんじょう》から取《と》り除《のぞ》くことができ、自分《じぶん》の持《も》ち駒《ごま》として、自分《じぶん》の好《す》きなところ（禁《きん》じ手《て》とならないところ）に打《う》つことができる。

将棋《しょうぎ》を題材《だいざい》とした漫画《まんが》・アニメ・映《えい》画《が》・ドラマを紹介《しょうかい》する。

・「りゅうおうのおしごと」：小説《しょうせつ》、漫画《まんが》、そして、二〇一七年《ねん》にテレビアニメ化《か》された。ストーリーは十六歳《じゅうろくさい》で将棋《しょうぎ》界最強《かいさいきょう》のタイトル「竜王《りゅうおう》」を獲得《かくとく》した九《く》頭竜八一《ずりゅうやいち》は九歳《きゅうさい》の雛鶴《ひなつる》あいを弟子《でし》にし、同居《どうきょ》することになる。台湾《たいわん》でも、二〇一六年《ねん》から、「龍王的工作」の題名《だいめい》で小《しょう》説《せつ》・漫画《まんが》ともに発売《はつばい》されている。

・「聖《さとし》の青春《せいしゅん》」：二十九歳《にじゅうきゅうさい》で死去《しきょ》した実在《じつざい》の将棋棋士《しょうぎきし》である村山聖《むらやまさとし》を題材《だいざい》としたノンフィクション小説《しょうせつ》で、数々《かずかず》の賞《しょう》を受賞《じゅしょう》。二〇〇一年《ねん》にテレビドラマ化かされ、二〇一六年《ねん》には映画化《えいがか》された。

現在《げんざい》の将棋人口《しょうぎじんこう》は、推定《すいてい》で五百三十万《ごひゃくさんじゅうまん》人《にん》ほどで、やはり将棋《しょうぎ》のプロ棋士《きし》たちの動向《どうこう》も将棋人気《しょうぎにんき》に影響《えいきょう》があると言《い》っていいだろう。プロには、八大《はちだい》タイトルがある。「竜王《りゅうおう》」「名人《めいじん》」「叡王《えいおう》」「王位《おうい》」

▲《龍王的工作！》封面由東立出版社提供

▲吉備真備 出自：Wikipedia

「王座《おうざ》」「棋王《きおう》」「王将《おうしょう》」「棋聖《きせい》」となっている。なお、「叡王《えいおう》」は二〇一七年《ねん》に新設《しんせつ》された。

ただし、タイトル保持者《ほじしゃ》のようなトップ棋士《きし》になれるのは、プロの中《なか》の一握《ひとにぎ》り[6]であることから、いかに厳《きび》しい世界《せかい》であることがわかる。

平成《へいせい》の時代《じだい》、将棋界《しょうぎかい》を引《ひ》っ張《ぱ》ってきたプロ棋士《きし》と言《い》えば、なんといっても羽《は》生《ぶ》善治《よしはる》九段《くだん》だろう。中学生《ちゅうがくせい》でプロ棋士《きし》となり、一九八九年《ねん》に初《はつ》タイトルとして竜《りゅう》王位《おうい》を獲得《かくとく》し、一九九六年《ねん》には、全《ぜん》タイトル七冠《ななかん》（当時《とうじ》）を将棋界《しょうぎかい》で初《はじ》めて独占《どくせん》した。一九九〇年《ねん》から二〇一八年《ねん》に失冠《しっかん》するまで、最低《さいてい》でも一冠《いっかん》はタイトルを保《ほ》持《じ》していた。そして、羽《は》生《ぶ》九段《くだん》とほぼ同《おな》じ年齢《ねんれい》の他《ほか》の棋士《きし》数名《すうめい》がタイトル保持《ほじ》の経験《けいけん》があり、トップ棋士《きし》として活躍《かつやく》し、「羽《は》生《ぶ》世代《せだい》」（一九六九年《ねん》～一九七一年《ねん》生《う》まれ）と呼《よ》ばれている。

しかし、現在《げんざい》、若《わか》い世代《せだい》が台頭《たいとう》して[7]きており、二〇一九年三月末現在《ねんさんがつまつげんざい》で、八《やっ》つのタイトル保持者《ほじしゃ》は、二十代《にじゅうだい》から三十《さんじゅう》代《だい》である。最強《さいきょう》と呼《よ》ばれた羽《は》生《ぶ》世代《せだい》の棋《き》士《し》は、今《いま》の時点《じてん》で一人《ひとり》もタイトル保持者《ほじしゃ》が入《はい》っていない。ただ、羽《は》生《ぶ》世代《せだい》の棋士《きし》はまだまだ力《ちから》があるため、再《ふた》びタイトルを狙《ねら》える可能性《かのうせい》も高《たか》い。将棋界《しょうぎかい》では世代《せだい》交代《こうたい》[8]という言葉《ことば》が出《で》ている一方《いっぽう》で、羽《は》生《ぶ》世代《せだい》の底力《そこぢから》[9]、そうした新旧《しんきゅう》の戦《たたか》いに加《くわ》え、十六歳《じゅうろくさい》の藤井聡太七段《ふじいそうたしちだん》の大活躍《だいかつやく》など、現在《げんざい》の将棋界《しょうぎかい》は非常《ひじょう》に活気《かっき》[10]があり、話題《わだい》が絶《た》えず、おもしろい。また、コンピューターのAI将棋《しょうぎ》が発達《はったつ》し、時折《ときおり》、一《いち》流《りゅう》のプロ棋士《きし》と対戦《たいせん》している。

これから将棋《しょうぎ》を始《はじ》めようとする場合《ばあい》は、将棋《しょうぎ》の入門書《にゅうもんしょ》を買《か》うか、ネットで将《しょう》棋《ぎ》のルールを知《し》り、それぞれの駒《こま》の動《うご》かし方《かた》を覚《おぼ》えることが必要《ひつよう》だ。

そのうえで、ネットで無料《むりょう》の将棋《しょうぎ》アプリ、詰将棋《つめしょうぎ》アプリなどで楽《たの》しむことができるだろう。

▲無論男女老少，許多人都沉浸於將棋的魅力之中。

將棋為一種雙人競爭輸贏的棋盤遊戲。一般說「將棋」時，指的就是「本將棋」。本將棋最大的特徵就是有「手中棋子」，這是各國類似遊戲如西洋棋、象棋中也沒有的獨特規則。

其由來據說與西洋棋相同，皆起源於古印度的恰圖蘭卡（西元前二〇〇年～西元前三〇〇年左右），一說為恰圖蘭卡傳到中國後，變成中國將棋，接著奈良時代的遣唐使吉備真備將中國將棋從中國帶回日本。（有諸多說法）

日本於平安時期開始下將棋，這是日本貴族間的遊戲。但是，平安時代～鎌倉時代～室町時代這段時間內的將棋，和現在將棋的型式不同，有各種不同的型式與棋子數。據說是十六世紀後半以後才固定成現在的型式。江戶時代裡，江戶幕府設有將棋所這個機關，從第八代將軍德川吉宗的時期（一七一六年）開始，每年十一月十七日都會在江戶城中舉辦「御城將棋」，這也是日本將棋聯盟在一九七五年時將新曆十一月十七日訂為「將棋之日」的由來。

將棋為雙人對弈，爭奪勝負的遊戲，兩位對弈者輪流移動棋子。必需品為將棋盤與棋子。盤上（九行×九列的棋盤）方格內擺上八種棋子，先下和後下的玩家各有二十隻棋子可以使用，所以共計有四十隻棋子。首先，雙方先將棋子擺在起始位置上後，遊戲才開始。

接著，先吃掉對方的王（王將）者為勝。也就是說，對方的王（王將）只要路可走時（也稱為「將死」），即得勝。此外，沒有辦法飛越其他棋子的上方（僅有桂馬可以如此移動）。當自己的棋子移動到對方棋子的位置時，就可以將對方的棋子從棋盤上移除，變成自己手中的棋子，放在自己喜歡的位置（在不違反規定的情況下）上。

接下來介紹以將棋為題材的漫畫、動漫、電影、連續劇。

・「龍王的工作！」：小說、漫畫，並且在二〇一七年製作成電視動畫。內容是以十六歲之姿贏得將棋界最強頭銜「龍王」的九頭龍八一收九歲的雛鶴愛為徒，進而同居的故事。在台灣，小說、漫畫也從二〇一六年，以「龍王的工作！」為題發售。

・「聖之青春」：真人真事改編自二十九歲時過世的將棋棋士村山聖的非虛構小說，獲獎無數。二〇〇一年翻拍成電視連續劇、二〇一六年翻拍成電影版。

現在的將棋人口，推估有五百三十萬人左右，職業將棋棋士的動向，說是會影響將棋的受歡迎度果然一點也不為過。職業棋士有八大頭銜，分別為「龍王」、「名人」、「叡王」、「王位」、「王座」、「棋王」、「王將」、「棋聖」，另外，「叡王」為二〇一七年新增的頭銜。

只不過，能成為頭銜擁有者這類的頂尖棋士，在職業棋士裡也只有小小一撮，由此可知，這是一個多麼嚴苛的世界。

說起平成時代牽引將棋界的職業棋士，當屬羽生善治九段了吧。他在國中時成為職業棋士，於一九八九年獲得第一個頭銜「龍王」，一九九六年時成為將棋界第一個獨佔全七大頭銜（當時）者。從一九九〇年到二〇一八年失去頭銜為止，他最少都保有一個頭銜。而與羽生九段幾乎同年的其他幾名棋士也都有曾擁有頭銜的經驗，以頂尖棋士之姿活躍棋壇，所以也被稱為「羽生世代」（一九六九年～一九七一年出生者）。

但是，現在年輕世代也逐漸抬頭，二〇一九年三月底現在，八大頭銜的擁有者年齡分布於二十歲到三十九歲之間，被譽為最強的羽生世代的棋士們，現在沒有一個人擁有頭銜。只不過，羽生世代的棋士們仍擁有相當實力，再次奪下頭銜的可能性極高。雖然將棋界出現世代交替的聲音，但羽生世代的實力、這些新舊世代的對戰之外加上十六歲的藤井惣太七段大為活躍的表現等等，現在的將棋界充滿活力，話題不斷，十分有趣。此外電腦的AI將棋發達，偶爾也會和一流的職業棋士對戰。

如果接下來想要開始接觸將棋，就需要購買將棋的入門書籍，或是在網路上學習將棋的規則，把每一種棋子的移動方法記下來。如此一來，應該就能利用網路免費的將棋、詰將棋應用軟體，享受下將棋的樂趣吧。

單字與句型

單字

1. 持《も》ち駒《ごま》：手中棋子。從對手手中取得的棋子，隨時都能使用。
2. チェス：【英】chess，西洋棋。黑白各十六個棋子擺放在八乘八的網格上，最先吃掉對方國王者為勝。
3. 象棋《シャンチー》：象棋。華人地區最普遍的遊戲之一。
4. 御城将棋《おしろしょうぎ》：一七一六～一八六一年，每年十一月十七日都會在德川將軍面前舉行的將棋比賽。
5. 詰《つ》み：將死。將對手的王將逼到無處可逃。
6. 一握《ひとにぎ》り：一小撮，少部分。
7. 台頭《たいとう》：得勢，勢力變得強大。
8. 世代交代《せだいこうたい》：世代交替。
9. 底力《そこぢから》：潛力。
10. 活気《かっき》：活力、元氣。

句型

・～ことから：因為～，由於～。前續普通形。
・一方《いっぽう》で：另一方面。前續普通形。

盆《ぼん》踊《おど》り

盂蘭盆舞

李恭子／著

14

普段洋服《ふだんようふく》を着《き》て生活《せいかつ》している日本人《にほんじん》でも、夏休中《なつやすみちゅう》、特《とく》にお盆《ぼん》の時期《じき》に浴衣《ゆかた》を着《き》て盆踊《ぼんおど》りを踊《おど》った経験《けいけん》は誰《だれ》にでもあるのではないだろうか。この項《こう》では、現代《げんだい》の日本人《にほんじん》にとって一番馴染《いちばんなじ》み深《ぶか》い日本《にほん》の踊《おど》りである盆踊《ぼんおど》りについて取《と》り上《あ》げたい。

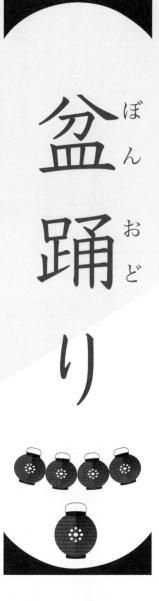

盆踊《ぼんおど》りにはいろいろなものがあるだろう、歴史《れきし》がありそうだぐらいで、実際《じっさい》にその起源《きげん》や移《うつ》り変《か》わりまでを知《し》っている日本人《にほんじん》はそう多《おお》くなかろう。

全国津々浦々行《ぜんこくつつうらうらおこな》われる盆踊《ぼんおど》りを伝統《でんとう》の要素《ようそ》が強《つよ》いものから順《じゅん》に挙《あ》げると、古《ふる》くから伝承《でんしょう》されてきたもの、伝統《でんとう》に近代《きんだい》の変化《へんか》を取《と》り入《い》れて進化《しんか》させたもの、地《ち》域《いき》の民謡《みんよう》が洗練《せんれん》されてできたものなどがある。戦後定着《せんごていちゃく》したものは地域《ちいき》の名物等《めいぶつなど》を織《お》り交《ま》ぜた新民謡《しんみんよう》、演歌《えんか》、歌謡曲《かようきょく》、ヒット曲《きょく》、アニメのテーマソングなどがある。「炭坑節《たんこうぶし》」は福岡《ふくおか》に伝《つた》わる民謡《みんよう》で、日本全国《にほんぜんこく》どこでも踊《おど》ることができるものや、現地《げんち》に行《い》かないと踊《おど》れないご当地《とうち》ものや、その地域《ちいき》の伝統《でんとう》に根付《ねづ》いて伝承《でんしょう》されてきた盆踊《ぼんおど》りなど実《じつ》に様々《さまざま》だ。もし今後《こんご》お盆《ぼん》の時期《じき》に日本《にほん》を訪《おとず》れることがあれば、日本《にほん》の伝統《でんとう》に触《ふ》れる絶好《ぜっこう》[1]のチャンスであろう。

では一般的《いっぱんてき》な身近《みぢか》な盆踊《ぼんおど》りはどんなものかというとまず宗教色《しゅうきょうしょく》が薄《うす》く、特《とく》にお盆《ぼん》の時期《じき》に商店街《しょうてんがい》や町内会主催《ちょうないかいしゅさい》で公園《こうえん》や広場《ひろば》で行《おこな》うもの。民謡《みんよう》のほか、子供向《こどもむ》けのアニメのテーマソング、その他《た》ヒット曲《きょく》にのって櫓《やぐら》[2]の周《まわ》りで輪《わ》になって踊《おど》る。浴衣《ゆかた》でも平服《へいふく》でもよい。そして、生《なま》演奏《えんそう》[3]がないか、太鼓《たいこ》だけあってリズムをとるなどして、あとはスピーカーで音楽《おんがく》を流《なが》すだけというものが多《おお》い。地域《ちいき》を盛《も》り上《あ》げようと曲《きょく》や踊《おど》りは毎年新《まいとしあたら》しい踊《おど》りが作《つく》られているようだが、やはりより伝統的《でんとうてき》なものが見《み》たい、踊《おど》りたいということであれば、日本三大盆踊《にほんさんだいぼんおど》りなどはどうであろうか。

秋田《あきた》の「西馬音内《にしもない》の盆踊《ぼんおど》り」（国指定《くにしてい》重要無形民俗文化財《じゅうようむけいみんぞくぶんかざい》）は、七百年《ななひゃくねん》の歴史《れきし》があり、未成年女性《みせいねんじょせい》や男性《だんせい》が彦三頭巾《ひこさずきん》で顔《かお》を隠《かく》したまま踊《おど》る珍《めず》しいものだ。岐阜《ぎふ》の「郡上踊《ぐじょうおど》り」（国指定重要無形民俗文化財《くにしていじゅうようむけいみんぞくぶんかざい》）は、七月中旬《しちがつちゅうじゅん》から九月上旬《くがつじょうじゅん》にかけて三十数夜《さんじゅうすうや》に渡《わ》たり踊《おど》る中世《ちゅうせい》の「念仏踊《ねんぶつおど》り」や「風流踊《ふりゅうおど》り」の流《なが》れを汲《く》む盆踊《ぼんおど》りだ。徳島《とくしま》の「阿波踊《あわおど》り」は四百年《よんひゃくねん》の歴史《れきし》があり、「踊《おど》る阿呆《あほう》にみる阿呆同《あほうおな》じ阿呆《あほう》

▲西馬音内盂蘭盆舞盛況 照片提供：羽後町観光物産協

▲郡上舞盛況 照片提供：郡上八幡観光協会

▲阿波舞盛況 照片提供：阿波おどり開催準備室

なら踊《おど》らにゃ損々《そんそん》」の歌《うた》い出《だ》しで有名《ゆうめい》。観光客《かんこうきゃく》は百二十万人《ひゃくにじゅうまんにん》を超《こ》える。

上記歴史《じょうきれきし》のある盆踊《ぼんおど》りを紹介《しょうかい》したが、次《つぎ》に盆踊《ぼんおど》りのルーツとそれが完成《かんせい》するまでの経緯《けいい》についてお話《はな》ししよう。祖先供《そせんく》養《よう》のための空也上人《くうやしょうにん》が始《はじ》めたとされる踊《おど》り念仏《ねんぶつ》が元《もと》となる「念仏踊《ねんぶつおど》り」と、鉦《かね》・太鼓《たいこ》・笛《ふえ》など囃《はや》しものの器楽演奏《きがくえんそう》や小歌《こうた》に合《あ》わせて様々《さまざま》な衣装《いしょう》を着《き》た人々《ひとびと》が踊《おど》る「風流踊《ふりゅうおど》り」がお盆《ぼん》の行事《ぎょうじ》に取《と》り込《こ》まれ盆踊《ぼんおど》りが室町時代《むろまちじだい》に完成《かんせい》したとされる。風流《ふりゅう》とは、人《ひと》を驚《おどろ》かすための華美《かび》な趣向《しゅこう》[4]であり、派手《はで》[5]な踊《おど》りが繰《く》り広《ひろ》げられたことが想像《そうぞう》できる。最初《さいしょ》、仏教行事《ぶっきょうぎょうじ》の一《ひと》つである盂蘭盆会《うらぼんえ》の時期《じき》に先祖《せんぞ》を供養《くよう》するために踊《おど》っていたもので、初盆《はつぼん》[6]・新盆《にいぼん》に家々《いえいえ》を回《まわ》ったり、元々町内《もともとちょうない》を踊《おど》り歩《ある》いていたものが、のちにお寺《てら》などで集《あつ》まって踊《おど》るようになった。

また、同《おな》じ「盆踊《ぼんおど》り」という名《な》がついていても地域《ちいき》ごとに異《こと》なるのは、農耕《のうこう》儀礼《ぎれい》の性格《せいかく》がより強《つよ》く出《で》るなど、その土《と》地土地《ちとち》の性格《せいかく》が織《お》り交《ま》ぜられているからだ。そして盆踊《ぼんおど》りが変化《へんか》していったタイミング[7]は、全国同時《ぜんこくどうじ》ではなく地方《ちほう》の性格《せいかく》や特色《とくしょく》によりその起源《きげん》や変化《へんか》のスピードや内容《ないよう》も異《こと》なるのは容易《ようい》に想像《そうぞう》できる。しかしタイミングや性格《せいかく》が異《こと》なっていても、盆踊《ぼんおど》りは概《がい》して、村落《そんらく》[8]社会《しゃかい》において先祖《せんぞ》の供養《くよう》、農作物《のうさくぶつ》の豊作祈願《ほうさくきがん》や、娯楽《ごらく》、民衆《みんしゅう》の憂《う》さ晴《ば》らし、恋愛活動《れんあいかつどう》などの場《ば》、村《むら》の結束《けっそく》を強《つよ》める等《など》、様々《さまざま》な機能《きのう》を果《は》たしていたようだ。ただし、盆《ぼん》踊《おど》りが完成《かんせい》されてからあまりにも派手《はで》さが増《ま》していったために、室町時代《むろまちじだい》から明《めい》治時代《じじだい》まで何度《なんど》か禁止令《きんしれい》が出《だ》されたこともあるくらいだった。

盆踊《ぼんおど》りは日本国内《にほんこくない》だけでなく海外《かいがい》でも踊《おど》られている。アメリカのハワイ州《しゅう》、カリフォルニア州しゅう、ニューヨーク州《しゅう》、カナダのブリティッシュ・コロンビア州《しゅう》、南米《なんべい》のブラジルなど日系人《にっけいじん》が多《おお》い地域《ちいき》で、夏《なつ》にBon Dance（盆踊《ぼんおど》り）が行《おこな》われている。またこれら以外《いがい》の地域《ちいき》でもイベントや異文化交流《いぶんかこうりゅう》で盆踊《ぼんおど》り体験《たいけん》できる機会《きかい》も増《ふ》えてきている。以上盆踊《いじょうぼんおど》りについて簡単《かんたん》にご紹介《しょうかい》しただけにとどまるが、興味《きょうみ》を持《も》たれたのであれば、ネットや本等《ほんなど》で気《き》になる盆踊《ぼんおど》りを探《さが》しておき、将来機会《しょうらいきかい》があればぜひ体験《たいけん》していただきたく思《おも》う。

即使是平常穿著西式衣服生活的日本人，應該任誰都有在暑假，特別是盂蘭盆節期間穿著浴衣跳盂蘭盆舞的經驗吧。在本文中，將向大家介紹盂蘭盆舞這對現代日本人來說最熟悉的日本傳統舞蹈。只是覺得「盂蘭盆舞也有許多不同種類吧」、「應該也有相當歷史吧」，但實際知道其起源與流變的日本人應該不多吧。

將於全國各地舉辦的盂蘭盆舞，從其傳統要素多寡順序來說，就有自古傳承至今的；將近代變化加入傳統中，進一步進化的；地方歌謠更加講究後創造出來的等不同種類。二戰之後才固定的，有將地方名產交織其中的新歌謠、演歌、歌謠曲、流行歌曲、動漫主題曲等等。〈炭坑調〉是傳承於福岡地區的民謠，日本全國各地皆可跳的舞、不到當地去就沒辦法跳的當地特有的舞，以及深植當地區域傳統而傳承至今的盂蘭盆舞等等，真的是多采多姿。

今後如果有機會於盂蘭盆節期間造訪日本，就是個接觸日本傳統的絕佳機會吧。

那麼，一般近在身邊的盂蘭盆舞又是怎樣的東西呢，首先，宗教色彩淡薄，特別是盂蘭盆節期間，會由商店街或是各自治會主辦，在公園或是廣場中舉辦。除了民謠外，還會有為孩子準備的動漫主題曲、其他流行樂曲，大家跟隨歌曲節奏，在高台旁圍成圈跳舞，不管穿浴衣還是平常的衣服都沒有關係。可能沒有現場演奏，或是只有敲大鼓抓節奏等等，再來也有許多地方只用喇叭播放音樂。似乎也有地方為了要活絡地區，每年都會創作新的歌曲及舞蹈，但如果是「果然還是想要看、想跳最傳統的盂蘭盆舞」，那去看看日本三大盂蘭盆舞如何呢？

秋田的「西馬音內盂蘭盆舞」（國家指定重要無形民俗文化財）擁有七百年歷史，未成年男女皆要用彥三頭巾遮臉跳舞這點相當罕見。岐阜的「郡上舞」（國家指定重要無形民俗文化財）是吸收從七月中旬到九月上旬，跳上三十三晚的中世時期的「念佛舞」及「風流舞」的流變後形成的盂蘭盆舞。德島的「阿波舞」擁有四百年歷史，「跳舞的傻瓜和看跳舞的傻瓜，同樣都是傻瓜不一起跳舞太吃虧了」這段歌詞相當有名。觀光客人數超過一百二十萬。

上述介紹了擁有歷史的盂蘭盆舞，接下來就來說說盂蘭盆舞的源流以及到其完成的經緯吧。據說，將起始於空也上人為了供養祖先而開始的邊跳舞邊念佛的「念佛舞」，和穿著各式服裝的人們配合鉦、太鼓、笛子等伴奏樂器演奏及小曲調跳舞的「風流舞」編入盂蘭盆節活動中的盂蘭盆舞是完成於室町時代。風流是指為了令人驚訝的華美意向，發展出華麗的舞蹈是可以想像的。一開始，這只是佛教的例行活動之一，在盂蘭盆節時期為了供養祖先而跳舞，繞遍每一個初盆・新盆的家庭（家裡有人過世後，迎接第一個盂蘭盆節時就稱為初盆或新盆），原本是在鎮上邊走邊跳的東西，之後漸漸演變成聚集在寺院等地跳舞。

此外，雖然名字中皆有「盆踊」這個詞，但依地區不同，也會有所不同，這是因為像農耕儀禮性格特別強烈等等，其中也會交織入各個區域的性格。因此也容易想像盂蘭盆舞產生改變的時間點，並非全國同一時間，而是因各地的性格與特色，其起源和變化的速度與內容也會有所不同。但是，就算時間點與性格迥異，大致上來說，盂蘭盆舞在村落社會中是供養祖先、祈求農作物豐收、娛樂、讓民眾解悶、戀愛活動之場所、達到強化村莊團結等各種不同機能。只不過，盂蘭盆舞完成後，因為愈變愈華麗的關係，從室町時代到明治時代曾被禁止了好幾次。

盂蘭盆舞不僅在日本國內，在國外也有人跳。美國的夏威夷州、加州、紐約州、加拿大的英屬哥倫比亞州、南美的巴西等日僑眾多的區域，夏天會舉辦 Bon Dance（盂蘭盆舞）的活動。此外，以上這些區域以外的地方，在活動或是異文化交流中體驗盂蘭盆舞的機會也增多了。以上，簡單介紹了盂蘭盆舞，如果有興趣，可以在網路或是書籍查找有興趣的盂蘭盆舞，希望大家將來有機會，請務必體驗看看。

單字與句型

單字

1. 絶好《ぜっこう》：絕佳。
2. 櫓《やぐら》：高台。
3. 生演奏《なまえんそう》：現場演奏。
4. 趣向《しゅこう》：趣旨、主意。
5. 派手《はで》：花俏、華麗；誇張、浮誇。
6. 初盆《はつぼん》：親人過世後第一個度過的盂蘭盆節。意同「新《にい》盆《ぼん》」。
7. タイミング：時機。
8. 村落《そんらく》：村落。

句型

・あまりに（も）～：非常～、太～。
・～ことがある（くらい）：偶爾～。

第四章

觀賞趣：品味傳統藝術者之粹

歌舞伎、落語……，相信你一定對這些表演藝術不陌生，因為有許多小說、動漫、電視劇都有以此為主題的作品，但為什麼歌舞伎演員都是男性？是什麼讓落語風潮再起？從歷史背景到表演結構，深入淺出地介紹九大表演藝術，讓你不僅止於認識，還能懂得欣賞。

◎相撲
◎歌舞伎
◎藝妓
◎落語
◎太鼓
◎能樂
◎淨琉璃
◎文樂
◎漫才

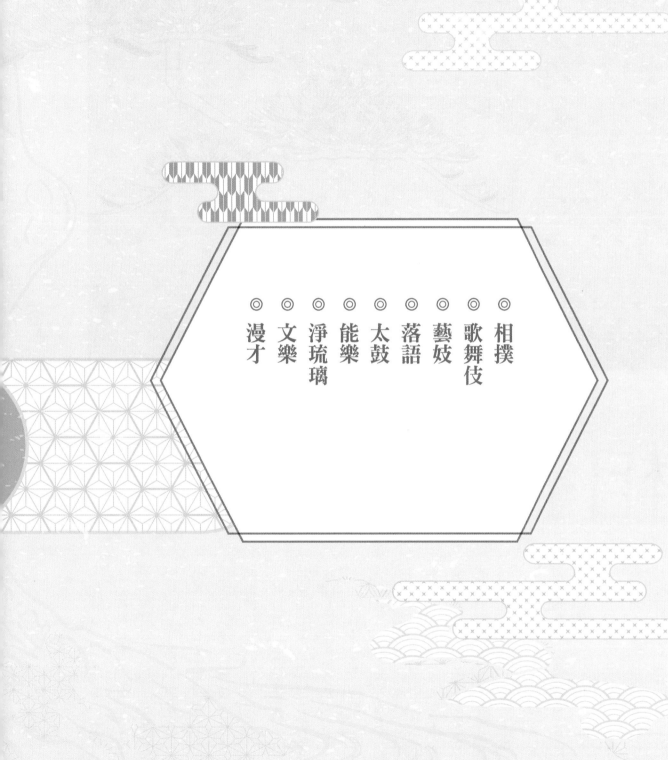

© J. Henning Buchholz/Shutterstock.com

相撲《すもう》

相撲

15　神谷登／著

相撲《すもう》は、日本古来《にほんこらい》の神事《しんじ》[1]や祭《まつ》りであると同時《どうじ》に武芸《ぶげい》、武道《ぶどう》でもある。土俵《どひょう》の上《うえ》で、腰《こし》にまわし[2]を巻《ま》いた裸《はだか》の力士《りきし》が取《と》り組《く》み、祝儀《しゅうぎ》（懸賞金《けんしょうきん》）をもらうための興行《こうぎょう》として大相撲《おおすもう》がある。また、日本《にほん》由来《ゆらい》の武道《ぶどう》・格闘技《かくとうぎ》・スポーツとして、国際的《こくさいてき》にも行《おこな》われている。

相撲《すもう》は、『日本書紀《にほんしょき》』（日本最古《にほんさいこ》の正史《せいし》で七二〇年完成《ねんかんせい》）に記述《きじゅつ》されている宿禰《すくね》と蹴速《けはや》という二人《ふたり》の力《ちから》くらべが起源《きげん》だとされている。当時《とうじ》、垂仁天皇《すいにんてんのう》がこの力自慢《ちからじまん》の二人《ふたり》を呼《よ》び寄《よ》せ、対戦《たいせん》させた。宿禰《すくね》が勝利領地《しょうりりょうち》を賜《たまわ》り、天皇《てんのう》に仕《つか》えたと記《しる》されており、また『古事記《こじき》』にも「国《くに》譲《ゆず》り神話《しんわ》」としても記載《きさい》されている。その後《ご》、農作物《のうさくぶつ》の豊作祈願《ほうさくきがん》などの祭事《さいじ》を経《へ》て、現在《げんざい》の相撲《すもう》へと受《う》け継《つ》がれている。

明治時代《めいじじだい》に入《はい》り、維新政府《いしんせいふ》から断髪令《だんぱつれい》が発令《はつれい》され、髷《まげ》を切《き》るように勧《すす》められたが、相撲《すもう》の「力士《りきし》」だけは除外《じょがい》された。つまり、約千三百年《やくせんさんびゃくねん》の歴史《れきし》を途絶《とだ》える事《こと》なく脈々《みゃくみゃく》と受《う》け継《つ》いでいる相撲《すもう》を現代《げんだい》でも鑑賞《かんしょう》できることは、まさに、日本《にほん》の伝《でん》統文化《とうぶんか》を継承《けいしょう》していると言《い》っても過言《かごん》ではない。

現在《げんざい》では、職業《しょくぎょう》としての大相撲《おおすもう》があり、公益財団法人日本相撲協会《こうえきざいだんほうじんにほんすもうきょうかい》が相撲《すもう》を取《と》り行《おこな》っている。

相撲《すもう》のルールを説明《せつめい》しよう。相撲《すもう》で勝《か》つには、相手《あいて》の体《からだ》のうち、足《あし》の裏以外《うらいがい》の場所《ばしょ》を土俵《どひょう》[3]の土《つち》に触《ふ》れさせた場合《ばあい》と、相手《あいて》を土俵《どひょう》の外《そと》に出《だ》した場合《ばあい》、あるいは、相手《あいて》の体《からだ》の一部《いちぶ》が土俵《どひょう》の外《そと》の地面《じめん》に着《つ》いた時《とき》である。

相撲《すもう》の技《わざ》は、日本相撲協会《にほんすもうきょうかい》が定《さだ》めた相《す》撲《もう》の技八十二種《わざはちじゅうにしゅ》と、非技《ひぎ》（勝負結果《しょうぶけっか》）五《いつ》つがある。その他《ほか》、反則行為《はんそくこうい》である禁《きん》じ手《て》[4]がある。技《わざ》（以下《いか》「決《き》まり手《て》」と呼《よ》ぶ）は非常《ひじょう》に多《おお》くあるが、よく使《つか》われる

▲左：蹴速 右：宿禰 出自：Wikipedia

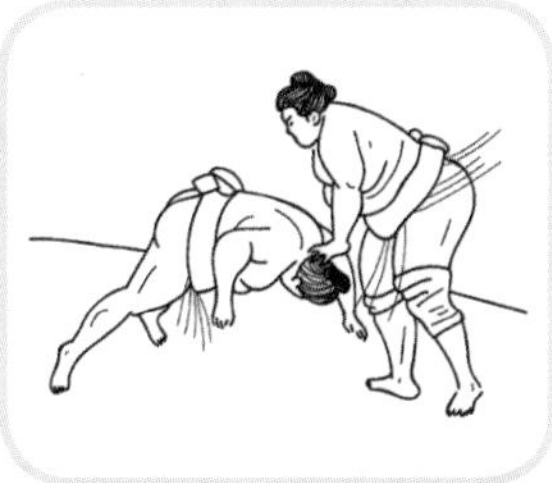

決《き》まり手《て》の上位五位《じょういごい》までを紹介《しょうかい》する。

1. 寄《よ》り切《き》り：四《よ》つに組《く》み[5]、相手《あいて》に体《からだ》を密着《みっちゃく》させ、にじり寄《よ》って[6]土俵《どひょう》の外《そと》に押《お》し出《だ》す。

2. 押《お》し出《だ》し：両手《りょうて》または片手《かたて》を相手《あいて》の体《からだ》に押《お》し当《あ》て、土《ど》俵《ひょう》の外《そと》に押《お》し出《だ》す。

3. はたき込《こ》み：体《からだ》を開《ひら》き、片手《かたて》か両手《りょうて》で相手《あいて》の肩《かた》などをはたいて[7]土俵《どひょう》に手《て》をつかせる。

4. 突《つ》き落《お》とし：片手《かたて》を相手《あいて》の脇《わき》に当《あ》て、相手《あいて》の重心《じゅうしん》を傾《かたむ》けさせて、斜下《ななめした》に押《お》さえつける。

5. 上手投《うわてな》げ：四《よっ》つに組《く》んで相手《あいて》ての腕《うで》の上《うえ》から廻《まわ》しを掴《つか》んで投《な》げ倒《たお》す。

勝負《しょうぶ》が決《き》まった時《とき》は、場内《じょうない》アナウンスで、「ただ今《いま》の決《き》まり手《て》は『寄《よ》り切《き》り』。寄《よ》り切《き》って○○の勝《か》ち。」と放送《ほうそう》される。この中《なか》の『寄《よ》り切《き》り』が決《き》まり手《て》の名前《なまえ》だ。○○に力士《りきし》の名前《なまえ》が入《はい》る。

大相撲《おおすもう》の力士《りきし》たちの格付《かくづ》け（番付《ばんづ》け）で、最高位《さいこうい》を「横綱《よこづな》」という。続《つづ》いて順《じゅん》に「大関《おおぜき》」「関脇《せきわけ》」「小結《こむすび》」「前頭《まえがしら》」。以上《いじょう》を幕内《まくのうち》と呼《よ》ぶ。その下《した》の「十両《じゅうりょう》」「幕下《まくした》」「三段目《さんだんめ》」「序二段《じょにだん》」「序《じょ》の口《くち》」に続《つづ》く。

さて、二〇一七年《ねん》に、親方《おやかた》・力士七十《りきししちじゅう》名及《めいおよ》びファン一万人《いちまんにん》の投票《とうひょう》により、歴代《れきだい》の本当《ほんとう》に凄《すご》い力士《りきし》が選《えら》ばれた。そのトップスリーを紹介《しょうかい》しよう。

第三位《だいさんい》は、第四十八代横綱《だいよんじゅうはちだいよこづな》の「大鵬《たいほう》」。なんといっても昭和《しょうわ》の大横綱《だいよこづな》の代表的《だいひょうてき》な力士《りきし》である。一九五六年《ねん》に初土俵《はつどひょう》。

二十一歳三《にじゅういっさいさん》か月《げつ》で横綱《よこづな》に昇進《しょうしん》した。当時《とうじ》は最年少記録《さいねんしょうきろく》だった。ライバル[8]の柏戸《かしわど》と競《きそ》い合《あ》い、柏鵬時代《はくほうじだい》と呼《よ》ばれる相撲《すもう》の黄金時代《おうごんじだい》を築《きず》いた。当時《とうじ》の子供《こども》たちが好《す》きなものとして、「巨人《きょじん》、大鵬《たいほう》、卵焼《たまごやき》」という流行語《りゅうこうご》が生《う》まれるほどだった。

第二位《だいにい》は、第六十五代横綱《だいろくじゅうごだいよこづな》の「貴乃《たかの》花《はな》」である。一九八八年《ねん》に初土俵《はつどひょう》。一九九五年《ねん》に横綱昇進《よこづなしょうしん》を果《は》たした。二〇〇一年一月場所《ねんいちがつばしょ》で、膝《ひざ》に怪我《けが》をしているにもかかわらず、優勝決定戦《ゆうしょうけっていせん》で巨漢《きょかん》の外《がい》国人力士《こくじんりきし》の武蔵丸《むさしまる》に奇跡的《きせきてき》に勝《か》ち、当時《とうじ》の小泉純一郎首相《こいずみじゅんいちろうしゅしょう》から、「痛《いた》みに耐《た》えて、よく頑張《がんば》った。感動《かんどう》した。おめでとう。」と称賛《しょうさん》されるとともに、多《おお》くの人々《ひとびと》がその姿《すがた》に感動《かんどう》させられた。また、兄《あに》の「若《わか》乃花《のはな》」も横綱《よこづな》になり、兄弟二人《きょうだいふたり》合《あ》わせて、若貴時代《わかたかじだい》と呼《よ》ばれ、相撲人気《すもうにんき》を牽引《けんいん》した[9]。

第一位《だいいちい》は、第五十八代横綱《だいごじゅうはちだいよこづな》の「千代《ちよの》富士《ふじ》」である。一九七〇年《ねん》に初土俵《はつどひょう》。一九八一年《ねん》に横綱昇進《よこづなしょうしん》。一九八八年《ねん》には、五十三連勝《ごじゅうさんれんしょう》を記録《きろく》し、一九八九年《ねん》に、国民栄誉賞《こくみんえいよしょう》を受賞《じゅしょう》した。現役時代《げんえきじだい》は、怪《け》我《が》を過酷《かこく》なトレーニングで克服《こくふく》し、「小《ち》さな大横綱《だいよこづな》」、「昭和最後《しょうわさいご》の大横綱《だいよこづな》」と言《い》われ、千代富士時代《ちよのふじじだい》を作《つく》った。

東京《とうきょう》へ行《い》くことがあれば、「両国国技《りょうごくこくぎ》館《かん》」へ行《い》ってみてもいい。その一階《いっかい》に、「相撲博物館《すもうはくぶつかん》」があり、錦絵《にしきえ》や番付《ばんづけ》、化《け》粧廻《しょうまわ》し等《など》、相撲《すもう》に関《かん》する資料《しりょう》を展示《てんじ》しているので、見学《けんがく》することをお勧《すす》めする。

相撲鑑賞《すもうかんしょう》のマナーとしては、服装《ふくそう》の決《き》まりは特《とく》にないが、他《ほか》のお客様《きゃくさま》の観覧《かんらん》の妨《さまた》げ[10]になるような座椅子《ざいす》や帽子《ぼうし》は避《さ》けたほうがよい。

もし、時間《じかん》が許《ゆる》すなら、相撲観戦《すもうかんせん》もいい。特《とく》に、東京《とうきょう》の両国国技館《りょうごくこくぎかん》で行《おこな》われる大相撲《おおずもう》（一月場所《いちがつばしょ》、五月場所《ごがつばしょ》、九月場《くがつば》所《しょ》）では、外国人観光客《がいこくじんかんこうきゃく》の団体《だんたい》が多《おお》くなってきているという。それほど、相撲《すもう》は、日本固有《にほんこゆう》の伝統文化《でんとうぶんか》として、外国《がいこく》から来《く》る観光客《かんこうきゃく》の皆《みな》さんの注目《ちゅうもく》を大《おお》いに集《あつ》めているといっていいだろう。

相撲除了是日本自古以來的神道儀式、祭典外，同時也是武藝、武道。腰上纏著腰帶，光裸上身的力士在土俵上比賽，為了獲取祝儀（獎金）而舉辦的賽事就是大相撲。此外，作為日本起源的武道・格鬥技・運動，在國際上也會舉行相撲比賽。

相撲一般認為起源於《日本書紀》（日本最古老的正史，完成於七二〇年）中記述的，宿彌和蹴速兩人的力量比試。當時，垂仁天皇叫來自豪自身力氣的兩人，讓他們比試。也記載著宿彌贏得勝利後，獲賜領地、為天皇效勞，另外《古事記》中也將這件事記載成〈讓國神話〉。接著，歷經了祈求農作物豐收等祭典後，遂演變成現在的相撲。

進入明治時代後，維新政府發布斷髮令，要求大家剪掉髮髻，但只有相撲的「力士」屏除在禁令外。也就是說，現在也能觀賞到這一千三百多年歷史以來毫不間斷、代代相傳的相撲，正可謂傳承著日本的傳統文化。

現代有職業性的大相撲，由公益財團法人日本相撲協會舉辦相撲比賽。

來說明相撲的規則吧！想在相撲中獲勝，只要讓對手腳底以外的身體部位接觸到土俵的土，或將對手推到土俵以外，或是讓對手身體的一部分接觸到土俵外地面。

相撲招式有日本相撲協會訂定的相撲八十二招，以及五種非技（勝負結果）。其他，也有被列為犯規行為的禁止招式。招式（以下稱為「取勝招式」）有非常多，在此介紹最常被使用的前五名取勝招式。

1.全身逼擠：雙方雙手抓住對方，貼緊對方身體，將對方擠出土俵外。

2.推出：雙手或是單手推對方身體，將對方推出土俵外。

3.閃躲拍背：閃開身體，單手或雙手拍對方肩膀等部位，讓對方的手碰到土俵上。

4.掐腋扭倒：單手掐住對方腋側，讓對方重心失去平衡，接著往斜下方壓。

5.上手側身拋摔：雙方雙手抓住對方時，從對方雙手外側抓住對方腰帶，拋摔出去。比出勝負後，場內會廣播「現在的決勝招式為『全身逼擠』，全身逼擠後由○○獲勝。」其中的『全身逼擠』就是決勝招式名稱，○○則是力士的名字。

大相撲力士們的級別中，最高級別為「橫綱」，接下來依序為「大關」、「關脇」、「小結」、「前頭」。以上級別被稱為幕內。之下為「十兩」、「幕下」、「三段目」、「序二段」、「序之口」。

接下來，二〇一七年時，根據七十位師傅・力士，加上一萬名相撲迷投票，票選出了歷代真正厲害的力士，在此向大家介紹前三名。

第三名是第四十八代橫綱「大鵬」。先不論其他的，他可是昭和大橫綱中最具代表性的力士。於一九五六年首次出場比賽，二十一歲三個月時晉升為橫綱，是當時最年輕的紀錄。和對手柏戶互相競爭，創造了被稱為柏鵬時代的相撲黃金時代。當時還誕生了「巨人、大鵬、玉子燒」的流行語，指的是孩子們喜歡的三種東西。

第二名是第六十五代橫綱「貴乃花」。一九八八年首次出場比賽，一九九五年晉升橫綱。二〇〇一年一月場所中，他在膝蓋受傷的情況下，在決賽中奇蹟似地贏了壯漢外國人力士武藏丸，當時的小泉純一郎首相還誇讚他：「忍著疼痛，真的太努力了。我好感動，恭喜你！」許多人都深受他的身影感動。此外，他的哥哥「若乃花」也晉升為橫綱，兄弟兩人合起來被稱為若貴時代，牽引著相撲的人氣。

第一名為第五十八代橫綱「千代之富士」，一九七〇年首次出場比賽，一九八一年晉升橫綱。一九八八年創下五十三連勝的紀錄，一九八九年榮獲國民榮譽獎。現役時代，藉著嚴苛的訓練克服傷痛，被稱為「小大橫綱」、「昭和最後的大橫綱」，創造出千代之富士時代。

如果有機會前往東京，可以到「兩國國技館」看看。那裡的一樓有「相撲博物館」，展示著錦繪、排行、刺繡腰帶等與相撲相關的資料，推薦大家可以去參觀。

關於觀賞相撲比賽時的禮儀，雖然沒有特別的服裝規定，但為了別妨礙其他觀眾觀賽，請避免使用和室椅或戴帽子。

如果時間允許，也可以觀賞相撲比賽。特別是在東京兩國國技館舉辦的大相撲（一月場所、五月場所、九月場所），聽說團體外國觀光客有增加的趨勢。由此可見，作為日本固有傳統文化的相撲，想必是深深吸引了外國旅客的注目。

單字與句型

單字

1. 神事《しんじ》：神道儀式。日本神道祭祀神明的儀式、祭典。
2. まわし：腰帶。固定在腰和腹部上，幫助相撲力士出力。
3. 土俵《どひょう》：土俵。相撲比賽的場地。
4. 禁《きん》じ手《て》：禁止招式。只要使用此招就算犯規。
5. 四《よ》つに組《く》む：在相撲用語中表示互抓著對方的手。另有大方迎強敵的意義。
6. にじり寄《よ》って：膝行靠近、慢慢逼近。
7. はたく：打。意同「たたく」。
8. ライバル：【英】rival，競爭對手。
9. 牽引《けんいん》する：牽引。
10. 妨《さまた》げ：防礙、阻擋。

句型

・～と言《い》っても過言《かごん》ではない：說～也不為過。
・～ほどだ：形容程度。

歌舞伎《かぶき》

歌舞技

16　神谷登／著

歌舞伎《かぶき》は約四百年前《やくよんひゃくねんまえ》にできたセリフ、音楽《おんがく》、舞踊《ぶよう》が一体《いったい》となっている芝居《しばい》のことである。能《のう》や狂言《きょうげん》、文楽《ぶんらく》などと共《とも》に日《に》本《ほん》の伝統芸能《でんとうげいのう》であり、舞台芸術《ぶたいげいじゅつ》だ。歌舞《かぶ》伎《き》という名称《めいしょう》は、「傾《かたむ》く」の古語《こご》で「かぶく」の連用形《れんようけい》を名詞化《めいしか》すると「かぶき」になり、これが由来《ゆらい》だと言《い》われている。

歌舞伎《かぶき》を創始《そうし》したのは「かぶき踊《おど》り」を始《はじ》めた「お国《くに》」という女性《じょせい》であると言《い》われている。その後《ご》、女歌舞伎《おんなかぶき》から、若《わか》い男性《だんせい》が演《えん》じる「若衆歌舞伎《わかしゅかぶき》」、そして、男性《だんせい》が男役《おとこやく》のみならず女役《おんなやく》も演《えん》ずる「野郎歌舞伎《やろうかぶき》」は、踊《おど》りから演劇中心《えんげきちゅうしん》へと変化《へんか》し、劇場芸術《げきじょうげいじゅつ》となった。上方《かみがた》（大《おお》阪《さか》・京都等《きょうとなど》）では、「和事《わごと》[1]」が人気《にんき》を博《はく》し、江戸《えど》（東京《とうきょう》）では、「荒事《あらごと》[2]」の人気《にんき》が高《たか》かった。江戸時代後期《えどじだいこうき》には、生《き》世話物《ぜわもの》（恋愛《れんあい》・心中《しんじゅう》・怪談等《かいだんなど》）、白浪物《しろなみもの》（盗賊《とうぞく》についての内容《ないよう》）が盛《さか》んだった。

それでは、現代《げんだい》の歌舞伎《かぶき》について目《め》を向《む》けてみよう。

歌舞伎《かぶき》の芝居《しばい》のストーリーは、古《ふる》い歴史《れきし》や物語《ものがたり》などで、大《おお》きく分《わ》けると時代《じだい》物物《もの》と世話《せわ》物《もの》がある。時代物《じだいもの》は、主《おも》に軍《ぐん》記物《きもの》（合戦《かっせん》）や武士《ぶし》についての内容《ないよう》で、公家《くげ》や武家社会《ぶけしゃかい》を描《えが》いたものとなっており、歌舞伎《かぶき》の様式美《ようしきび》を堪能《たんのう》できる。主《おも》な演目《えんもく》としては、「仮名手本忠臣蔵《かなでほんちゅうしんぐら》」「勧《かん》進帳《じんちょう》」などがある。

・「**仮名手本忠臣蔵**《かなでほんちゅうしんぐら》」：江戸時代《えどじだい》から続《つづ》く人気演目《にんきえんもく》。赤穂浪士《あこうろうし》[3]の物語《ものがたり》りだが、登場人物《とうじょうじんぶつ》の名前《なまえ》が本来《ほんらい》の赤穂浪士《あこうろうし》とは違《ちが》う名前《なまえ》で出《で》てくる。大名《だいみょう》の塩谷判官《えんやはんがん》が大名《だいみょう》の高師直《こうのもろなお》を切《き》りつけたため切腹《せっぷく》し、家来《けらい》だった大星由良之助《おおぼしゆらのすけ》を中心《ちゅうしん》とした四十七士《しじゅうしちし》が仇討《あだう》ちを行《おこな》うまでの人《にん》間《げん》ドラマが描《えが》かれている。

・「**勧進帳**《かんじんちょう》」：山伏《やまぶし》に扮《ふん》し、東北《とうほく》へ逃《に》げ落《お》ちようとする源義経《みなもとのよしつね》と弁慶《べんけい》[4]主従《しゅじゅう》一行《いっこう》が、途中《とちゅう》の安宅《あたか》の関所《せきしょ》をなんとしてでも通過《つうか》せんがため、関所《せきしょ》の番人《ばんにん》との息詰《いきづ》まる[5]ような問答《もんどう》を繰広《くりひろ》げる[6]。

世話物《せわもの》は、江戸時代《えどじだい》の町人《ちょうにん》や庶民《しょみん》の生活《せいかつ》を描《えが》いたもので、人情味《にんじょうみ》あふれる内《ない》容《よう》となっている。江戸時代《えどじだい》の現代劇《げんだいげき》のため、ストーリーやセリフがわかりやすい。主《おも》な演目《えんもく》としては、「弁天娘女男弁《べんてんむすめめおべん》天《てん》」「曽根崎心中《そねざきしんじゅう》」などがある。

・「**弁天娘女男の白浪**《べんてんむすめめおのしらなみ》**（弁天小僧**《べんてんこぞう》**）**」：五人《ごにん》の泥棒《どろぼう》の物語《ものがたり》り。武家《ぶけ》の娘《むすめ》に変装《へんそう》した弁天小僧《べんてんこぞう》が、正体《しょうたい》を現《あらわ》す時《とき》に凄《すご》む[7]場面《ばめん》の名《めい》ゼリフや、白浪五人男《しろなみごにんおとこ》と書《か》かれた傘《かさ》を手《て》に勢揃《せいぞろ》い[8]する泥棒五人《どろぼうごにん》の場面《ばめん》が有名《ゆうめい》である。

・「**曽根崎心中**《そねざきしんじゅう》」：江戸時代《えどじだい》に有名《ゆうめい》な浄《じょう》瑠璃《るり》・歌舞伎作者《かぶきさくしゃ》の近松門左衛門《ちかまつもんざえもん》が、実際《じっさい》にあった心中事件《しんじゅうじけん》をもとに文楽《ぶんらく》のために書《か》いた作品《さくひん》。とても人気《にんき》が高《たか》く、歌舞伎化《かぶきか》された。

また、時代物《じだいもの》、世話物《せわもの》のというストーリー物《もの》だけでなく、踊《おど》りを主体《しゅたい》にした「舞踊《ぶよう》」もある。「鏡獅子《かがみじし》」「鷺娘《さぎむすめ》」「藤娘《ふじむすめ》」「紅葉狩《もみじが》り」「娘道成寺《むすめどうじょうじ》」などが主《おも》な演目《えんもく》である。

次《つぎ》に、現代《げんだい》の著名《ちょめい》な歌舞伎《かぶき》役者《やくしゃ》を紹介《しょうかい》しよう。

1.市川海老蔵《いちかわえびぞう》**：**屋号《やごう》は「成田《なりた》屋《や》」。成田屋《なりたや》は一番歴史《いちばんれきし》が古《ふる》く、江戸時代《えどじだい》から続《つづ》いており、屋号《やごう》の始《はじ》まりとも言《い》われている。父《ちち》は十二代目市川團十郎《じゅうにだいめいちかわだんじゅうろう》（故人《こじん》）。この「成田屋《なりたや》の市川團十郎《いちかわだんじゅうろう》」が別格《べっかく》の格式《かくしき》とされている。将来《しょうらい》は、海老蔵《えびぞう》がこの「市《いち》川團十郎《かわだんじゅうろう》」の名《な》を継《つ》ぐものとみられている。なお、海老蔵《えびぞう》は歌舞伎《かぶき》だけでなく、映画《えいが》、ドラマ、コマーシャルにも多数出《たすうしゅつ》演《えん》している。

2.尾上松也《おのえまつや》**：**屋号《やごう》は「音羽《おとわ》屋《や》」。成田屋《なりたや》と同格《どうかく》の格式《かくしき》をもっている。三十四歳《さんじゅうよんさい》で、若《わか》手《て》のホープ。ドラマ、コマーシャルにも出演《しゅつえん》している。

3.尾上菊之助《おのえきくのすけ》**：**屋号《やごう》は尾上松也《おのえまつや》と同《おな》じ「音羽《おとわ》屋《や》」。父《ちち》は、七《しち》代目《だいめ》尾上菊五《おのえきくご》郎《ろう》。ドラマ「下《した》町《まち》ロケット2」に出演《しゅつえん》していた。姉《あね》は女《じょ》

優《ゆう》の寺島《てらじま》しのぶ。

4.松本幸四郎《まつもとこうしろう》：屋号《やごう》は「高麗《こうらい》屋《や》」。父《ちち》は二代《にだい》目《め》松本白鴎《まつもとはくおう》。白《はく》鴎《おう》は、若《わか》いころ、ブロードウエイミュージカル[9]やドラマなど多数出《たすうしゅつ》演《えん》した。

その他《ほか》にも、多《おお》くの有名《ゆうめい》な歌舞伎役者《かぶきやくしゃ》がいる。

次《つぎ》に、歌舞伎《かぶき》を観劇《かんげき》する際《さい》のマナーについて、説明《せつめい》しよう。

1.幕《まく》が開《あ》いたら、音《おと》をたてないこと。

2.帽子《ぼうし》は必《かなら》ず取《と》ること。

3.自分《じぶん》が贔屓《ひいき》[10]にしている役者《やくしゃ》に声《こえ》を掛《か》ける「大向《おおむ》こう」というのがある。

例《たと》えば、贔屓《ひいき》の役者《やくしゃ》が市川海老蔵《いちかわえびぞう》だったら、その屋号《やごう》である「成田屋《なりたや》」と掛《か》け声《ごえ》をかける。ただ、掛《か》けるタイミングが本当《ほんとう》に難《むずか》しい。女性《じょせい》の声《こえ》は原則禁止《げんそくきんし》。

タイミングを外《はず》すと、舞台《ぶたい》の雰囲気《ふんいき》を壊《こわ》してしまう恐《おそ》れがあるため、マナーとしては、静《しず》かに観劇《かんげき》しているほうがいい。

また、初心者《しょしんしゃ》や外国人《がいこくじん》のための「同時《どうじ》解説《かいせつ》イヤホンガイド」が借《か》りられる。日《に》本語《ほんご》か英語《えいご》を選《えら》べる。歌舞伎《かぶき》を見《み》る場所《ばしょ》は、東京《とうきょう》なら歌舞伎座《かぶきざ》、新橋演舞場《しんばしえんぶじょう》、関《かん》西《さい》は京都南座《きょうとみなみざ》、大阪松竹座《おおさかしょうちくざ》などがある。日本《にほん》へ行《い》くことがあれば、是非《ぜひ》、歌舞伎《かぶき》を見《み》てほしい。日本《にほん》の古典芸能文化《こてんげいのうぶんか》が味《あじ》わえるとともに、好《す》きな歌舞伎役者《かぶきやくしゃ》、つまり「贔屓《ひいき》」が見《み》つかれば、もっと楽《たの》しく観劇《かんげき》できるだろう。

歌舞伎是約四百年前成立，將台詞、音樂、舞蹈合為一體的戲劇表演。和能、狂言、文樂等同為日本的傳統藝能、舞台藝術。歌舞伎這個名稱據說是源自於「傾《かたむ》く（Katamuku）」的古語「かぶく（Kabuku）」，將其連用形名詞化後就會變成「かぶき（Kabuki）」。

傳說歌舞伎的創始者是開始跳「かぶき踊《おど》り（Kabuki Odori）」，名為「阿國」的女性。其後，從女性歌舞伎，變成由年輕男性演出的「若眾歌舞伎」，接著又轉變成男性不只要飾演男性角色，也要飾演女性角色的「野郎歌舞伎」，從舞蹈漸漸轉變成以戲劇為中心，成為一種劇場藝術。在上方（大阪、東京等地）地區，「和事」大受歡迎，在江戶（東京），則是「荒事」最受觀迎。江戶時代後期，生世話物（戀愛、殉情、怪談等）、白浪物（與盜賊有關的內容）相當盛行。

那麼，接下來讓我們來看現代的歌舞伎吧！歌舞伎演出的故事為古老歷史及故事等等，大致可分為時代物與世話物。時代物主要以軍記故事（雙方對戰）及與武士相關的故事為主，內容描寫公家或武家社會，可以欣賞歌舞伎的樣式美。主要演出劇碼有〈假名手本忠臣藏〉、〈勸進帳〉等等。

- **〈假名手本忠臣藏〉**：這是從江戶時代上演至今很受歡迎的劇碼。這雖然是赤穗浪士的故事，但戲劇中登場人物的名字和赤穗浪士原本的名字不同。描繪著身為大名的鹽谷判官因為殺傷同為大名的高師直而切腹，以鹽谷判官的家臣——大星由良之助為中心的四十七名家臣為主君報仇的人性劇。
- **〈勸進帳〉**：假扮成山伏（山中修驗僧），打算逃往東北的源義經與弁慶主從一行人，千方百計地為了通過逃亡途中的安宅關所，與關所守衛展開了一場讓人屏氣攝息的問答。

世話物主要描繪江戶時代町人或平民的生活，內容充滿人情味。因為是江戶時代的現代劇，所以故事與台詞皆簡單易懂。主要的劇碼有「弁天娘女男弁天」、「曾根崎心中」等等。

- **〈弁天娘女男弁天（弁天小僧）〉**：是五個小偷的故事。假扮成武家閨女的弁天小子，在他現出原形時恐嚇他人的經典情境台詞，以及五名個小偷撐著寫有白浪五人男的傘，齊聚一堂的場景相當有名。
- **〈曾根崎心中〉**：這是江戶時代的知名淨琉璃・歌舞伎作者——近松門左衛門，以實際發生的殉情事件為基礎，為文樂而寫的作品。此劇目相當受歡迎，遂改編成歌舞伎版本。

另外，不僅有時代物、世話物這類的故事，還有以舞蹈為主體的「舞踊」。〈鏡獅子〉、〈鷺娘〉、〈藤娘〉、〈紅葉狩〉、〈娘道成寺〉為主要劇碼。

接下來介紹現代知名的歌舞伎演員吧。

1. **市川海老藏**：屋號為「成田屋」。成田屋的歷史最為久遠，從江戶時代延續至今，也被認為是屋號的起源。他的父親是第十二代市川團十郎（已故）。這個「成田屋的市川團十郎」被視為極為特別的地位，海老藏被認為將來將會繼承這個名字。另外，海老藏不只歌舞伎，也參與多數電影、連續劇、廣告演出。
2. **尾上松也**：屋號為「音羽屋」，與成田屋擁有同等的地位。他現年三十四歲，是備受期待的年輕演員。也有參與連續劇、廣告演出。
3. **尾上菊之助**：屋號與尾上松也同為「音羽屋」，他的父親為第七代尾上菊五郎。有參與連續劇「下町火箭2」演出，姊姊是女演員寺島忍。
4. **松本幸四郎**：屋號為「高麗屋」，他的父親為第二代松本白鸚。白鸚在年輕時參與非常多百老匯音樂劇及電視劇演出。

其他還有非常多知名的歌舞伎演員。

接下來說明觀賞歌舞伎時的禮儀。

1. 揭開序幕後，別發出聲音。
2. 絕對要脫下帽子。
3. 有一群人被稱為「大向《おおむ》こう（原指觀眾席站區）」，他們會對自己喜愛的演員呼喊。

舉例來說，假設他喜歡的演員是市川海老藏，他就會對演員喊其屋號「成田屋」。只不過，呼喊的時機真的相當困難，原則上也禁止女生的聲音。如果錯過時機，還可能破壞舞台表演的氣氛，因此就禮儀上來看，安靜觀賞會比較好。

此外，第一次觀劇的人或外國人，也可以租借「同時解說耳機導覽」，可選擇日語或英語。能觀賞歌舞伎的場所，東京有歌舞伎座、新橋演舞場，關西有京都南座、大阪松竹座等。如果有機會到日本，請務必去觀賞歌舞伎。品味日本的古典藝能文化的同時，若能找到喜歡的歌舞伎演員，想必能更開心地觀劇。

單字與句型

單字

1. 和事《わごと》：指歌舞伎中，美男子的戀愛場景、演技。
2. 荒事《あらごと》：指歌舞伎中，誇張地演繹出武士或鬼神等狂野的姿態或打鬥場景。
3. 赤穂浪士《あこうろうし》：指殺害吉良義央的四十七名舊赤穗藩武士。他們是為了報舊主淺野內長矩之仇，才會在一七〇三年一月三十日深夜，突襲其位於江戶本所松坂町的住家。
4. 源義経《みなもとのよしつね》と弁慶《べんけい》：源義經為平安時代末期至鎌倉時代初期的武將，與開創鎌倉幕府的源賴朝為同父異母的兄弟。雖助兄長賴朝殲滅了平氏，卻因為關係不和睦而發動了叛變，叛變失敗後逃亡於奧州（現岩手縣）時遭藤原泰衡襲擊，最後在衣川自殺。為日本最受歡迎的悲劇英雄之一。弁慶為平安時代末期至鎌倉時代初期的武僧，歸源義經的麾下，雖在戰役中多次營救了義經。
5. 息詰《いきづ》まる：令人喘不過氣般地緊張。
6. 繰《く》り広《ひろ》げる：①展開、打開（物品）。②進行、展開（事件）。在此為②的意思。
7. 凄《すご》む：威嚇、恐嚇。
8. 勢揃《せいぞろ》い：聚集。
9. ブロードウェイミュージカル：【英】Broadway Musical，百老匯音樂劇。
10. 贔屓《ひいき》：愛顧、偏愛。

句型

- ～のみならず：不僅。
- ～んがため（に）：為了～而～，前續動詞未然形。

芸妓《げいぎ》

藝妓

17　原口和美／著

日本《にほん》と聞《き》けば、寿司《すし》や相撲《すもう》、富士山《ふじさん》などを連想《れんそう》する外国《がいこく》の方《かた》は多《おお》い。さらに、それが日本《にほん》の京都《きょうと》と聞《き》けば、「ゲイシャ」を思《おも》い浮《う》かべる人《ひと》は国内外《こくないがい》を問《と》わず少《すく》なくないだろう。顔《かお》を白《しろ》く塗《ぬ》り、赤《あか》い紅《べに》を差《さ》した着物姿《きものすがた》の美《うつく》しい女性《じょせい》が古都《こと》京都《きょうと》美《うつく》しい街並《まちな》みを歩《ある》く姿《すがた》をポスターや広告《こうこく》、MVなどで誰《だれ》しも一度《いちど》は目《め》にした[1]事《こと》があるのではないだろうか。関東圏《かんとうけん》では「芸《げい》者《しゃ》」と呼《よ》ばれているが、京都《きょうと》で活動《かつどう》している者《もの》は「芸妓《げいぎ》」と呼《よ》ばれている。本稿《ほんこう》では芸妓《げいぎ》を取《と》り上《あ》げていく。

さて、この芸妓《げいぎ》とは一体何《いったいなに》をしている人《ひと》なのでしょうか。簡単《かんたん》に言《い》えば、彼女《かのじょ》らの仕事《しごと》は宴会《えんかい》の席《せき》に華《はな》を添《そ》えること。お酌《しゃく》、お話《はなし》、芸事《げいごと》の披露《ひろう》、遊《あそ》びなどでお客様《きゃくさま》のおもてなしをし、楽《たの》しませるプロフェッショナルなのである。芸妓《げいぎ》と楽《たの》しむ「お座敷遊《ざしきあそ》び」とは、もちろん磨《みが》き抜《ぬ》かれた伝統芸能《でんとうげいのう》を鑑賞《かんしょう》することである。彼女《かのじょ》たちの披露《ひろう》する舞《まい》・踊《おど》りをはじめとする数々《かずかず》の伝統妓芸《でんとうぎげい》は京都《きょうと》の伝統《でんとう》や文化《ぶんか》が受《う》け継《つ》がれており、鍛錬《たんれん》された地方《じかた》が披露《ひろう》する三味線《しゃみせん》や小唄《こうた》、芸舞妓《げいまいこ》の舞《まい》を目《め》の前《まえ》でじっくり堪能《たんのう》する事《こと》ができる。なんとも贅沢《ぜいたく》な遊《あそ》びである。お座敷《ざしき》で遊《あそ》ばれる遊《あそ》びは、全身《ぜんしん》を使《つか》ったジェスチャージャンケン「とらとら」や、反射神経《はんしゃしんけい》が試《ため》される「金比羅船々《こんぴらふねふね》」などその他《た》たくさんあり、盛《も》り上《あ》がる[2]こと間違《まちが》いない。厳《きび》しい鍛錬《たんれん》を積《つ》んだ芸舞妓《げいまいこ》の一流《いちりゅう》のおもてなしを楽《たの》しむためには、まず「お茶屋《ちゃや》さん」と呼《よ》ばれる芸舞妓《げいまいこ》を手配《てはい》してくれる飲食店《いんしょくてん》へ行《い》く必要《ひつよう》がある。お座敷遊《ざしきあそ》びにかしこまった服装《ふくそう》をしていく必要《ひつよう》はないが、いつもより少《すこ》し気合《きあい》を入《い》れた服装《ふくそう》が良《よ》いだろう。座敷《ざしき》へ素足《すあし》で上《あ》がるのはマナー違反《いはん》なので靴下《くつした》を必《かなら》ず着用《ちゃくよう》する。芸舞妓《げいまいこ》の身《み》に着《つ》けている和服《わふく》や装飾品《そうしょくひん》は高価《こうか》なのでむやみに触《さわ》ってはいけない。断《ことわ》りなしに写真《しゃしん》を撮《と》るのも好《この》ましくない。京都《きょうと》のお茶屋《ちゃや》さんは「一見《いちげん》さんお断《ことわ》り」という言葉《ことば》があるように、いくら社会的《しゃかいてき》地位《ちい》やお金《かね》があろうとも馴染《なじ》み客《きゃく》やその紹介《しょうかい》がない限《かぎ》りはその暖簾《のれん》をくぐることは許《ゆる》されない。現在《げんざい》では旅行会社企画《りょこうがいしゃきかく》のツアーやお座敷体験《ざしきたいけん》、不定期《ふていき》だが芸妓《げいぎ》を呼《よ》び体験《たいけん》イベントを行《おこな》うカフェなどがあるので、誰《だれ》でも気軽《きがる》にお座敷遊《ざしきあそ》びを体験《たいけん》することが出来《でき》るので、探《さが》してみるのも良《よ》いだろう。

凛《りん》とした美《うつく》しさで優《やさ》しく小《ちい》さく微笑《ほほえ》む芸妓《げいぎ》。その姿《すがた》はどこか儚《はかな》げ[3]で、ゆったりした空気《くうき》が流《なが》れているように感《かん》じるが、芸妓《げいぎ》への道《みち》は険《けわ》しい[4]。まずは「置《おき》屋《や》」と呼《よ》ばれる現代《げんだい》で言《い》うところの事務《じむ》所兼下宿所《しょけんげしゅくじょ》のような場所《ばじょ》で「おかあさん」と呼《よ》ばれる女将《おかみ》と保護者同伴《ほごしゃどうはん》の上《うえ》で面接《めんせつ》をした後《あと》、女将《おかみ》の眼鏡《めがね》にかなった[5]ものは親元《おやもと》を離《はな》れ、「姉《ねえ》さん」と呼《よ》ばれる先輩達《せんぱいたち》と置屋《おきや》で共同生活《きょうどうせいかつ》を始《はじ》める。そこで半年《はんとし》から一年《いちねん》ほど「仕込《しこ》み」として見習《みなら》い生活《せいかつ》をするのだ。朝《あさ》から晩《ばん》まで掃《そう》除《じ》や姉《ねえ》さんのお世話《せわ》を通《とお》して、芸妓《げいぎ》の立《た》ち振《ふ》る舞《ま》い[6]や、京都弁《きょうとべん》を学《まな》んでいくのである。また、この時期《じき》は関係各所《かんけいかくしょ》に挨拶《あいさつ》に回《まわ》り、顔《かお》を覚《おぼ》えてもらう大切《たいせつ》な時《じ》期《き》でもある。仕込《しこ》みを経《へ》た十五歳以上《じゅうごさいいじょう》

▲遊玩金比羅船船的實況。 出自：www.japanexperterna.se

▲在正式成為藝妓前，需照顧前輩的起居。

の女性《じょせい》はその後五年間《ごねんかん》「舞妓《まいこ》」としてお座敷《ざしき》に出《で》ながら舞《まい》や三味線《しゃみせん》などの芸《げい》を磨《みが》く[7]のだ。彼女《かのじょ》らが身《み》につけなくて[8]はならない芸事《げいごと》は多《おお》く、一流《いちりゅう》の師匠《ししょう》の指導《しどう》の下《もと》、舞《まい》・踊《おど》り、長唄《ながうた》、小唄《こうた》、常磐津《ときわず》、清元《きよもと》、鳴物《なりもの》（小鼓《こづつみ》、大鼓《おおづつみ》、太鼓《たいこ》）、笛《ふえ》、琴《こと》、さらに茶道《さどう》、書道《しょどう》、華道《かどう》などの教養《きょうよう》も身《み》につける必要《ひつよう》がある。昼《ひる》は芸《げい》の鍛錬《たんれん》に励《はげ》み、夕方《ゆうがた》からはお座敷《ざしき》に出《で》て実際《じっさい》にお客様《きゃくさま》をおもてなしする。その生活《せいかつ》はとてもハードで、芸妓《げいぎ》になる前《まえ》に志《こころざ》し半《なか》ばでやめていく者《もの》も少《すく》なくないという。あくまでも舞妓《まいこ》は芸妓見習《げいぎみなら》いの修行中《しゅぎょうちゅう》の身《み》であり、そこに賃金《ちんぎん》は発生《はっせい》しないが、仕込《しこ》みと舞妓《まいこ》の期間《きかん》は生活費《せいかつひ》から習《なら》い事《ごと》等《など》の一切《いっさい》は置屋《おきや》が負担《ふたん》する。その後《ご》、舞妓《まいこ》の証《あかし》である赤《あか》の襟《えり》を白《しろ》へ変《か》える「襟替《えりが》え」と呼《よ》ばれる儀式《ぎしき》を行《おこな》い、晴《は》れて芸妓《げいぎ》となる。艶《あで》やかな色《いろ》や柄《がら》の着物《きもの》も黒《くろ》や無《む》地《じ》のものに変《か》わり、華美《かび》な飾《かざ》りなども付《つ》けない。芸妓《げいぎ》は舞妓《まいこ》の時期《じき》に得《え》た自信《じしん》と経験《けいけん》で内側《うちがわ》から滲《にじ》み出《で》る[9]美《うつく》しさを纏《まと》うのである。芸妓《げいぎ》になると置屋《おきや》を離《はな》れ、自立《じりつ》しなくてはならない。それまでは置《お》屋《や》のおかあさんが世話《せわ》してくれていたお座敷《ざしき》の仕事《しごと》も自分《じぶん》で取《と》らなくてはならない。その負担《ふたん》や苦労《くろう》から芸妓《げいぎ》として成功《せいこう》できる人《ひと》はほんの一握《ひとにぎ》りである。さらには、結婚《けっこん》をしたら引退《いんたい》をしなくてはならない。彼女《かのじょ》たちはその見《み》た目《め》の美《うつく》しさと優雅《ゆうが》さからは想像《そうぞう》できない厳《きび》しい世界《せかい》を生《い》きているのだ。

　時代《じだい》とともに激減《げきげん》していく芸舞妓《げいまいこ》、伝《でん》統技芸《とうぎげい》や京都《きょうと》の伝統文化《でんとうぶんか》の継承《けいしょう》になくてはならない貴重《きちょう》な存在《そんざい》なのである。

　一聽到日本，大多外國人都會聯想到壽司、相撲與富士山。此外，如果聽到日本的京都，不管國內外，想到「藝妓」的人也不少吧！將臉塗白、點上紅唇，身穿和服的美麗女性走在幽美的古都京都街道等的海報、廣告與MV等等的，相信任誰都曾看過一次。在關東地區稱為「藝者」，但活躍於在京都的則稱為「藝妓」，本文將以「藝妓」稱呼。

　那麼，這些藝妓到底是怎樣的一群人呢？簡單來說，她們的工作就是為宴席場合添注華麗感。藉著斟酒、聊天、表演才藝、玩遊戲等服務來款待客人，是群讓客人盡歡的專家。和藝妓一起同樂的「宴席娛樂」，當然就是欣賞她們徹底磨練出的傳統藝能。她們表演的日本舞等多數傳統技藝，繼承了京都的傳統及文化，可以近在眼前欣賞，受過嚴格磨練的伴奏者們演奏的三味線、小唄以及藝、舞妓的舞蹈，這是多麼奢侈的娛樂啊！在宴席間遊玩的遊戲，有用全身來玩的身形猜拳「Toratora」、測試反射神經的「金比羅船船」等，還有許多其他遊戲，肯定可以炒熱宴席氣氛。想要享受受過嚴格鍛鍊的藝、舞妓們的款待，首先得去可以幫忙安排藝、舞妓前來，被稱為「茶屋」的餐飲店。宴席娛樂不需要非常正式的服裝，但穿上比平常更有幹勁的衣服應該不錯。赤腳踏上宴席場所是違反禮儀的行為，所以請務必穿上襪子。藝、舞妓身上的和服和裝飾品皆相當昂貴，不可以隨意觸碰，也別不經允許擅自拍照。京都的茶屋都有「拒絕面生客」的說法，就算你有再高的社會地位、有再多錢，只要沒有熟客的介紹，都無法走過大門。但現在有旅行社企劃旅遊行程或是宴席體驗，也有咖啡廳不定期會邀請藝妓前來舉辦體驗活動，因此也可以試著找找看。

凜然美麗、溫柔地淺淺一笑的藝妓，她們的模樣讓人覺得夢幻，給人不疾不徐的感覺，但要成為藝妓的路可是佈滿荊棘。首先，要到被稱為「置屋」也就是現代的事務所兼宿舍的地方，在監護人陪伴下接受被稱為「媽媽」的老闆娘面試，被老闆娘看上後，就會離開雙親身邊，和稱作「姊姊」的前輩們一起在置屋裡生活。接著，要以「實習生」身分過半年到一年的實習生活，從早到晚，透過打掃及照顧姊姊的工作，學習藝妓的儀態舉止以及京都腔。另外，此時也是去各相關地方問候，讓大家記得自己的重要時期。實習生活結束後，十五歲以上的女性在那之後的五年，會以「舞妓」身分出席宴席，同時磨練日本舞以及三味線等技藝。她們有很多必須學會的技藝，在一流老師的指導下，需要學會日本舞、長唄、小唄、常盤津、清元、鳴物（小鼓、大鼓、太鼓）、笛、琴，甚至還要學會茶道、書道、華道等教養。白天努力鍛鍊技藝，傍晚出席宴席，實際接待客人。這種生活相當辛苦，正式成為藝妓前就半途而廢的人不在少數。不管再怎麼說，舞妓都是還在修行的藝妓實習生，雖然沒有薪水可以拿，但作為實習生與舞妓這段時間的生活費與學習技藝的費用全由置屋負擔。之後，象徵舞妓的紅色衣領會變更成白色衣領，經過這個「更換衣領」的儀式後，就正式成為藝妓了。和服也從色彩鮮豔、樣式華麗的款式，變成黑色或是素面款式，也不再配戴華美的裝飾品，因為在舞妓時期所獲得的自信與經驗，能讓藝妓們由內而外散發出美感。成為藝妓之後，就得離開置屋獨立。以往都由置屋媽媽幫忙安排的宴席工作也得要自己接洽，撐過這些重擔與辛勞，成功晉身為藝妓的只有一小群人。除此之外，結婚後就一定得引退。她們身處於無法從那美麗外表、優雅舉止想像出來的嚴苛世界。

▲由內而外散發的氣質，即使沒有華麗的衣裝，也能驚艷全場。

隨著時代變遷而急遽減少的藝、舞妓，是繼承傳統技藝與京都傳統文化不可或缺的重要存在。

單字與句型

單字

1. 目《め》にする：看見、目睹。
2. 盛《も》り上《あ》がる：（情緒）高漲。
3. 儚《はかな》げ：虛幻縹緲、脆弱無常。
4. 道《みち》は険《けわ》しい：困難重重、滿是荊棘。
5. 眼鏡《めがね》にかなう：被上級認同。
6. 立《た》ち振《ふ》る舞《ま》い：舉手投足。
7. 芸《げい》を磨《みが》く：磨練技術。
8. 身《み》につける：習得（知識、技術）。
9. 滲《にじ》み出《で》る：流露、表露。

句型

・～とも：即使～。前續動詞意向形。
・ない限り：只要不～就絕對～。

©posztos/Shutterstock.com

落語《らくご》

落語

18 神谷登／著

人《ひと》を笑《わら》わせる芸《げい》で、日本《にっぽん》の伝統芸能《でんとうげいのう》として古《ふる》くから親《した》しまれているのが「落語《らくご》」であり、落語《らくご》を職業《しょくぎょう》としている人《ひと》たちを「落語家《らくごか》」と呼《よ》ぶ。伝統芸能《でんとうげいのう》であるにも関《かか》わらず、平成落語《へいせいらくご》ブーム[1]により、二十《にじゅう》～三十代《さんじゅうだい》の若者《わかもの》の落語《らくご》ファンも急増《きゅうぞう》中《ちゅう》だ。この熱気《ねっき》のある落語《らくご》の世界《せかい》に皆《みな》さんをお連《つ》れしよう。本稿《ほんこう》を読了後《どくりょうご》、落語《らくご》を楽《たの》しく鑑賞《かんしょう》できる素養《そよう》が身《み》に付《つ》いていることを感《かん》じてもらえれば幸《さいわ》いである。

落語《らくご》は、一六八〇年頃《ねんごろ》に成立《せいりつ》したというのが有力《ゆうりょく》である。江戸時代《えどじだい》の末《すえ》まで、盛《さか》んになったり、下火《したび》になったりを繰《く》り返《かえ》した。明治時代《めいじじだい》に入《はい》り、「落語《らくご》」という名称《めいしょう》がつき、第二次大戦後《だいにじたいせんご》はテレビの普《ふ》及《きゅう》とともに発展《はってん》していき、現在《げんざい》においても隆盛《りゅうせい》を誇《ほこ》っている。落語《らくご》とは一言《ひとこと》でいうと、「落《お》ち[2]」（「サゲ」とも言《い》う）のある笑《わら》い話《ばなし》（噺《はなし》[3]）などのことだ。

諸説《しょせつ》あるが、江戸時代《えどじだい》から明治時代《めいじじだい》にかけてできた演目《えんもく》を古典落語《こてんらくご》と呼《よ》び、大《たい》正時代《しょうじだい》以降《いこう》にできた演目《えんもく》を新作落語《しんさくらくご》と言《い》っている。

演出方法《えんしゅつほうほう》などでは、滑稽噺《こっけいばなし》と人情噺《にんじょうばなし》に大《おお》きく分《わ》けられ、他《ほか》には、芝居噺《しばいばなし》、怪談《かいだん》噺《ばなし》などがある。滑稽噺《こっけいばなし》とは「笑《わら》い」を重《じゅう》視《し》したストーリーで、江戸《えど》時代《じだい》の江戸《えど》の庶民《しょみん》や長屋《ながや》の住人《じゅうにん》、町人《ちょうにん》、商人《しょうにん》などが登《とう》場人物《じょうじんぶつ》である。長屋《ながや》の住人《じゅうにん》を題材《だいざい》とした噺《はなし》で有名《ゆうめい》なのが「饅頭《まんじゅう》こわい[4]」だ。また、人情噺《にんじょうばなし》では、その名《な》のとおり、人情《にんじょう》に関《かか》わるストーリーで、「芝浜《しばはま》[5]」「子《こ》別《わ》かれ[6]」をはじめたくさんの演目《えんもく》がある。怪談噺《かいだんばなし》としては、「死神《しにがみ》[7]」などがよく知《し》られている。また、地域《ちいき》から見《み》ると、上方関西落語《かみがたかんさいらくご》と江戸東京落語《えどとうきょうらくご》に分《わ》けられる。一般的《いっぱんてき》に、落語《らくご》には基本的《きほんてき》な「構成《こうせい》」がある。

・**マクラ**：その演目《えんもく》のテーマである本題《ほんだい》に入《はい》る前《まえ》のウォーミングアップ。

・**本題《ほんだい》**：その演目《えんもく》の中《なか》で、最《もっと》も主要《しゅよう》なテーマ。

・**落《お》ち**（**サゲ**）：その演目《えんもく》の中《なか》で、噺《はなし》の最後《さいご》に締《し》めること。

なお、数《かず》ある「落《お》ち」の中《なか》で、よく使《つか》われているのが、「語呂合《ごろあ》わせ」や「駄《だ》洒落《じゃれ》」で落《お》とす方法《ほうほう》で、他《ほか》にも様々《さまざま》な「落《お》ち」の種類《しゅるい》が多数《たすう》ある。聞《き》いてもらいたい落語家《らくごか》としては：

・**立川志《たてかわし》の輔《すけ》**：現在《げんざい》、おそらく日本《にっほん》の国民《こくみん》からは最《もっと》も名前《なまえ》が知《し》られている落語《らくご》家《か》であろう。理《り》由《ゆう》は、落語家《らくごか》としての卓越《たくえつ》した才能《さいのう》と実《じっ》績《せき》、そして、なによりテレビ番組《ばんぐみ》「ためしてガッテン[8]」の司会《しかい》を一九九五年《ねん》から現在《げんざい》まで続《つづ》けているため、テレビを通《つう》じた知名度《ちめいど》も抜群《ばつぐん》なためである。

・**春風亭昇太《しゅんぷうていしょうた》**：落語家《らくごか》として非《ひ》常《じょう》に優《すぐ》れている他《ほか》に、「笑点《しょうてん》[9]」という超長寿《ちょうちょうじゅ》テレビ番組《ばんぐみ》の司会《しかい》者《しゃ》に抜擢《ばってき》され、全国的《ぜんこくてき》にも知《し》られている。

・**春風亭一之輔《しゅんぷうていいちのすけ》**：東京《とうきょう》を代表《だいひょう》する人気落《にんきらく》語家《ごか》である。

・**柳家喬太郎《やなぎやきょうたろう》**：「平成落語《へいせいらくご》ブーム」を盛上《もりあ》げた一人《いちにん》である。その他《ほか》にも、大勢《おおぜい》の著名《ちょめい》な落語家《らくごか》がおり、また、人気《にんき》・実力《じつりょく》ともにある若手落語《わかてらくご》家《か》も台頭《たいとう》してきている。

落語《らくご》を題材《だいざい》としたもので、テレビドラマでは「タイガー＆ドラゴン」が二〇〇五年《ねん》に放映《ほうえい》された。主演《しゅえん》はTOKIOの長瀬智也《ながせともや》とV6の岡田准一《おかだじゅんいち》。もう一《ひと》つは、雲田《くもた》はるこの作《さく》品《ひん》の漫画《まんが》『昭和元禄落語心中《しょうわげんろくらくごしんじゅう》』が二〇一〇年《ねん》から二〇一六年《ねん》まで漫画雑誌《まんがざっし》に連載《れんさい》され、累計二百万部《るいけいにひゃくまんぶ》を超《こ》え、数々《かずかず》の漫画《まんが》賞《しょう》を取《と》った。さらに、二〇一六年《ねん》と二〇一七年《ねん》にテレビアニメ化《か》され、二〇一八年《ねん》にはテレビドラマとして放映《ほうえい》された。主演《しゅえん》は岡田将生《おかだまさき》と山崎育三郎《やまざきいくさぶろう》。

さて、落語《らくご》は「寄席《よせ》」という演芸場《えんげいじょう》で鑑賞《かんしょう》することができる。他《た》の伝統芸能《でんとうげいのう》である歌舞伎《かぶき》、能《のう》、狂言《きょうげん》などより、敷居《しきい》が低《ひく》く、気楽《きらく》に落語《らくご》を見《み》ることができる。寄席《よせ》は、東京《とうきょう》、大阪《おおさか》、神戸《こうべ》、仙台《せんだい》、横浜《よこはま》にあるが、特《とく》に盛《さか》んな東京《とうきょう》にある四《よっ》つの有名《ゆうめい》な常設《じょうせつ》の寄席《よせ》を紹介《しょうかい》しよう。「鈴本《すずもと》演芸場《えんげいじょう》」、「新宿末広亭《しんじゅくすえひろてい》」、「浅草演芸《あさくさえんげい》ホール」、「池袋演芸場《いけぶくろえんげいじょう》」。

寄席《よせ》に行《い》って、落語《らくご》を鑑賞《かんしょう》する際《さい》のマナーについては、特《とく》に心配《しんぱい》するようなことはない。例《たと》えば、スマートフォンの音《おと》を鳴《な》らさないようにしたり、隣《となり》の人《ひと》と長話《ながばなし》をしないようにしたり、客席《きゃくせき》を歩《ある》き回《まわ》ったりしないように…というような一般的《いっぱんてき》な常識《じょうしき》に従《したが》えばいいと思《おも》う。

皆《みな》さんは、ここまで読《よ》んできて、落語《らくご》に関《かん》する様々《さまざま》な知識《ちしき》を手《て》に入《い》れてくれたはずだ。特《とく》に、古典落語《こてんらくご》では、江戸時代《えどじだい》の庶民《しょみん》の生活《せいかつ》、考《かんが》え方《かた》に触《ふ》れることができる。次《つぎ》のステップとして、実際《じっさい》に落語《らくご》を鑑賞《かんしょう》してみてはどうか。まずは、身近《みぢか》なネット上《じょう》の動画《どうが》で落語《らくご》を見《み》てもらいたい。そして、日本《にほん》へ旅行《りょこう》した時《とき》に寄席《よせ》へ行《い》くことをお薦《すす》めする。落語家《らくごか》は、着物《きもの》を着《き》て、扇子《せんす》と手拭《てぬぐ》いを持《も》ち、座布団《ざぶとん》に座《すわ》ったまま、言葉《ことば》に仕草《しぐさ》[10]を交《まじ》えた表現《ひょうげん》のみで、観客《かんきゃく》を噺《はなし》のストーリーへ引《ひ》き込《こ》んでいき、笑《わら》いや感動《かんどう》を与《あた》える。そういうライブの迫力《はくりょく》を是非《ぜひ》、皆《みな》さんにも肌《はだ》で感《かん》じとってもらうことが一番《いちばん》の願《ねが》いである。

惹人發笑的表演，自古以來受大家喜愛的就是「落語」，以落語為職業的人稱為「落語家」。儘管是傳統藝能，因平成落語熱潮，二十～三十多歲的年輕落語迷也急速增加中。就讓我帶著大家進入這充滿熱情的落語世界中吧。讀完本文後希望大家感覺培養出鑑賞落語的素養。

關於確立落語的時間，最有力的說法是源自一六八〇年左右。到江戶時代末期為止重複著興盛、衰退的循環。進入明治時代後有了「落語」這個名稱，第二次世界大戰後，落語隨電視的普及持續發展，直到現在也相當興盛。

所謂的落語，一言以蔽之就是有「Ochi（結尾）」（也稱為「Sage」）的笑話（故事）等等的東西。雖然有諸多說法，但從江戶時代到明治時代完成的劇目被稱為古典落語；大正時代以後完成的劇目稱為新作落語。

在表演方式上，大致可分為滑稽故事和人情故事，其他還有戲劇故事、怪談故事等等。滑稽故事是重視「搞笑」的故事，登場人物有江戶時代的江戶平民、長屋居民、町人和商人等等。以長屋居民為題材的故事中，有名的就是〈饅頭好可怕〉。另外，人情故事正如其名，是與人情相關的故事，有〈芝濱〉、〈與子別離〉等相當多的劇目。其他，怪談故事中〈死神〉等等的為人所知。另外，從地區來看，又可分為上方（關西）落語及江戶（東京）落語。

一般來說，落語有基本的「結構」。

- **枕**：進入劇目主題前的暖身。
- **主題**：該劇目中最主要的題目。
- **結尾**：該劇目中，故事最後的結尾。

另外，在諸多「結尾」中，常被使用的，就是「諧音」或是「雙關語」也有其他多種各式各樣的「結尾」種類。

以下幾位落語家，推薦大家聽聽看：

- **立川志之輔**：應該是現在最為日本國民所知的落語家。理由是他身為落語家的卓越才華與實績，最重要的是他從一九九五年到現在一直擔任電視節目〈ためしてガッテン（學校沒教的事）〉的主持人，使他擁有高知名度。

◀《昭和元祿落語心中》封面由東立出版社提供

・春風亭昇太：除了是位相當優秀的落語家之外，還被提拔為〈笑點〉這齣超長壽電視節目的主持人，也有全國性的知名度。

・春風亭一之輔：是位能夠代表東京，非常受歡迎的落語家。

・柳家喬太郎：炒熱「平成落語熱潮」的第一人。

其他還有相當多知名的落語家，另外，兼具人氣與實力的年輕落語家也逐漸抬頭。

以落語為題材的作品中，電視連續劇〈虎與龍〉於二〇〇五年播出，主演是TOKIO的長瀨智也和V6的岡田准一。另一部是雲田晴子的漫畫作品《昭和元祿落語心中》，從二〇一〇年至二〇一六年在漫畫雜誌上連載，累積銷售超過兩百萬本，獲得許多漫畫獎項。此外還在二〇一六年與二〇一七年改編成動畫，二〇一八年改編成連續劇播出，主演是岡田將生與山崎育三郎。

落語可以到名為「寄席」的演藝場觀賞。門檻比歌舞伎、能、狂言等其他傳統藝能還低，可以輕鬆觀賞。東京、大阪、神戶、仙台、橫濱都有寄席，在此介紹落語最興盛的地區——東京的「鈴木演藝場」、「新宿末廣亭」、「淺草演藝大廳」、「池袋演藝場」。

關於到寄席觀賞落語時的禮節，沒有什麼需要特別擔心的事項。諸如別讓手機發出聲響、別和旁人聊天、別在觀眾席走動等等……只要遵守這些一般的常識即可。

大家讀到這邊，應該已經吸收到許多落語相關的知識了。特別在古典落語中，可以了解江戶時代平民的生活、思考方法。下一步，就實際去觀賞落語看看如何呢？首先，希望大家可以從網路影片上看落語。接著，推薦大家到日本旅行時可以到寄席去。落語家身穿和服、手持扇子和手帕，坐在座墊上，只靠著言語和動作就能帶領觀眾進入故事的世界中，帶給大家歡笑與感動。請大家務必親身體驗這種現場表演的魄力，這是我最大的願望。

單字與句型

單字

1. 平成落語《へいせいらくご》ブーム：進入平成時代後，落語界出現了新的話藝集團，以落語為主題的漫畫、電視連續劇受到歡迎，造成熱潮，直至今日。
2. 落《お》ち：落語中的「落《お》ち・オチ（也稱為サゲ）」意思是落語結構中最後讓觀眾歡笑、感動的結尾，也是落語中最重要的部分。
3. 噺《はなし》：落語中的「噺はなし」意指故事。
4. 饅頭《まんじゅう》こわい：滑稽故事中的代表性故事。故事中，鎮上男人們互相說著自己「害怕」的東西時，有個男人說出「饅頭很恐怖」。為了讓他困擾而準備了非常多饅頭之後……。
5. 芝浜《しばはま》：人情故事中的有名劇目，最後一段「算了吧，如果又變成一場夢就糟了」的結尾相當有名。故事中，名為勝的流動魚販很愛喝酒，總是因為喝太多酒而讓工作失敗，但某天，偶然撿到一個放有大筆金錢的錢包……。
6. 子別《こわか》れ：人情故事中的長篇故事。由上、中、下三篇故事構成，是齣描繪家族親情的故事。故事中，手藝很好但光喝酒不工作的木工熊五郎引發了一件事，讓他老婆帶著孩子離家出走……。
7. 死神《しにがみ》：怪談故事的代表，雖被歸類為怪談，但結尾非常有趣。故事中，所有事情都失敗，也沒有錢的男人打算要自殺，此時死神現身了……。
8. ためしてガッテン：NHK的節目，台灣譯為「老師沒教的事」。用當時最新的科學分析、實踐健康方法等等，也會介紹嶄新的料理方法等等。二〇一六年將名稱改為「ガッテン！」後大幅改版，主持人仍為落語家的立川志之輔。
9. 笑点《しょうてん》：演藝節目。前半是落語、漫才、漫談、魔術、模仿等演藝表演，後半為幾位落語家坐在舞台上的座墊上，由主持人出題，落語家們針對題目回答的「大喜利」。答得好就能增加坐墊。
10. 仕草《しぐさ》：細微的動作以及身體姿勢。演出時的演員的表情及動作。

句型

・～にも関《かか》わらず：明明是～，即使如此。前續普通形。
・～から～にかけて：從～到～這之間。

©Manuel Fernandes/Shutterstock.com

太鼓《たいこ》

太鼓

19　下鳥陽子／著

太鼓《たいこ》は打楽器《だがっき》のひとつで、円筒形《えんとうけい》の木《き》の胴《どう》や円《まる》い枠《わく》に動物《どうぶつ》の革《かわ》などで作《つく》った膜《まく》を張《は》り、それを叩《たた》いたりばちで打《う》ったりして音《おと》を鳴《な》らす楽器《がっき》をいう。地域《ちいき》によって特色《とくしょく》のある太鼓《たいこ》が存在《そんざい》し、世界各地《せかいかくち》にも広《ひろ》く分布《ぶんぷ》している。日本《にっほん》での太鼓《たいこ》の総称《そうしょう》は和太鼓《わたいこ》といい、三味線《しゃみせん》（弦楽器《げんがっき》）や尺八《しゃくはち》（竹製《たけせい》の縦笛《たてぶえ》）などと並《なら》ぶ和楽器《わがっき》のひとつでもある。

日本《にっほん》においては神社仏閣《じんじゃぶっかく》での儀式《ぎしき》や伝統芸能《でんとうげいのう》である歌舞伎《かぶき》や能《のう》などで用《もち》いられ、円形《えんけい》の枠《わく》や、胴《どう》の長《なが》いものや短《みじか》いもの、ばちで叩《たた》くものや手《て》で叩《たた》くものなど種類《しゅるい》も豊富《ほうふ》である。一般的《いっぱんてき》にはばちを使《つか》って叩《たた》くものが多《おお》く、太鼓《たいこ》は床《ゆか》に置《お》いたり肩《かた》に掛《か》けたりするものがある。一方《いっぽう》、ばちではなく手《て》で叩《たた》くものは「鼓《つづみ》」と呼《よ》ばれ、日本特有《にっぽんとくゆう》の楽器《がっき》のひとつでもある。

日本《にっぽん》の太鼓《たいこ》の歴史《れきし》は古《ふる》く、紀元前《きげんぜん》にはすでにあったと言《い》われている。当初《とうしょ》は情報《じょうほう》を伝達《でんたつ》するための手段《しゅだん》としての役割《やくわり》[1]が大《おお》きかった。同時《どうじ》に日本《にっぽん》で発掘《はっくつ》された縄文《じょうもん》時代《じだい》の遺跡《いせき》からは、古代日本《こだいにっぽん》において宗教的儀式《しゅうきょうてきぎしき》でも使用《しよう》されていた可能性《かのうせい》もうかがえる[2]。楽器《がっき》として使用《しよう》されるようになったのは中世頃《ちゅうせいごろ》で、神社仏閣《じんじゃぶっかく》で行《おこな》われる儀式《ぎしき》、五穀豊穣《ごこくほうじょう》を祈《いの》る祭《まつ》りや踊《おど》りなどの伴奏《ばんそう》に太鼓《たいこ》が使《つか》われていた。歌《か》舞伎《ぶき》では効果音楽《こうかおんがく》として欠《か》かせない楽器《がっき》であり、ばちの太《ふと》さや叩《たた》き方《かた》で雨《あめ》や風《かぜ》などを表現《ひょうげん》する。能楽《のうがく》などでは、お囃子《はやし》（楽器主体《がっきしゅたい》の演奏《えんそう》）用《よう》として笛《ふえ》や小鼓《こつづみ》・大《おお》鼓《つづみ》などと一緒《いっしょ》に用《もち》いられた。この四種《よんしゅ》の楽器《がっき》の総称《そうしょう》を四拍《しびょう》という。その四拍子《しびょうし》の演奏《えんそう》は、拍子《ひょうし》（リズム）をとったり雰囲《ふんい》気《き》を出《だ》したりする役割《やくわり》を担《にな》っ[3]ていた。

「太鼓《たいこ》」を使《つか》った慣用句《かんようく》や諺《ことわざ》も多《おお》く「太《たい》鼓《こ》を叩《たた》く」は、「人《ひと》の言《い》うことに調子《ちょうし》を合《あ》わせて機嫌《きげん》をとる」この例《たと》えである。

「太鼓判《たいこばん》を押《お》す」は太鼓《たいこ》のような大《おお》きな判《はん》を押《お》すことを転《てん》じて、人柄《ひとがら》や品物《しなもの》 の質《しつ》などが確実《かくじつ》に良《よ》いものであると保証《ほしょう》することの例《たと》えであり、古《ふる》くから印鑑文化《いんかんぶんか》のある日本《にっぽん》ならではの言《い》い方《かた》ではないだろうか。

冬《ふゆ》の寒《さむ》さが厳《きび》しく雪《ゆき》に覆《おお》われる日本東《にっぽんとう》北地方《ほくちほう》では、職人《しょくにん》の「手《て》」しごとから多《おお》くの伝統工芸《でんとうこうげい》が生《う》まれた。素朴《そぼく》[4]で暖《あたた》みのあるも、力強《ちからづよ》いもの、様々《さまざま》だ。中《なか》でも桶《おけ》を作《つく》る職人《しょくにん》が多《おお》いこの地方《ちほう》には、その技術《ぎじゅつ》を使《つか》って太鼓《たいこ》を作《つく》る職人《しょくにん》も多《おお》かった。簡単《かんたん》に和太鼓《わたいこ》の製作《せいさく》を紹介《しょうかい》してみよう。まず欅《けやき》などの丸太《まるた》を刳《く》り抜《ぬ》き太鼓《たいこ》の胴《どう》を作《つく》る。太鼓《たいこ》の胴《どう》の内側《うちがわ》となる面《めん》は叩《たた》いた時《とき》の残響《ざんきょう》を良《よ》くするために「格子彫《こうしぼ》り」「亀甲彫《きっこうぼ》り」「波動彫《はどうほ》り」といった中彫《なかぼ》りが施《ほどこ》されている。この彫《ほ》り方《かた》によっても音色《ねいろ》が変《か》わるという。太鼓《たいこ》の胴《どう》に張《は》られる革《かわ》は繊維《せんい》が細《こま》かくて丈夫《じょうぶ》な牛《うし》の革《かわ》を使《つか》うことが多《おお》い。革《かわ》に取《と》り付《つ》けた棒《ぼう》をロープで絞《し》めつけながら徐々《じょじょ》に革《かわ》を伸《の》ばしていく。この作業《さぎょう》が「革張《かわば》り」である。こうして伸《の》ばした革《かわ》は、牛《うし》の背骨《せぼね》を中心《ちゅうしん》に左右対称《さゆうたいしょう》に張《は》られる。その張《は》り具《ぐ》合《あい》[5]と音《おと》を確認《かくにん》し最後《さいご》に鋲《びょう》で止《と》めて完成《かんせい》となる。太鼓《たいこ》の口径《こうけい》が一《いち》メートルを超《こ》える大太鼓《おおたいこ》には牛一頭分《うしいっとうぶん》の革《かわ》が使《つか》われるという。最近《さいきん》では木《き》を張《は》り合《あ》わせて作《つく》る安《あん》価《か》な「張《は》り合《あ》わせ太鼓《たいこ》」の需要《じゅよう》も高《たか》まり、一本《いっぽん》の木《き》を刳《く》り抜《ぬ》いて作《つく》る「刳《く》り抜《ぬ》き太鼓《たいこ》」はとても貴重《きちょう》となっている。

東北三大夏祭《とうほくさんだいなつまつ》りのひとつである青森《あおもり》の「ねぶた祭《まつ》り」では、とても大《おお》きな桶《おけ》太鼓《たいこ》を長《なが》いばちで叩《たた》くお囃子《はやし》が有名《ゆうめい》で、日本人《にほんじん》のみならず海外《かいがい》から訪《おとず》れた観光客《かんこうきゃく》をも圧倒《あっとう》しているのではなだろうか。

二〇一八年《ねん》にユネスコの無形文化遺《むけいぶんかい》産《さん》に登録《とうろく》された秋田県《あきたけん》の「男鹿《おが》のなまはげ」は災禍《さいか》を払《はら》って祝福《しゅくふく》をもたらす山《やま》の神《かみ》の使《つか》いが、その地区《ちく》の一般家庭《いっぱんかてい》を巡《めぐ》るという大晦日《おおみそか》の行事《ぎょうじ》である。大晦日《おおみそか》以外《いがい》では「なまはげ太鼓《たいこ》」と称《しょう》して、なまはげと和太鼓《わたいこ》が融合《ゆうごう》したイベントが各地《かくち》で行《おこな》われる。

また、京都《きょうと》の祇園祭《ぎおんまつり》・岐阜《ぎふ》の飛騨高山《ひだたかやま》祭《まつ》りなどと並《なら》ぶ日本三大曳山祭《にほんさんだいひきやままつ》りのひとつである埼玉《さいたま》の秩父夜祭《ちちぶよまつ》りの秩父屋台囃《ちちぶやたいばや》子《し》は、長胴太鼓《ながどうたいこ》のお囃子《はやし》で有名《ゆうめい》だ。高《たか》い横笛《よこぶえ》の音色《ねいろ》とともに迫力《はくりょく》のある大太鼓《おおたいこ》の音色《ねいろ》と、小太鼓《こたいこ》の軽快《けいかい》なリズムが祭《まつ》りに参加《さんか》する人《ひと》の興奮《こうふん》を掻《か》きたてる[6]。

このように、日本各地《にほんかくち》では大小《だいしょう》さまざまな祭《まつ》りや行事《ぎょうじ》があり、太鼓《たいこ》は日本《にっぽん》の伝統《でんとう》芸能《げいのう》や伝統行事《でんとうぎょうじ》と切《き》っても切《き》れない関係《かんけい》[7]である。

伝統《でんとう》の色濃《いろこ》く[8]残《のこ》る日本《にっぽん》の太鼓文化《たいこぶんか》であるが、近年《きんねん》では新《あたら》しいジャンルのエンターテインメントとして海外《かいがい》で活躍《かつやく》するプロ和太鼓奏者《わたいこそうしゃ》たちも増《ふ》えてきた。新《あら》たな和太鼓時代《わたいこじだい》の到来《とうらい》と言《い》ってもいいだろう。「DRUMドラムTAOタオ」などは、世界二十数《せかいにじゅうすう》か国《こく》の各都市《かくとし》での公演実績《こうえんじっせき》を誇《ほこ》り世界《せかい》のメディアから注目《ちゅうもく》を浴《あ》び[9]ている。また、和楽器《わがっき》とロックを融合《ゆうごう》させたロックバンドグループ、その名《な》も「和《わ》楽器《がっき》バンド」でも和太鼓《わたいこ》が演奏《えんそう》に加《くわ》わっており、二〇一八年十月《ねんじゅうがつ》には台湾《たいわん》での公《こう》演《えん》も行《おこな》われた。

太鼓是一種打擊樂器，是在圓筒狀的木製鼓身或圓框上面，繃上動物皮革做出鼓面，接著用手拍打或用鼓棒敲擊鼓面發出聲音的樂器。根據地區不同，也有特色太鼓，也廣泛分布於全世界。在日本，太鼓總稱為和太鼓，與三味線（弦樂器）、尺八（竹製直笛）並列為和樂器之一。

在日本，太鼓在神社佛閣的儀式、傳統藝能的歌舞伎及能劇中使用圓框形太鼓、長身太鼓、短身太鼓、以鼓棒敲擊的太鼓或是用手拍打的太鼓等等，種類相當豐富。一般來說，多為拿鼓棒敲擊的種類，也有放在地上或扛在肩上的太鼓。另一方面，不用鼓棒而是用手拍打的款式被稱為「鼓」，這也是日本特有的樂器之一。

日本太鼓的歷史相當悠久，據說早在紀元前即已存在。當初作為傳達資訊手段的成分較大。同時，從日本挖掘出的繩文時代遺跡中，也能推測出，太鼓可能也有被用在古代日本的宗教儀式上。太鼓自中世時期左右開始被拿來當樂器使用，神社佛閣舉辦的儀式、祈求五穀豐收的祭典與舞蹈中，太鼓就被拿來做伴奏用。歌舞伎中，在創造音效上太鼓是個不可或缺的樂器，利用鼓棒的粗細及敲擊方法，可敲奏出風、雨等表現。在能樂等場合，則被當作囃子（以樂器為主體的演奏），與笛子、小鼓、大鼓等並用。這四種樂器統稱為四拍子。這個四拍子的演奏，擔負著打節拍、創造出氣氛的任務。也有許多慣用句及諺語用到「太鼓」，「太鼓《たいこ》を叩《たた》く（打太鼓）」就是比喻「配合他人說出口的話，討對方歡心」；而「太鼓判《たいこばん》を押《お》す（蓋下太鼓印章）」就是取蓋下如太鼓般巨大的印章之意，比喻人品及物品的品質良好、掛保證的意思，這應該是自古就有印章文化的日本才有的獨特說法吧。

在冬季寒冷、白雪覆蓋的東北地區，誕生了許多工匠「手」工製作出的傳統工藝。簡樸溫暖之物、強而有力之物，種類繁多。其中，在木桶工匠人數眾多的這個地區，有許多工匠也將此一技術運用在製作太鼓上。簡單介紹一下和太鼓的製作過程吧！首先，將櫸桐木等圓木挖空製作太鼓的鼓身。為了在敲鼓時，能讓太鼓鼓身內側的面的殘聲更好聽，會在裡面施以「格子雕刻」、「龜甲雕刻」、「波紋雕刻」等雕刻。聽說依雕刻的方法不同，音色也會出現變化。太鼓的鼓面多使用纖維細且堅韌的牛皮，皮革裝上木棒後，利用繩子綁住木棒拉緊，慢慢拉伸皮革，這個步驟叫做「綳鼓」，將如此延展開的皮革，以牛背脊為中心，左右對稱綳上鼓身，確認皮革綳出來的狀態以及聲音後，最後釘上鉚釘後即完成。據說太鼓直徑超過一公尺的大太鼓需要用一整頭牛的皮革。最近用木頭接合起來製作而成的便宜「拚合太鼓」的需求量提高，挖空一整塊木頭製作的「挖空太鼓」變得相當珍貴。

在東北三大夏日祭典之一的青森「睡魔

祭」之中，拿著長鼓棒敲巨大桶太鼓的演奏表演相當有名，不僅是日本人，相信連從國外而來的觀光客也深受其震撼。

二〇一八年被聯合國教科文組織登錄為無形文化遺產的秋田縣「男鹿生鬼」是除去災禍，賜予祝福的山神使者，在除夕當天造訪當地一般家庭的活動。除夕夜以外的日子則稱為「生鬼太鼓」，各地都會舉辦這項融合生鬼與和太鼓的活動。

此外，與京都的祇園祭、岐阜的飛驒高山祭並稱日本三大曳山祭的埼玉秩父夜祭的秩父屋台囃子中，長身太鼓的表演相當有名。高音橫笛的音色和大太鼓魄力十足的鼓聲，與小太鼓輕快的節奏，炒熱參加者們的情緒。

▲專門表演 生鬼太鼓 的團體「 恩荷」在秋田縣男鹿溫泉交流會館 五風」 有期公演，魄 力十足的表演此生必看！ 照片提供：Namahage Tradition of Oga spa ONGA

就像這樣，日本各地都有各種大大小小的祭典及活動，太鼓和日本的傳統藝能及傳統活動之間有著密不可分的關係。

日本的太鼓文化留有濃厚的傳統色彩，但近年，身為新領域的娛樂表演，活躍於海外的職業和太鼓演奏者也增加了，可說新的和太鼓時代來臨了吧。「DRUM TAO」等團體，擁有在全世界二十多個國家的各都市舉辦公演的實績，也受到世界媒體矚目。另外，融合和樂器與搖滾的搖滾樂團，其名為「和樂器樂團」也將和太鼓加進他們的演奏中，二〇一八年十月也曾在台灣舉辦公演。

單字與句型

單字

1. 役割《やくわり》：角色、任務。
2. うかがえる（窺《うかが》う）：①理解、了。②窺看。在此為①的意思。
3. 担《にな》う：承擔、扛起（責任）。承擔、扛起（責任）。
4. 素朴《そぼく》な：樸素。
5. 具合《ぐあい》：①情況、狀態。②健康情況。在此為①的意思。
6. 掻《か》きたてる：煽動、挑。
7. 切《き》っても切《き》れない関係《かんけい》：密不可分的關係。
8. 色濃《いろこ》い：濃厚的、鮮明。
9. 注目《ちゅうもく》を浴《あ》びる：備受矚目。

句型

・～と並《なら》ぶ：與～同程度、並駕齊驅。

能楽《のうがく》

能樂

20 柴田和之／著

現存《げんそん》する世界最古《せかいさいこ》の古典演劇《こてんえんげき》といわれる芸能《げいのう》が日本《にほん》に存在《そんざい》する。舞台《ぶたい》・台本《だいほん》[1]はもちろんのこと、能面《のうめん》・装束《しょうぞく》・楽器《がっき》から発声《はっせい》・振付《ふりつけ》・演出《えんしゅつ》[2]に至《いた》るまで、成立当時《せいりつとうじ》のままで用《もち》いられており、二〇〇八年《ねん》にはユネスコ無形文化遺産《むけいぶんかいさん》に登録《とうろく》された[3]。能楽《のうがく》である。

奈良時代《ならじだい》に大陸《たいりく》から伝来《でんらい》した[4]散楽《さんがく》が、言葉遊《ことばあそ》びや物《もの》まねをする猿楽《さるがく》へと変《へん》化《か》し、室町時代前期《むろまちじだいぜんき》、観阿弥《かんあみ》と世阿弥《ぜあみ》によって、それまでにあった芸能《げいのう》や当時《とうじ》の流行《りゅうこう》が取《と》り入《い》れられ、猿楽《さるがく》の芸術性《げいじゅつせい》が高《たか》められた。江戸時代《えどじだい》には式典《しきてん》にも猿楽《さるがく》が用《もち》いられるようになり、将軍《しょうぐん》の支持《しじ》[5]もあって、猿楽《さるがく》はさらに洗練《せんれん》されていった。明治時代《めいじじだい》に名前《なまえ》が猿楽《さるがく》から能楽《のうがく》に改《あらた》められ、現在《げんざい》に至《いた》る。

上演《じょうえん》には屋根《やね》のある専用《せんよう》の能舞台《のうぶたい》が用《もち》いられ、演者《えんじゃ》は客席《きゃくせき》から見《み》て左《ひだり》に伸《の》びている橋掛《はしがか》りを通《とお》って舞台《ぶたい》に登場《とうじょう》する。この能舞台《のうぶたい》は日本国内《にほんこくない》に七十《しちじゅう》か所以上《しょいじょう》あり、能楽堂《のうがくどう》と呼《よ》ばれる。能楽《のうがく》は能《のう》と狂言《きょうげん》に分《わ》けられ、それぞれ交互《こうご》に演《えん》じられる。能《のう》が主《おも》に幽玄美《ゆうげんび》を第一《だいいち》とする舞踊《ぶよう》的《てき》・象徴的《しょうちょうてき》な歌舞劇《かぶげき》であるのに対《たい》し、狂《きょう》言《げん》は日常的《にちじょうてき》なできごとを物《もの》まねや風刺《ふうし》といった笑《わら》いを通《とお》して表現《ひょうげん》するせりふ劇《げき》である。能《のう》の現在上演《げんざいじょうえん》可能《かのう》な曲目《きょくもく》はおよそ二百五十曲《にひゃくごじゅっきょく》、狂言《きょうげん》は二百六十《にひゃくろくじゅう》の曲《きょく》が存在《そんざい》する。

▲能樂的舞台會有屋頂，是為了讓演員能透過柱子辨別舞台位置。

能《のう》は歌舞伎《かぶき》の隈取《くまど》りのような化粧《けしょう》はせず、能面《のうめん》をつけるだけといった具合《ぐあ》いに、ごく簡単《かんたん》な作《つく》り物《もの》で行《おこな》われる。これはかつて旅回《たびまわ》りをするのに簡素《かんそ》[6]な方《ほう》が都合《つごう》が良《よ》かったためだ。とはいえ、上演《じょうえん》には二十人《にじゅうにん》ほどの人々《ひとびと》と、一《いち》～二時間《にじかん》の上演《じょうえん》時間《じかん》を必要《ひつよう》とする。能面《のうめん》、能装束《のうしょうぞく》、扇《おうぎ》と が一《ひと》つになり、シテ、ワキ、ツレ、地謡《じうた》い、囃子方《はやしかた》、狂言《きょうげん》、後見《こうけん》の各役《かくやく》の演出《えんしゅつ》が絶妙《ぜつみょう》に合致《がっち》し、ようやく一曲《いっきょく》の能《のう》が上演《じょうえん》されるのである。これに対《たい》し狂言《きょうげん》はより手軽《てがる》で、登場人物《とうじょうじんぶつ》も二《に》、三人《さんにん》と少《すく》なく、上演時間《じょうえんじかん》も二十分《にじゅっぷん》～四十分《よんじゅっぷん》、さらに装置《そうち》や道具《どうぐ》もほとんど必要《ひつよう》としないため、どんな舞台《ぶたい》でも演《えん》じることができる。

簡素《かんそ》であるがゆえに想像力《そうぞうりょく》と知識《ちしき》があればあるほどより深《ふか》く楽《たの》しめるのが能《のう》楽《がく》の魅力《みりょく》のひとつだ。例《たと》えていえば、映《えい》画《が》やテレビよりも小説《しょうせつ》に近《ちか》い。つまり、映画《えいが》は波《なみ》と言《い》わなくても波《なみ》が見《み》えているが、小説《しょうせつ》では「波《なみ》の音《おと》がする」「月《つき》が出《で》ている」のように書《か》かれた文章《ぶんしょう》から想像《そうぞう》する。これが能《のう》にも当《あ》てはまる。また、万華鏡《まんげきょう》に例《たと》えられる。オペラなどは向《む》こうからエネルギーが押《お》し寄《よ》せてくるのに対《たい》し、能《のう》は万華鏡《まんげきょう》のように見《み》る方《ほう》が入《はい》っていくことでエネルギーを感《かん》じとることができる。それゆえ、鑑賞《かんしょう》の際《さい》はあれこれ考《かんが》えず、雰囲気《ふんいき》に浸《ひた》ることも大切《たいせつ》である。狂言《きょうげん》ではたとえ同《おな》じセリフであっても、演者《えんじゃ》によっては少《すこ》し間《ま》が入《はい》ったり、畳《たた》み掛《か》けるようにしたりなど言《い》い方かたが異《こと》なる。古典《こてん》といえど、そこは演者《えんじゃ》が自由《じゆう》に演《えん》じることができるのだ。能楽《のうがく》の鑑賞《かんしょう》の仕方《しかた》に決《き》まりはないものの、歌《か》舞伎《ぶき》や文楽《ぶんらく》のように掛《か》け声《ごえ》はせず、静《しず》かに楽《たの》しむのが基本《きほん》だ。上演中《じょうえんちゅう》、拍手《はくしゅ》をしないことになっているので、初《はじ》めて見《み》に行《い》く場合《ばあい》はぜひ覚《おぼ》えておきたい。なお、終《しゅう》演後《えんご》の拍手《はくしゅ》は人《ひと》によって意見《いけん》が異《こと》なる。少《すく》なからぬ人《ひと》があえて拍手《はくしゅ》をせずに余韻《よいん》を楽《たの》しむというスタイルで鑑賞《かんしょう》に臨《のぞ》んでいることは頭《あたま》に入《い》れておこう。

音楽《おんがく》は能楽《のうがく》の数《かず》ある魅力《みりょく》の一《ひと》つで、笛《ふえ》、小鼓《こつづみ》、大鼓《おおつづみ》、太鼓《たいこ》からなる囃子方《はやしかた》に地謡《じうた》いが加《くわ》わった五《いつ》つのパートで構成《こうせい》される。ひな人形の五人囃子はこれがモデルになっている。オーケストラのような指揮者《しきしゃ》[7]はおらず、太鼓《たいこ》がその役《やく》を兼《か》ねている。太鼓《たいこ》が合図《あいず》を出《だ》し、大鼓《おおつづみ》が受《う》け、それに小鼓《こつづみ》が従《したが》い、最後《さいご》に笛《ふえ》が乗《の》る。客《きゃく》席《せき》から見《み》た並《なら》びが左《ひだり》から太鼓《たいこ》・大鼓《おおつづみ》・小《こ》鼓《つづみ》・笛《ふえ》であるのはこのためである。囃子《はやし》といえば「いよぉっ！（ポン！）」と掛《か》け声《ごえ》があってから鼓《つづみ》を打様子《うつようす》が非常《ひじょう》に印《いん》象的《しょうてき》である。この声《こえ》によって舞台上《ぶたいじょう》ではこれからどう演奏《えんそう》したいのかという意思《いし》伝達《でんたつ》が行《おこな》われ、また、今何拍目《いまなんはくめ》にいるのかの確認《かくにん》がなされている。掛《か》け声《ごえ》ひとつとて気《き》を抜《ぬ》いてはならない。

催《もよお》しの情報《じょうほう》は、能狂言《のうきょうげん》ポータルサイト「KENSYO」、公益社団法人《こうえきしゃだんほうじん》「能楽協会《のうがくきょうかい》」[8]、能楽情報《のうがくじょうほう》ポータルサイト「the能のう.com」から入手《にゅうしゅ》できる。国立能楽堂《こくりつのうがくどう》をはじめとする各地《かくち》の能楽堂公式《のうがくどうこうしき》ウェブサイトや、観世流《かんぜりゅう》・宝生流《ほうしょうりゅう》・金春流《こんぱるりゅう》・金《こん》剛流《ごうりゅう》・喜多流《きたりゅう》の各《かく》シテ方《かた》の流派公式《りゅうはこうしき》ウェブサイトなどからも公演《こうえん》[9]予定《よてい》を閲覧《えつらん》できる。

現在《げんざい》も能楽《のうがく》の新《あたら》しい作品《さくひん》が次々《つぎつぎ》と生《う》まれている。二〇〇六年《ねん》には美内《みうち》すずえの人気漫画《にんきまんが》『ガラスの仮面《かめん》』に登場《とうじょう》する戯《ぎ》曲《きょく》[10]の新作能《しんさくのう》「紅天女《くれないてんにょ》」、二〇〇九年《ねん》には手塚治虫《てづかおさむ》の漫画《まんが》『ブラック・ジャック』をもとにした新作狂言《しんさくきょうげん》「老人《ろうじん》と木《き》」、二〇一七年《ねん》には漫画《まんが》や宝塚《たからづか》でおなじみ名作《めいさく》『ベルサイユのばら』のヒロインを題材《だいざい》とした新作能《しんさくのう》「薔薇《ばら》に魅《み》せられた王妃《おうひ》マリー・アントワネット」等《とう》が上演《じょうえん》された。

▲《玻璃假面》 封面由東立出版社提供

▲《怪醫黑傑克》第六集有收錄〈老人與木〉 封面由台灣東販出版社提供

被譽為世界現存最古老古典演劇的藝能就在日本。不只是舞台、劇本，能面、裝束、樂器到發聲、舞步、表演，全都承襲成立當時的模樣，二〇〇八年被聯合國教科文組織登錄為無形文化遺產，這就是能樂。

奈良時代從中國傳來的散樂，變化成文字遊戲和模仿的猿樂，室町時代前期，觀阿彌與世阿彌把到此之前的藝能與當時的流行融入其中，提升了猿樂的藝術性。江戶時代起，猿樂開始被使用在儀式典禮當中，因為有將軍的支持，猿樂也變得更加成熟。明治時期將猿樂改名成能樂，沿用至今日。

能樂在有屋頂的專用能舞台上表演，演出者會走過朝觀眾席左方延伸的橋式通路登上舞台，這種能舞台在日本國內有超過七十處，被稱為能樂堂。能樂又分成能與狂言，兩者交互演出。能為以幽玄美為主的舞蹈性、象徵性的歌舞劇，而狂言則是模仿或是諷刺日常生活的事物，透過搞笑來表現的台詞劇。能目前能上演的戲曲大約有兩百五十首，狂言則有兩百六十首。

能不像歌舞伎需要化上紅線、黑線組成的妝容，只需戴上能面具，用非常簡單的東西進行。這是因為，這樣簡單的方法更加適合以往四處演出的形式。雖是如此，一次演出需要二十個人左右，進行一到兩小時的演出時間。能面、能裝束、扇子融為一體，加上主角、配角、從者、地謠、囃子、狂言演員、輔佐員等各種角色絕妙配合，才總算能演出一齣能劇。相較之下，狂言就比較簡單，登場人物只需要少少兩、三人，上演時間也只有二十到四十分鐘，除此之外，幾乎不需要裝置或道具，不管哪種舞台都能演出。

　正因為簡樸，所以擁有想像力和豐富知識的人可以更深入享受其樂趣，這也是能樂的魅力之一。舉例來說，比起電影、電視劇，它更接近小說。也就是說，電影中就算不直說海浪，大家也能看見海浪，但小說需要如「聽見海浪聲」、「月亮出來了」這般，從寫出來的文章中去想像，這一點和能相同。另外，也可以比喻成萬花筒，相較於歌劇，能量是從演員往觀眾湧上來，能則是看萬花筒般，觀賞者要探進其中，才會感受到其中能量。因此，觀賞時別想太多，沉浸在氣氛中也是相當重要的。狂言中，就算是同一句台詞，也會因為演員不同，可能稍有停歇或是滔滔不絕等等，表現方法會有變化，雖為古典，演員也能自由地演繹。

　能樂的觀賞方法雖然沒有特定規則，但基本上別像歌舞伎或文樂一樣喊出聲音，要靜靜觀賞。上演中不能拍手，第一次去觀賞時請務必記住。另外，演出結束後拍不拍手這點每個人都各有見解。但請記住，有不少人的觀賞方法，是刻意不拍手細細品味其餘韻。

　音樂也是能樂諸多魅力之一，由笛、小鼓、大鼓、太鼓等囃子樂師加上地謠等五個部分所構成。女兒節的雛人偶中的五人囃子樂師就是以此為原型。不像交響樂團有指揮，而是由太鼓來兼任這個角色。太鼓給出暗號後，大鼓回應，小鼓跟隨，最後笛聲加入，所以從觀眾席看過去，太鼓、大鼓、小鼓、笛才會從左自右排列。說起囃子，樂師先喊「唷！（砰！）」後才開始打鼓的模樣讓人印象非常深刻。藉由這個聲音，可以傳達出接下來想要在舞台上如何表演，此外，也是在確認現在是第幾拍。就連喊聲也不能掉以輕心。

　想知道演出資訊，可從能狂言入口網站「KENSYO」、公益財團法人「能樂協會」、能樂資訊入口網站「the 能.com」獲得。國立能樂堂等各地的能樂堂官方網站、觀世流、寶生流、金春流、金剛流、喜多流等各主角流派的官方網站上也能瀏覽將要舉辦的公演資訊。

　現在能樂也不斷創造出新的戲曲。二〇〇六年有出現在美內鈴惠的暢銷漫畫《玻璃假面》中的戲曲的新作能〈紅天女〉；二〇〇九年以手塚治蟲的漫畫《黑傑克》為基礎創作的新作狂言〈老人與木〉；二〇一七年以因漫畫與寶塚歌舞劇而為人熟悉的《凡爾賽玫瑰》的女主角為題材創作的新作能〈深受玫瑰魅惑的王妃 瑪莉・安東尼〉等新劇上演。

單字與句型

單字

1. 台本《だいほん》：腳本。
2. 演出《えんしゅつ》：導演。
3. 登録《とうろく》：登錄。
4. 伝来《でんらい》：從外國傳入。
5. 支持《しじ》：支持。
6. 簡素《かんそ》：簡樸、簡單。
7. 指揮者《しきしゃ》：指揮者。
8. 協会《きょうかい》：協會。
9. 公演《こうえん》：公演。
10. 戯曲《ぎきょく》：劇本。

句型

・～ものの：雖然～。
・あえて：刻意、勉強。

浄瑠璃《じょうるり》

淨瑠璃

21　柴田和之／著

人形浄瑠璃《にんぎょうじょうるり》は三味線《しゃみせん》の伴奏《ばんそう》に合《あ》わせて行《おこな》われる人形芝居《にんぎょうしばい》のことで、世界《せかい》で最《もっと》も完成《かんせい》された人形劇《にんぎょうげき》だといわれている。

室町時代中期《むろまちじだいちゅうき》ごろから琵琶法師《びわほうし》によって「浄瑠璃姫物語《じょうるりひめものがたり》」が語《かた》られはじめる。この物語《ものがたり》は、牛若丸《うしわかまる》が旅《たび》の途中《とちゅう》に出会《であ》った娘《むすめ》・浄瑠璃姫《じょうるりひめ》を一目見《ひとめみ》て好《す》きになり一《いち》夜《や》の契《ちぎ》りを結《むす》び、のちに牛若丸《うしわかまる》は病《やまい》で倒《たお》れ、浜《はま》に捨《す》てられるが、浄瑠璃姫《じょうるりひめ》の祈願《きがん》により助《たす》かるというもの。二人《ふたり》のみやびな恋心《こいごころ》や姫《ひめ》の献身的《けんしんてき》な姿《すがた》が好評《こうひょう》で、その後《ご》の芸能《げいのう》・文芸《ぶんげい》にも大《おお》きな影響《えいきょう》を及《およ》ぼしたといわれる。琵琶法師《びわほうし》はこの話《はなし》を扇《おうぎ》で手《て》のひら[1]や板《いた》の台《だい》などをたたいて拍子《ひょうし》を取《と》る扇拍子《おうぎひょうし》や琵琶《びわ》の伴奏《ばんそう》に乗《の》せて語《かた》ったが、江戸時代《えどじだい》に入《はい》ると操《あやつ》り[2]人形《にんぎょう》が加《くわ》わり、楽器《がっき》も三味線《しゃみせん》が使用《しよう》されるようになった。さらに、「浄瑠璃姫物語《じょうるりひめものがたり》」の音《おん》楽《がく》に乗《の》せてさまざまな物語《ものがたり》を語《かた》るようになり、浄瑠璃《じょうるり》という言葉《ことば》は語物《かたりもの》の種類《しゅるい》を表《あらわ》す、いわばジャンル名《めい》として知《し》られるようになった。

このころになると浄瑠璃《じょうるり》は人形芝居《にんぎょうしばい》の

語物《かたりもの》として多《おお》くの作品《さくひん》が生《う》み出《だ》された。中世的《ちゅうせいてき》な色彩《しきさい》の強《つよ》いものとしては、病《やまい》の子供《こども》を助《たす》けるために娘《むすめ》が自分《じぶん》の生《い》き肝《ぎも》をささげ[3]ようとするも阿弥陀《あみだ》が身代《みが》わりになって娘《むすめ》は助《たす》かり阿弥陀《あみだ》から血《ち》が流《なが》れるという「阿弥陀胸割《あみだむねわり》」、牛若丸《うしわかまる》の行方《ゆくえ》を追求《ついきゅう》されて拷問《ごうもん》を受《う》けるも自《みずか》らの舌《した》を切《き》って命《いのち》を絶《た》つ「牛王姫《うしおうひめ》」などがある。

このほか、高僧《こうそう》の霊験談《れいげんだん》の「親鸞記《しんらんき》」や、「高館《たかだち》」「八島《やしま》」といった義経物《よしつねもの》、曽我《そが》物《もの》の「小袖曽我《こそでそが》」、「はなや」「むらまつ」「安口《あぐち》の判官《はんがん》」といった没落豪族《ぼつらくごうぞく》の哀《あわ》れな物語《ものがたり》やお家騒動物《いえそうどうもの》などがある。

江戸時代《えどじだい》の初《はじ》めごろ、のちに江戸古浄《えどこじょう》瑠璃《るり》の祖《そ》といわれる二人《ふたり》が江戸《えど》へやってくる。優美《ゆうび》で叙情的《じょじょうてき》な杉山丹後《すぎやまたんご》の掾《じょう》と、派手《はで》で豪快《ごうかい》な薩摩浄雲《さつまじょううん》で、それぞれが流《りゅう》派《は》を立《た》てて活躍《かつやく》した。その後《ご》、薩摩浄雲《さつまじょううん》の弟子《でし》、桜井丹波少掾《さくらいたんばしょうじょう》は師匠《ししょう》の流《なが》れを汲《く》んで「金平節《きんぴらぶし》」を語《かた》り一世《いっせい》を風靡《ふうび》する。

「金平節《きんぴらぶし》」は浄瑠璃作者《じょうるりさくしゃ》、岡清兵衛《おかせいべえ》による作品《さくひん》で、架空《かくう》の人物《じんぶつ》、坂田金平《さかたのきんぴら》を主人《しゅじん》公《こう》とするため、この名《な》で呼《よ》ばれている。

坂田金平《さかたのきんぴら》は短気《たんき》で超人的《ちょうじんてき》な力《ちから》を持《も》つが、巧《たく》み[4]なはかりごと[5]に弱《よわ》く、無邪気《むじゃき》[6]でそそっかしいという設定《せってい》だ。豪快《ごうかい》な場面《ばめん》が多《おお》く、金平《きんぴら》らの単純《たんじゅん》な行動《こうどう》や、童《どう》話的《わてき》な痛快味《つうかいみ》が当時戦国時代《とうじせんごくじだい》を懐《なつ》かしむ江戸《えど》の民衆《みんしゅう》の好《この》みに合《あ》い、大人気《だいにんき》となった。過激《かげき》な演出《えんしゅつ》も見《み》どころで、物語《ものがたり》を語《かた》る際《さい》には長《なが》い鉄《てつ》の棒《ぼう》で人形《にんぎょう》の首《くび》をたたき壊《こわ》していたという。残念《ざんねん》ながら、この金《きん》平節《ぴらぶし》は現在《げんざい》ほとんど見《み》ることができないが、歌舞伎《かぶき》の荒事《あらごと》に受《う》け継《つ》がれている[7]。歌舞伎狂言《かぶききょうげん》「極付幡随長兵衛《きわめつきばんずいちょうべえ》」の劇《げき》中劇《ちゅうげき》「金平法問諍《きんぴらほうもんあらそい》」で、この金平節《きんぴらぶし》の

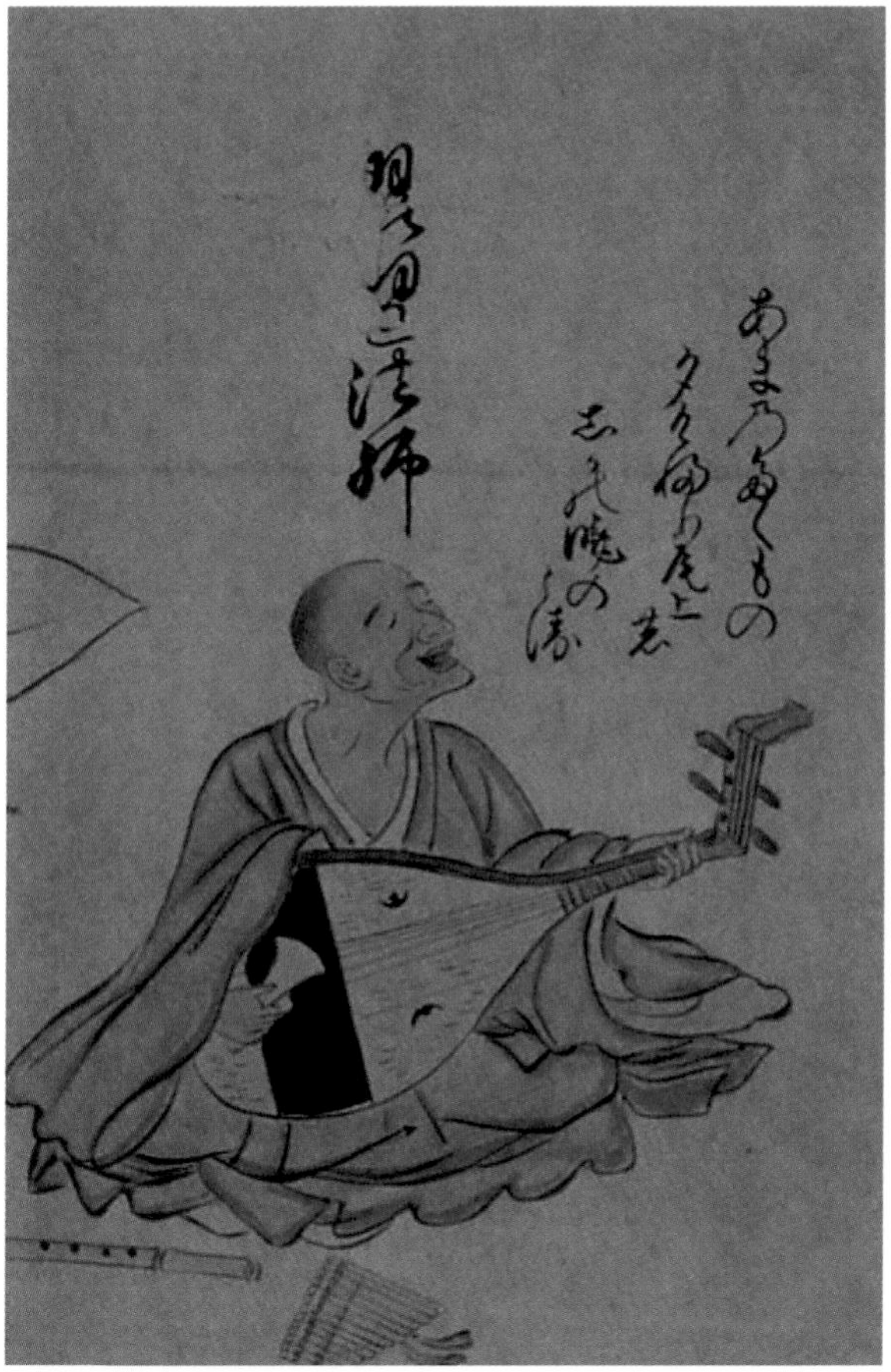
▲琵琶髮師 出自：Wikipedia

▲近松門左衛門 出自：Wikipedia

名残《なご》り[8]を見《み》ることができる。

一六八五年二月《ねんにがつ》、浄瑠璃《じょうるり》・歌舞伎作《かぶきさく》者《しゃ》の近松門左衛門《ちかまつもんざえもん》の作品《さくひん》「出世景清《しゅっせかげきよ》」が、大阪《おおさか》・竹本座《たけもとざ》にて大衆《たいしゅう》に向《む》けて初《はじ》めて演《えん》じられる。この作品《さくひん》は、近松門左衛《ちかまつもんざえ》門《もん》が浄瑠璃《じょうるり》の語《かた》り手《て》である竹本義太夫《たけもとぎだゆう》から依頼《いらい》を受《う》けて創作《そうさく》した曲《きょく》で、両者《りょうしゃ》が提《てい》携《けい》してできた第一作目《だいいっさくめ》である。説話的《せつわてき》な古浄瑠璃《こじょうるり》から脱《だっ》した、浄瑠璃《じょうるり》において新《しん》古《こ》を分《わ》ける分水嶺《ぶんすいれい》となる画期的《かっきてき》な作品《さくひん》である。源頼朝《みなもとのよりとも》へ復讐《ふくしゅう》を試《こころ》みる平家《へいけ》の落武《おちむ》者《しゃ》・景清《かげきよ》が困難《こんなん》を乗《の》り越《こ》えたあげく失敗《しっぱい》し、捕《と》らえられ首《くび》を討《う》たれるも、観音《かんのう》の功徳《くどく》で救《すく》われ、霊感《れいかん》を感《かん》じた頼朝《よりとも》から赦免《しゃめん》される。しかし煩悩《ぼんのう》が景清《かげきよ》を襲《おそ》い、自《みずか》ら両《りょう》目《め》をえぐり盲目《もうもく》となって、日向《ひゅうが》(現在《げんざい》の宮崎県《みやざきけん》)へ向《む》かう。これを主軸《しゅじく》にして、景清《かげきよ》が東大寺再建《とうだいじさいけん》の人夫《にんぷ》となって侵入《しんにゅう》するも見破《みやぶ》られてしまう話《はなし》や、景清《かげきよ》の愛《あい》人《じん》・阿古屋《あこや》が愛《あい》するがゆえに嫉妬《しっと》に狂《くる》い裏切《うらぎ》りを犯《おか》す話《はなし》、景清《かげきよ》の正妻《せいさい》・小野姫《おののひめ》が夫《おっと》を守《まも》ろうとするあまり自分《じぶん》を犠牲《ぎせい》して拷問《ごうもん》される話《はなし》などが織《お》り込《こ》まれている。

一七二二に年《ねん》、竹本座《たけもとざ》はその後実際《ごじっさい》に起《お》きた事件《じけん》を題材《だいざい》にした近松門左衛門《ちかまつもんざえもん》による作品《さくひん》「曾根崎心中《そねざきしんじゅう》」が大《だい》ヒットとなった。竹本座《たけもとざ》の長年《ながねん》にわたる借金《しゃっきん》を一《いっ》気《き》に返済《へんさい》できるほどの大当《おおあ》たりであったという。そればかりではなく、この作品《さくひん》から浄瑠璃以外《じょうるりいがい》の分野《ぶんや》にも空前《くうぜん》の心中物《しんじゅうもの》ブームが訪《おと》ずれ、歌舞伎《かぶき》、歌謡《かよう》にまで波《は》及《きゅう》した。あまりにも心中物《しんじゅうもの》が流行《りゅうこう》し、現《げん》実《じつ》でも心中《しんじゅう》が誘発《ゆうはつ》されるようになったため、幕府《ばくふ》が心中《しんじゅう》を扱《あつか》った演劇《えんげき》や文学《ぶんがく》の禁《きん》止令《しれい》を出《だ》すほどだった。「曾根崎心中《そねざきしんじゅう》」は、遊女《ゆうじょ》のお初《はつ》とお互《たが》いに恋《こい》し合《あ》う関係《かんけい》になった徳兵衛《とくべえ》が、主人《しゅじん》の姪《めい》との縁談《えんだん》[9]を断《ことわ》り、主人《しゅじん》の怒《いか》りを買《か》い、さらに主人《しゅじん》に返《かえ》すべき金《かね》を悪友《あくゆう》に騙《だま》し取《と》られ、窮地《きゅうち》に陥《おちい》った末《すえ》、曾根崎《そねざき》の森《もり》で心中《しんじゅう》[10]するという話《はなし》である。封建制度《ほうけんせいど》における社会《しゃかい》の制約《せいやく》を死《し》ぬことによって破《やぶ》り、愛《あい》を貫《つらぬ》くという構成《こうせい》が当時《とうじ》の民衆《みんしゅう》から共感《きょうかん》を得《え》たと考《かんが》えられている。

近松門左衛門《ちかまつもんざえもん》はこの後《のち》も百《ひゃく》を超《こ》える作《さく》品《ひん》を続々《ぞくぞく》と生《う》み出《だ》し、竹本義太夫《たけもとぎだゆう》とともに浄瑠璃《じょうるり》を発展《はってん》させる。

人形淨瑠璃是種搭配三味線伴奏演出的人偶劇，也被譽為世界上完成度最高的人偶劇。

室町時代中期起，琵琶法師開始講述〈淨瑠璃姬物語〉，故事內容講述牛若丸在旅途中遇見了女孩淨瑠璃姬，他對她一見鍾情，於是共度了一夜，之後牛若丸因為病倒被遺棄在海邊，在淨琉璃姬的祈禱下獲救。兩人高雅的愛意與淨瑠璃姬犧牲奉獻的樣子深受好評，據說帶給之後的藝能、文藝巨大的影響。琵琶法師當時是搭配以扇子敲擊手掌、木桌等扇拍子的節拍或琵琶的伴奏來講故事，但進入江戶時代後，加入了手控人偶，樂器也改成使用三味線。甚至演變成使用〈淨瑠璃姬物語〉的音樂講述各種不同的故事，於是淨琉璃這個名詞就變成說唱的種類，也就是成為眾所皆知的種類名稱。

進入此時期後，創作出許多作為人偶劇說唱藝術的淨琉璃作品。中世色彩濃厚的有女孩為幫助生病的小孩打算獻出自己的肝臟時，阿彌陀代替她給出肝臟，於是女孩得以獲救而阿彌陀流血的〈阿彌陀胸割〉、被刑求逼問牛若丸去向而咬舌自盡的〈牛王姬〉等作品。另外，還有高僧的靈驗談〈親鸞記〉及〈高館〉、〈八島〉等義經故事，以曾我兄弟復仇為題材的〈小袖曾我〉，〈花屋〉、〈村松〉、〈安口的判官〉等沒落豪族的悲慘故事及家庭騷動故事等。

江戶時代初期，之後被譽為江戶古淨瑠璃之祖的兩人來到江戶。優美且敘情性的杉山丹後掾，和華麗爽快的薩摩淨雲，他們各自創立了淨瑠璃流派且大為活躍。之後，薩摩淨雲的弟子櫻井丹波少掾承襲師傅，唱起〈金平節〉而風靡一世。〈金平節〉是淨瑠璃作者岡清兵衛的作品，因為以虛擬人物坂田金平為主角的關係，所以用他的名字稱呼這個戲曲。坂田金平設定為個性衝動且擁有超歌人之力，但不擅長應付巧妙的陰謀，是個天真且魯莽冒失的人物。其中有許多爽快的場面，金平一行人單純的行動，以及童話般的暢快感，相當符合當時懷念戰國時代的江戶民眾喜好，進而大受歡迎。過於激烈的表演也是其可看之處，聽說在講述故事的過程中，會拿長鐵棒撬壞人偶的頭。可遺憾的是，現在幾乎看不到這齣〈金平節〉了，但這故事被歌舞伎的荒事繼承。在歌舞伎狂言〈極付幡隨長兵衛〉的劇中劇〈金平法問諍〉中可以看到金平節的痕跡。

一六八五年二月，淨瑠璃、歌舞伎的作者近松門左衛門的作品〈出世景清〉第一次在大阪竹本座向一般大眾演出。這個作品是近松門左衛門受淨瑠璃講述者的竹本義大夫委託創作的戲曲，也是兩人攜手合作的第一部作品。這也是脫離了單純敘事的古淨瑠璃，為淨瑠璃畫下新舊分水嶺的劃時代作品。嘗試向源賴朝復仇的平家落魄武士——景清，越過重重困難後卻失敗，被逮捕後即將斬首時，靠著觀音的功德而得救，被感知靈感的源賴朝赦免。但煩惱不斷襲擊景清，他自己挖掉雙眼變成盲人，前往日向（現在的宮崎縣）……。以此為主軸，編進了景清扮成重建東大寺的工人入侵卻被識破的故事、景清的情婦阿古屋因為太愛他而忌妒發狂且背叛的故事、景清的正妻——小野姬為了保護丈夫而自我犧牲受嚴刑拷問的故事。

一七二二年，竹本座在那之後，上演近松門左衛門以實際發生的事件為題材寫出的作品〈曾根崎心中〉爆紅，據說紅到讓竹本座一口氣償還了長年累積下來的債務。不僅如此，因為這個作品，淨瑠璃以外的領域也掀起空前的殉情故事風潮，連歌舞伎、歌謠也受影響。但由於殉情故事太流行，以致現實中誘發了殉情事件，甚至讓幕府頒發禁令，禁止以殉情為題材的戲劇及文學。〈曾根崎心中〉描述和妓女阿初相愛的德兵衛拒絕了和主人姪女的婚事，結果惹怒主人，不僅如此，他要還主人的錢也被損友騙走，窮途末路之際，在曾根崎的森林裡殉情的故事。這種透過死亡打破封建制度社會的制約、貫徹愛情的故事結構，被認為是引起當時民眾共鳴的主因。

近松門左衛門在那之後也持續寫出了超過一百部的作品，和竹本義大夫一起讓淨瑠璃蓬勃發展。

單字與句型

單字

1. 手《て》のひら：手掌。
2. 操《あやつ》り：操控。操《あやつ》的名詞化形式。
3. ささげる：獻給、獻上。
4. 巧《たく》み：精巧、出色。
5. はかりごと：謀略、策劃。
6. 無邪気《むじゃき》：天真無邪。
7. 受《う》け継《つ》ぐ：繼承。
8. 名残《なご》り：依戀、殘餘。
9. 縁談《えんだん》：說媒、親事。
10. 心中《しんじゅう》：殉情。

句型

・～べき：應當、應該。表達自己的主張、建議時使用。
前續N・NA＋である／A連用形＋ある／V字典形

文楽《ぶんらく》

文樂

22　柴田和之／著

人形浄瑠璃《にんぎょうじょうるり》は近松門左衛門《ちかまつもんざえもん》・竹本義太夫《たけもとぎだゆう》の手《て》により新《あら》たな時代《じだい》を迎《むか》えた。彼《かれ》らの竹本座《たけもとざ》に対抗《たいこう》する形《かた》ちで一七〇三年《ねん》竹本義太夫《たけもとぎだゆう》の弟子《でし》・竹本采女《たけもとうねめ》が豊竹座《とよたけざ》を創設《そうせつ》した。「傾城三度笠《けいせいさんどがさ》」「心中二つ腹帯《しんじゅうふたはらおび》」といった竹本座上演《たけもとざじょうえん》したものと同《おな》じ題材《だいざい》の作品《さくひん》や、その他数多《たかずおお》くの名作《めいさく》を上演《じょうえん》し成功《せいこう》、竹本座《たけもとざ》と大阪《おおさか》の浄瑠璃人気《じょうるりにんき》を二分《にぶん》するかたちになった。一七六五年《ねん》までの約六十年間《やくろくじゅうねんかん》、竹本座《たけもとざ》と豊竹座《とよたけざ》はそれぞれ競《きそ》い合《あ》い、両座共《りょうざとも》に人気《にんき》が上昇《じょうしょう》、技芸面《ぎげいめん》も急速《きゅうそく》に充実《じゅうじつ》し、人形浄瑠璃《にんぎょうじょうるり》は全盛《ぜんせい》期《き》を迎《むか》える。道頓堀《どうとんぼり》に沿《そ》って西側《にしがわ》にあった竹本座《たけもとざ》は「西風《にしふう》」と呼《よ》ばれ、地味《じみ》[1]で堅実《けんじつ》な語《かた》り口《くち》が評判《ひょうばん》だった。対《たい》して竹本座《たけもとざ》と道頓堀《どうとんぼり》に沿《そ》った同《おな》じ並《なら》びの東側《ひがしがわ》にあった豊竹座《とよたけざ》は「東風《ひがしふう》」と呼《よ》ばれ、華麗《かれい》でつややかな語《かた》り口《くち》に人気《にんき》が集《あつ》まった。当時《とうじ》は歌舞伎《かぶき》を凌《しの》ぐ人気《にんき》を見《み》せ、「歌舞伎《かぶき》はあって無《な》きがごとし」とまで言《い》われたほどだった。この時代《じだい》は竹本座《たけもとざ》・豊竹座《とよたけざ》それぞれから一文字《ひともじ》ずつ取《と》った「竹豊時代《たけとよじだい》」と言《い》われる。「菅原伝授手習鑑《すがわらでんじゅてならいかがみ》」

「義経千本桜《よしつねせんぼんざくら》」「仮名手本忠臣蔵《かなでほんちゅうしんぐら》」など数々《かずかず》の名作《めいさく》が生《う》まれた。しかし見《み》た目本《めほん》位《い》の作品《さくひん》が多《おお》くなったことや、歌舞伎《かぶき》が浄瑠璃《じょうるり》の当《あ》たり狂言《きょうげん》を取《と》り入《い》れて上演《じょうえん》するようになったことなどが重《かさ》なり、浄瑠璃《じょうるり》の人気《にんき》に陰《かげ》りが見《み》え始《はじ》める。両座とも客が集まらなくなり、豊竹座《とよたけざ》では創始《そうし》者《しゃ》の死没《しぼつ》もあり、一七六四年《ねん》に豊竹座《とよたけざ》が、二年後《にねんご》の一七六七年《ねん》に竹本座《たけもとざ》が相次《あいつ》いで[2]消滅《しょうめつ》した。その後《ご》は新作《しんさく》が乏《とぼ》しく[3]、大劇場《だいげきじょう》での上演《じょうえん》が少《すく》なくなった一方《いっぽう》で、優秀《ゆうしゅう》な演技者《えんぎしゃ》も多数《たすう》出《で》て、名人《めいじん》たちの残《のこ》した芸《げい》[4]を楽《たの》しむ風潮《ふうちょう》が喜《よろこ》ばれた。過去《かこ》の名作《めいさく》の再演《さいえん》が多《おお》くなり、浄瑠璃《じょうるり》は洗練《せんれん》の時代《じだい》に入《はい》る。また、趣味《しゅみ》の一《ひと》つとして浄瑠璃《じょうるり》の義太夫節《ぎだゆうぶし》を稽古《けいこ》する人《ひと》が急《きゅう》激《げき》に増《ふ》え、お寺《てら》や神社《じんじゃ》の境内《けいだい》・小劇場《しょうげきじょう》・寄席《よせ》・稽古場《けいこば》などが栄《さか》えた。この全国的《ぜんこくてき》な流行《りゅうこう》の中《なか》、大阪《おおさか》で初代《しょだい》・植村文楽軒《うえむらぶんらくけん》が浄瑠璃《じょうるり》の芝居小屋《しばいごや》を始《はじ》め、文楽座《ぶんらくざ》として栄《さか》えた。一八八四年《ねん》文楽座《ぶんらくざ》に対抗《たいこう》して彦《ひこ》六座《ろくざ》が開場《かいじょう》し、興行《こうぎょう》ごとに評判《ひょうばん》を高《たか》めていった。こうして明治《めいじ》に再《ふたた》び浄瑠璃《じょうるり》の黄《おう》金時代《ごんじだい》が訪《おとず》れる。だが双方《そうほう》とも経営《けいえい》は苦《くる》しく、一八九三年《ねん》に彦六座《ひころくざ》が解散《かいさん》、一九〇九年《ねん》には文楽座《ぶんらくざ》の経営権《けいえいけん》が松竹《しょうちく》に譲渡《じょうと》された。この時点《じてん》で文楽座《ぶんらくざ》が唯一《ゆいいつ》の人形《にんぎょう》浄瑠璃《じょうるり》の劇場《げきじょう》となったため、以来文楽《いらいぶんらく》が人形浄瑠璃《にんぎょうじょうるり》の代名詞《だいめいし》となった。

文楽《ぶんらく》は義太夫節《ぎだゆうぶし》に乗《の》せて行《おこな》われる人形《にんぎょう》劇《げき》で、太夫《たゆう》・三味線《しゃみせん》・人形遣《にんぎょうつか》いがひとつになって演出《えんしゅつ》される。太夫《たゆう》は場面《ばめん》や物語《ものがたり》の情景《じょうけい》、登場人物全員《とうじょうじんぶつぜんいん》の言葉《ことば》などを全《すべ》て一人《ひとり》で語《かた》り、三味線《しゃみせん》はその音色《ねいろ》で背景《はいけい》や心情《しんじょう》などを表現《ひょうげん》し、太夫《たゆう》とぴったり息《いき》を合《あ》わせる。この太夫《たゆう》と三味線《しゃみせん》の二人《ふたり》が織《お》りなす音楽《おんがく》が義太夫節《ぎだゆうぶし》である。人形《にんぎょう》は一《いっ》体《たい》の人形《にんぎょう》を主遣《おもづか》い、足遣《あしづか》い、左遣《ひだりづか》いの三《さん》人《にん》で操《あやつ》り、微妙《びみょう》[5]な動《うご》きを可能《かのう》にし、観《かん》客《きゃく》に心情《しんじょう》を訴《うった》えかける[6]。人形《にんぎょう》には非常《ひじょう》に繊細《せんさい》かつ巧妙《こうみょう》[7]な仕掛《しか》けがなされており、主遣《おもづか》いの操作《そうさ》で人形《にんぎょう》の眉《まゆ》や目玉《めだま》などの表情《ひょうじょう》を、主遣《おもづか》いと左遣《ひだりづか》いによって左《さ》右《ゆう》の腕《うで》と手《て》の動《うご》きを、足遣《あしづか》いの操作《そうさ》で足《あし》の動《うご》きをそれぞれ操《あやつ》っている。主遣《おもづか》いが巧《たく》みに指示《しじ》を出《だ》すことで三人《さんにん》の呼吸《こきゅう》が合《あ》い、人形《にんぎょう》が生《い》きているかのように動《うご》く。

現在文楽《げんざいぶんらく》は主《おも》に東京《とうきょう》の国立劇場小劇《こくりつげきじょうしょうげき》場《じょう》と大阪《おおさか》の国立文楽劇場《こくりつぶんらくげきじょう》で見《み》ることができる。一年《いちねん》を通《とお》してだいたいの公演《こうえん》スケジュールが決《き》まっており、一月《いちがつ》、四月《しがつ》、七月下旬《しちがつげじゅん》～八月上旬《はちがつじょうじゅん》、十一月《じゅういちがつ》は大阪《おおさか》、二《に》月《がつ》、五月《ごがつ》、九月《くがつ》、十二月《じゅうにがつ》は東京《とうきょう》で見《み》ることができる。このほか三月《さんがつ》と十月《じゅうがつ》には地《ち》方《ほう》[8]公演《こうえん》が行《おこな》われている。文楽《ぶんらく》は歌舞伎《かぶき》や能《のう》、落語《らくご》などのほかの伝統芸能《でんとうげいのう》に比《くら》べて上演《じょうえん》を見《み》るチャンスが少《すく》ない。上演《じょうえん》グループが全《ぜん》パート合《あ》わせて八十人程度《はちじゅうにんていど》の一座《いちざ》しかなく、この彼《かれ》らが大阪《おおさか》と東京《とうきょう》および地方《ちほう》へ行《い》ったり来《き》たりしているからだ。

太夫《たゆう》が話《はな》す言葉《ことば》は江戸時代《えどじだい》の大阪弁《おおさかべん》であるため、初《はじ》めて見《み》にいくと分《わ》からない言葉《ことば》が出《で》てくる。だが人形《にんぎょう》の動《うご》きや三味《しゃみ》線《せん》の音《おと》だけでも大《おお》まかに内容《ないよう》をつかむことができ、さらに劇場《げきじょう》には上演中《じょうえんちゅう》セリフの字幕《じまく》が出《で》ているので初《はじ》めてでも気楽《きらく》に鑑賞《かんしょう》できるようになっている。床本《ゆかほん》という浄瑠璃《じょうるり》の台本《だいほん》の小冊子《しょうさっし》もパンフレットと一緒《いっしょ》に六百円《ろっぴゃくえん》ほどで販売《はんばい》されているため、開演前《かいえんまえ》にパンフレットを買《か》って読《よ》むなどしてあらすじをつかみ、家《いえ》に帰《かえ》ってから床本《ゆかほん》を読《よ》んで上演《じょうえん》の内容《ないよう》を思《おも》い出《だ》すことができるほか、イヤホンガイドを利《り》用《よう》して解説《かいせつ》を聞《き》きながら鑑賞《かんしょう》することもでき、楽《たの》しみ方《かた》は人《ひと》それぞれである。

木《き》でできた無表情《むひょうじょう》[9]の人形《にんぎょう》であるからこそ、観客《かんきゃく》はそれぞれの思《おも》いを投影《とうえい》し感《かん》情移入《じょういにゅう》することができる。そのため受《う》け身《み》[10]になりにくく、何度《なんど》見《み》ても新《あら》たな気持《きも》ちで感動《かんどう》できるという。四百年以上人々《よんひゃくねんいじょうひとびと》に親《した》しまれ、受《う》け継《つ》がれてきた浄瑠《じょうる》璃《り》、実際《じっさい》に見《み》に行《い》く価値《かち》は言《い》うまでもない。

人形淨瑠璃在近松門左衛門、竹本義大夫手中迎接了新時代。一七〇三年，竹本義大夫的弟子——竹本采女創建了豐竹座，與他們的竹本座相抗衡。成功演出了〈傾城三度笠〉、〈心中雙腹帶〉等竹本座也上演過的相同題材作品，以及其他多齣名作，與竹本座將大阪的淨瑠璃人氣一分為二。到一七六五年的六十年間，竹本座與豐竹座彼此競爭，兩者的人氣都有所上升，技藝也急速變得充實，迎接了人形淨瑠璃的全盛期。位於道頓堀西側的竹本座被稱為「西風」，樸實且穩健的講述方法榮獲好評。而位於道頓堀東岸的豐竹座被稱為「東風」，華麗且豔澤的講述方法受到歡迎。當時受歡迎的程度淩駕於歌舞伎之上，甚至出現「歌舞伎有跟沒有一樣」的說法。從竹本座、豐竹座各取一字，這個時代被稱為「竹豐時代」。誕生了〈菅原傳授手習鑑〉、〈義經千本櫻〉、〈假名手本忠臣藏〉等多數名作。但是，追求外表的作品增加，加上歌舞伎在表演中加入了淨瑠璃中受歡迎的狂言，淨瑠璃的人氣開始下滑。兩劇場開始失去觀眾，加上豐竹座的創辦者過世，一七六四年豐竹座先關門，兩年後的一七六七年，竹本座也跟著歇業。那之後，不只缺乏新作品，在大劇場上演的機會也逐漸減少，另一方面也出現了多數優秀的表演者，享受名人們留下的藝能的風潮深受觀眾喜愛。重新演出過去名作的機會變多，淨瑠璃進入成熟時代。此外，將淨瑠璃當成興趣而開始練習義太夫節的人急速增加，寺廟及神社境內、小劇場、寄席、練習場等地方因而繁榮。在這全國規模的流行中，初代植村文樂軒在大阪開創淨瑠璃的戲劇小屋文樂座，相當繁盛。一八八四年，為了與文樂座對抗而出現了彥六座，伴隨著演出次數增加，評價也逐漸上升。就這樣，明治時期再度迎來淨瑠璃的黃金時代。只不過，雙方都經營得相當辛苦，一八九三年彥六座解散，一九〇九年文樂座將經營權轉讓給松竹。由於此時文樂座成了唯一一座人形淨瑠璃劇場，自此之後，文樂就成為人形淨瑠璃的代名詞。

文樂是搭配義太夫節演出的人偶劇，太夫、三味線、操偶師融為一體，一起表演。太夫一個人負責闡述場面、故事的情景，以及所有登場人物的台詞，三味線用其音色表現背景及心情，和太夫默契十足地相互配合。而由太夫和三味線樂師兩人交織出的音樂就稱為義太夫節。一個人偶需要由主控者、腳控者、左控者等三個人共同操作，這樣人偶可以做出細微動作，向觀眾表達出心情。人偶有著非常細膩及巧妙的機關，根據主控者的操作，可以做出動眉、轉動眼珠的表情，主控者和左控者可以控制左右手的動作、腳控者可以控制人偶的腳步，各有各的工作。在主控者巧妙的指示下，三人同心協力，讓人偶栩栩如生地活動。

現在，文樂主要可以於東京的國立劇場小劇場和大阪的國立文樂劇場中觀賞。一整年的公演日程大致上已制定，一月、四月、七月下旬到八月上旬、十一月在可以在大阪觀賞；二月、五月、九月、十二月可以在東京觀賞。除此之外，三月和十月會舉辦地方公演。與歌舞伎、能、落語等其他傳統藝能相較，能夠觀賞文樂演出的機會較少。因為演出團體只有一團，各部分的負責人員加起來也只有八十位，這一行人就這樣往返於大阪、東京以及地方表演。

▲女義太夫竹本京子與京枝 出自：Wikipedia

因為太夫說的話是江戶時代的大阪腔，第一次觀賞時應該會發現有許多聽不懂的詞。但光靠人偶的動作和三味線的音色也能掌握大部分的內容，此外，在劇場演出時，也會出現台詞的字幕，就算是第一次也能輕鬆觀賞。被稱為「床本」的淨瑠璃劇本，和場刊一起以大約六百日圓的價格販售，因此在開演前買一本場刊來閱讀，就能掌握故事大綱，回家後閱讀床本能回想演出內容，除此之外，也可以利用耳機導覽，邊聽解說邊觀賞，每個人都有自己的觀賞方法。

正因為是用木頭做成的毫無表情的人偶，所以觀眾才能將各自的想法投射在它身上，代入自己的感情。因此較不會是單方面接收情感，不管看幾次都能以全新的心情來獲得感動。四百多年以來受人喜愛、承襲傳統的淨瑠璃，不用多說，絕對值得親眼一看。

單字與句型

單字

1. 地味《じみ》：樸素、質樸。
2. 相次《あいつ》いで：相繼。
3. 乏《とぼ》しい：貧乏。
4. 芸《げい》：技藝。
5. 微妙《びみょう》：微妙。
6. 訴《うった》えかける：呼籲、訴求。
7. 巧妙《こうみょう》：巧妙，靈巧。
8. 地方《ちほう》：外地、外縣市。
9. 表情《ひょうじょう》：表情。
10. 受《う》け身《み》：被動的那方。

句型

- ～として：作為～、身為～。
- ～にくい：很難～、不好～。前續動詞連用形。

漫才《まんざい》

漫才

23　水島利恵／著

「なんでやねん！」という言葉《ことば》、一度《いちど》は耳《みみ》にした[1]ことがあるのではないだろうか。この言葉《ことば》は大阪弁《おおさかべん》[2]であり、もともと「どうして？」という意味《いみ》なのだが「いや、そうなるのはおかしい！」という気持《きも》ちを込《こ》められて使《つか》われるもので、漫才《まんざい》に欠《か》かせない「ツッコミ」の言葉《ことば》である。

漫才《まんざい》は主《おも》にコンビと言《い》われる二名《にめい》の会《かい》話《わ》の進行《しんこう》によって演《えん》じられ、話術《わじゅつ》で人《ひと》を笑《わら》わせる芸能《げいのう》である。一人《ひとり》が「ボケ」、もう一人《ひとり》が「ツッコミ」という役割《やくわり》を担《にな》うのだが、話《はなし》の中《なか》でわざと明《あき》らかな間違《まちが》いや勘違《かんちが》いなどを織《お》り込《こ》み[3]、笑《わら》いを誘《さそ》ったり、冗談《じょうだん》を言《い》ったりする「ボケ」に対《たい》し、それを素早《すばや》く[4]指摘《してき》し、笑《わら》いどころを客《きゃく》に提示《ていじ》するのが「ツッコミ」である。例《たと》えば、ボケ役《やく》が「あ～、今年《ことし》のアツはナツいな～。」と言《い》うと、ツッコミ役《やく》は「それを言《い》うなら、今年《ことし》の夏《なつ》は暑《あつ》いやろ！」と返《かえ》す具合《ぐあい》だ。漫才《まんざい》は話《はな》しのテンポ[5]が重要《じゅうよう》であり、コンビの息《いき》がぴったりと合《あ》っていなければ面白《おもしろ》い漫才《まんざい》ができきない。そのため、夫婦《ふうふ》や兄弟姉妹《きょうだいしまい》が漫《まん》才《ざい》コンビを組《く》むことも珍《めずら》しくない。

明治時代《めいじじだい》に寄席《よせ》（落語《らくご》など大衆芸能《たいしゅうげいのう》が披露《ひろう》されるところ）の中《なか》で行《おこな》われる演芸《えんげい》として発展《はってん》した「万才《まんざい》」は、三味線《しゃみせん》などの伴奏《ばんそう》を伴《ともな》うものだったが、大正時代《たいしょうじだい》になるとただ話芸《わげい》だけで勝負《しょうぶ》する「しゃべくり万才《まんざい》」に踏襲《とうしゅう》されていき、服装《ふくそう》も従来《じゅうらい》の和服《わふく》ではなくスーツ姿《すがた》に変《か》わっていった。当時《とうじ》「万才《まんざい》」「万歳《まんざい》」という表記《ひょうき》が使《つか》われていたが、昭和八年《しょうわはちねん》に吉本興業《よしもとこうぎょう》が「漫才《まんざい》」という表記《ひょうき》に変更《へんこう》したとされ、以後大阪《いごおおさか》の地《ち》を中心《ちゅうしん》として発展《はってん》していった。そのため、漫才師《まんざいし》といえば大阪弁《おおさかべん》の人《ひと》が多《おお》く、近畿圏《きんきけん》の漫才《まんざい》を他《ほか》と区別《くべつ》して上方漫才《かみがたまんざい》と呼《よ》ばれることもある。一九八〇年《ねん》～一九八二年《ねん》は漫才《まんざい》ブームの年《とし》といわれ、テレビを見《み》れば必《かなら》ず漫才《まんざい》が流《なが》れているほど、当時《とうじ》は日本全国《にほんぜんこく》で漫才《まんざい》がカルチャーの最先端《さいせんたん》であった。漫才《まんざい》ブームがきっかけで、漫才《まんざい》を鑑賞《かんしょう》する客層《きゃくそう》も若《わか》い人《ひと》が増《ふ》えていき、「漫才師《まんざいし》は苦労《くろう》しても稼《かせ》げない」というネガティブなイメージから、アイドル的《てき》な存在《そんざい》へと変《か》わっていった。

では、実際《じっさい》にどうすれば漫才師《まんざいし》になることができるのであろうか。昔《むかし》であれば師匠《ししょう》に弟子《でし》入りし何年《なんねん》もの修業《しゅぎょう》を積《つ》んで、やっと漫才師《まんざいし》としてデビューできたが、現在《げんざい》では養成所《ようせいじょ》に入学《にゅうがく》し、そこで礼儀作法《れいぎさほう》から実践《じっせん》まで一通《ひととお》り[6]のことを学《まな》ぶと、卒業《そつぎょう》する頃《ころ》には、いつテレビなどに出《で》ても芸《げい》が披露《ひろう》できるようになっており、弟子《でし》入りしなくても漫才師《まんざいし》になる道《みち》が開《ひら》ける。漫才《まんざい》といえば吉本《よしもと》が名門的存《めいもんてきそん》在《ざい》で、今《いま》までに多《おお》くの有名《ゆうめい》な漫才師《まんざいし》を輩《はい》出《しゅつ》しているが、この吉本《よしもと》もＮＳＣと呼《よ》ばれる養成所《ようせいじょ》を設立《せつりつ》しており、第一期《だいいっき》卒業生《そつぎょうせい》がダウンタウンというのは有名《ゆうめい》な話《はなし》である。また、漫才師《まんざいし》の登竜門《とうりゅうもん》ともいえる大会《たいかい》が、一年《いちねん》に一回開催《いちかいかいさい》される「Ｍ－１グランプリ」であり、日本全国《にほんぜんこく》のテレビで高視聴率《こうしちょうりつ》を記録《きろく》するほど国民《こくみん》の関《かん》心《しん》を集《あつ》めている。優勝《ゆうしょう》すれば賞金一千万《しょうきんいっせんまん》円《えん》もらえるほか、急《きゅう》にテレビ出演《しゅつえん》の依《い》

▲還被稱作「萬歳」的時期，前為「吐槽」後為「裝傻」，一個人負責左：蹴逨 右：宿禰 出自：Wikipedia

頼《らい》が増《ふ》え、人生《じんせい》が変《か》わるといわれているため、多《おお》くの若手漫才師《わかてまんざいし》が目標《もくひょう》にしている。

漫才《まんざい》はテレビでも見《み》ることができるが、生《なま》で見《み》る漫才《まんざい》はテレビでは味《あじ》わうことのできない雰囲気《ふんいき》を体感《たいかん》することができる。笑《わら》いを取《と》る核《かく》となるための話題《わだい》を「ネタ」と呼《よ》ぶが、そのネタが出《で》て来《き》そうな場面《ばめん》になると客《きゃく》が期待《きたい》でそわそわし[7]始《はじ》め、ネタが出《で》ると、どっと笑《わら》いが起《お》こる。この会場《かいじょう》の一体感《いったいかん》に、一度《いちど》行《い》くとハマってしまう[8]人《ひと》も多《おお》いという。また、お気《き》に入《い》りの漫才師《まんざいし》を見《み》つければ、同《おな》じネタでも、日《ひ》によって内容《ないよう》が少《すこ》し変《か》わっていたり、観客《かんきゃく》を巻《ま》き込《こ》んだアドリブ[9]を披露《ひろう》したりすることもあり、一度《いちど》見《み》てもまた見《み》たくなるという中毒性《ちゅうどくせい》があるという。生《なま》で漫才《まんざい》を見《み》られる劇場《げきじょう》は数《かず》多《おお》くあり、予約《よやく》なしでも当日《とうじつ》に入場券《にゅうじょうけん》を購入《こうにゅう》できる場所《ばしょ》も多《おお》い。漫才《まんざい》の本場《ほんば》大阪《おおさか》であれば、なんば駅付近《えきふきん》に有名《ゆうめい》な劇場《げきじょう》が多《おお》く、東京《とうきょう》でも吉本《よしもと》をはじめ、多《おお》くの劇《げき》場《じょう》で見《み》ることができる。漫才《まんざい》を見《み》る際《さい》のマナーなど、堅苦《かたくる》しいものはないが、漫《まん》才《ざい》公演中《こうえんちゅう》は携帯《けいたい》の着信音《ちゃくしんおん》を切《き》ったり、大《おお》きな声《こえ》で話《はなし》をしないなどの最低限《さいていげん》のマナーは守《まも》るようにしよう。

「笑《わら》う門《かど》には福来《ふくき》たる」という諺《ことわざ》があるように、昔《むかし》から神様《かみさま》に笑《わら》いを捧《ささ》げると福《ふく》を招《まね》いてくれると信《しん》じられてきたことから、漫才《まんざい》が芸能《げいのう》として発展《はってん》していったという。世《よ》の中《なか》は目《め》まぐるしく[10]変化《へんか》しているが、笑《わら》いが人々《ひとびと》を幸《しあわ》せにしてくれるということは、いつの時代《じだい》でも変《か》わらない。また、最近《さいきん》では笑《わら》いの健康効果《けんこうこうか》も検証《けんしょう》されている。「健康《けんこう》のために、今日《きょう》は漫才見《まんざいみ》ながらフライドチキン10個食《こた》べようと思《おも》ってる。」「なんでやねん！」

「なんでやねん！（為啥啊！）」這句話，大家應該都至少聽過一次吧！這句話用的是大阪腔，本來是「為什麼？」的意思，但因為其中包含了「不對，怎麼會變成那樣，也太奇怪了吧！」的心情，所以是漫才中不可或缺的「吐槽」名句。

漫才主要是由被稱為組合的兩個人，互相對話創造出的表演，利用話術引人發笑的藝能。一個人負責「裝傻」，一個人負責「吐槽」，各有各的職責，在對話中刻意編入明顯的錯誤或誤會，引觀眾發笑，聽到「裝傻」開玩笑時，迅速指出錯誤，告訴觀眾這裡是笑點的人就是「吐槽」。舉例來說，裝傻者說出：「啊～～今年熱天好夏啊～～」時，吐槽者就要回：「是今年夏天好熱啊，才對吧！」漫才最重視的就是對話的節奏，如果兩人不夠有默契，就沒辦法表演出有趣的漫才。因此常見夫妻或是兄弟姊妹組成漫才組合。

發展於明治時代的「萬才」是在寄席（表演落語等大眾藝能的地方）中表演的藝能，是配合三味線等伴奏的表演，但進入大正時代後，由只靠話術一決勝負的「說話萬才」繼承，服裝也從原本的和服改為西裝。當時使用「萬才」、「萬歲」等寫法，但在昭和八年時，吉本興業將寫法變更為「漫才」，在那之後，漫才以大阪為中心開始發展。因此，說到漫才師，講大阪腔的人數眾多，也會和其他地區作區分，將近畿圈的漫才稱作「上方漫才」。一九八〇～一九八二年被稱為漫才熱潮年，只要打開電視就一定會看見漫才節目，當時在日本全國，漫才走在時代的尖端。因為漫才風潮，也增加了許多觀賞漫才的年輕客群，從「漫才師是辛苦又沒錢的職業」的負面印象，轉變成偶像般的存在。

那麼，實際上該怎麼做才能成為漫才師呢？以前得要拜師為徒，努力學習好幾年之後，才總算可以出道成為漫才師，但現在只要進入培訓所，在那裡學習整套的禮儀、實踐，畢業後，不管什麼時候都可以出現在電視等地方表演，即使不拜師為徒，也能開創出成為漫才師之路。說到漫才，吉本就是名門般的存在，至今從中出現了許多知名的漫才師，而吉本也設立了NSC這間培訓所，DOWN TOWN是培訓所第一期畢業生這件事相當有名。此外，被譽為漫才師登龍門途徑的大賽，就是一年一度的「M-1大賽」，甚至寫下日本全國的電視高收視率，相當受到國民矚目。獲得優勝後，除了能得到一千萬日圓的獎金外，電視節目的演出邀約也會暴增，人生會出現一百八十度大轉變，所以許多年輕漫才師都以此為目標。

漫才當然也可以在電視上看，但現場觀賞漫才更能體會到電視上無法感受的氣氛。譁眾的主要核心話題被稱為「哏」，在哏即將出現時，觀眾也會因為期待而開始坐立不安，哏一說出口後，立刻會引起哄堂大笑。這種與整個會場融為一體的感覺，據說讓許多人去過一次就欲罷不能。另外，找到喜歡的漫才師後，就算是相同的哏，每天表演的內容也會有些微改變，也可能會有邀觀眾一起參加的即興表演，讓人中毒似地想一看再看。許多劇場都可以現場觀賞漫才，不少劇場就算沒預約也能買到當日入場券。在漫才最為興盛的大阪，難波車站附近就有許多知名劇場，在東京，以吉本為首，也有許多劇場可以觀賞。觀賞漫才時，沒有什麼太拘謹的規矩，但在漫才演出時要把手機關靜音，不可以大聲說話等等，起碼要遵守最低限度的禮節。

▲若有機會親臨漫才的表演現場，肯定能留下難忘且開心的回憶。

正如同有句諺語叫「笑門來福」一般，自古以來人們相信只要奉獻歡笑給神明，就能招來福氣，於是漫才才會發展成一種藝能。雖然世界眼花撩亂地快速變化，但不管是哪個時代，歡笑能帶給人類幸福這點始終沒變。另外，最近也證實了歡笑有益健康。「為了健康，我今天打算邊看漫才，邊吃十塊炸雞。」「為啥啊！」

單字與句型

單字

1. 耳《みみ》にする：聽見。
2. 大阪弁《おおさかべん》：大阪腔。在「弁《べん》」前加地區的話，則表示該地區特有的語言。
3. 織《お》り込む：①織入。②穿插。在此為②的意思。
4. 素早《すばや》い：迅速。
5. テンポ：【義】tempo，節奏。
6. 一通《ひとどお》り：①大概，粗略。②整體、全部。在此為②的意思。
7. そわそわする：坐立難安。
8. ハマる：沉迷。
9. アドリブ：【拉丁語】ad libitum，即興演出。
10. 目《め》まぐるしい：（快得）眼花撩亂、瞬息萬變。

句型

- ～といえば：說起～、一說到～。
- ～をはじめ：以～為首。

第五章

動手趣：親身體驗傳統工藝

說到金箔就想到金澤，和紙就非岐阜縣莫屬而藍染則是德島⋯，是什麼環境與歷史背景造就了這些傳統工藝呢？除了用眼睛欣賞、用心體會之外，不妨捲起袖子動手創作！日本傳統工藝遍地開花，無論身在何處，只要有心就能動手做出自己專屬的藝術品。

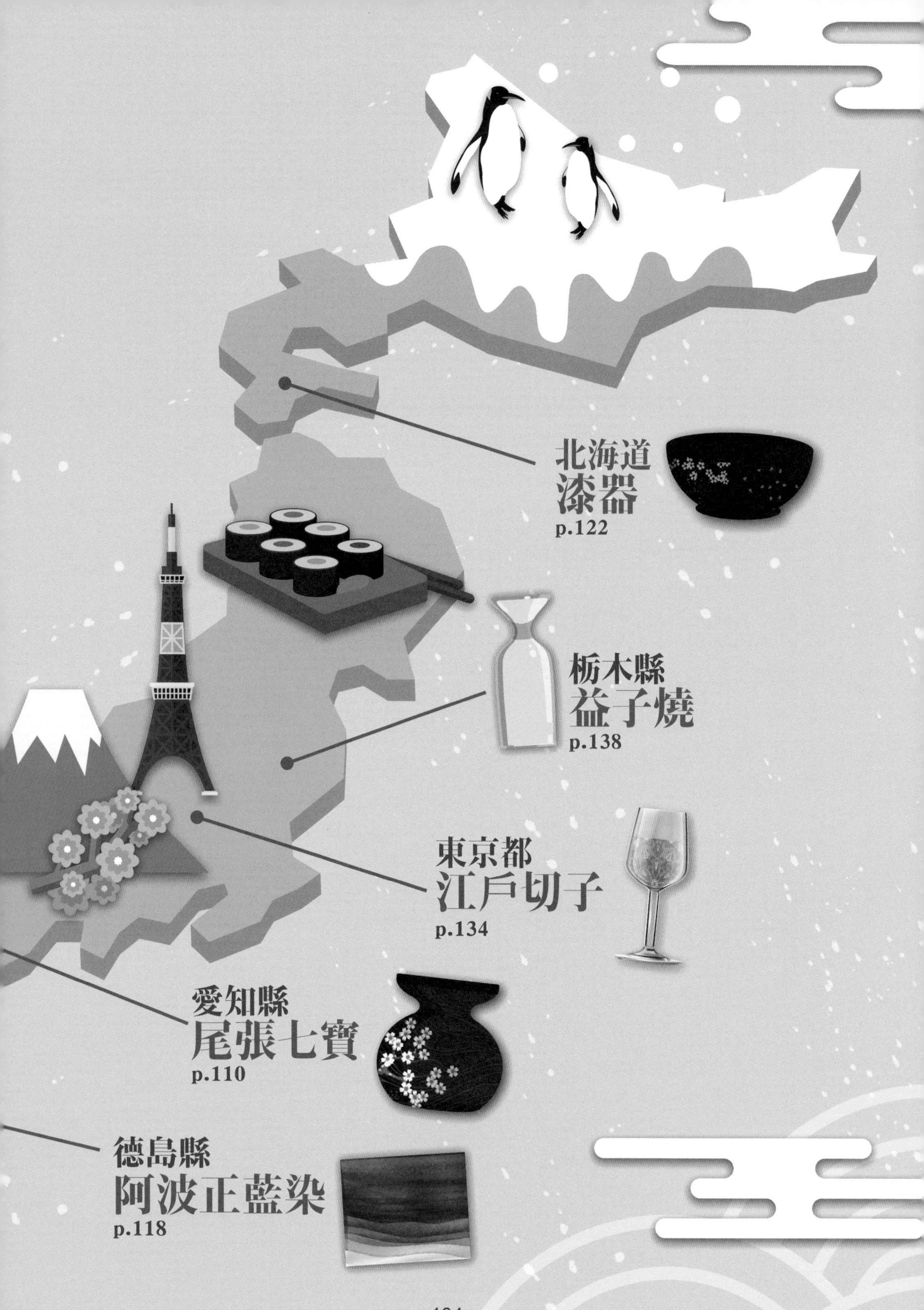

北海道
漆器
p.122
栃木縣
益子燒
p.138
東京都
江戶切子
p.134
愛知縣
尾張七寶
p.110
德島縣
阿波正藍染
p.118

日本傳統工藝地圖

岐阜縣
美濃和紙
p.106
石川縣
金箔
p.126
福井縣
越前和紙
p.106
滋賀縣
信樂燒
p.138
鹿兒島市
薩摩切子
p.134
高知縣
土佐和紙
p.106

和紙《わし》。

和紙　水島和恵／著　24

日常生活《にちじょうせいかつ》の中《なか》で欠《か》かすことのできない紙《かみ》。ノート、コピー用紙《ようし》、紙袋《かみぶくろ》など挙《あ》げるときりがない[1]が、一括《ひとくく》りに紙《かみ》といっても様々《さまざま》な種類《しゅるい》の紙《かみ》がある。紙《かみ》は大《おお》きく二《ふた》つの種類《しゅるい》に分《わ》けられ、欧米《おうべい》から伝《つた》わった製造方法《せいぞうほうほう》で作《つく》られた紙《かみ》を「洋紙《ようし》」、日本《にほん》の伝統的《でんとうてき》な製造方法《せいぞうほうほう》で作《つく》られた紙《かみ》を「和紙《わし》」という。和紙《わし》の特徴《とくちょう》は、劣化《れっか》しにくく丈夫《じょうぶ》であることに加《くわ》え、暖《あたた》かな風《ふう》合《あ》い[2]、品《ひん》のある色《いろ》や光沢《こうたく》、また独特《どくとく》の手触《てざわ》りから、日本国内《にほんこくない》のみならず、海外《かいがい》でも人気《にんき》がある。

日本《にほん》で紙《かみ》の製造《せいぞう》が伝《つた》わったのは、七世《しちせい》紀《き》後半《こうはん》といわれており、中国《ちゅうごく》の技術《ぎじゅつ》が持《も》ち込《こ》まれた。その後《ご》、日本国内《にほんこくない》で紙《かみ》が製《せい》造《ぞう》されるようになるが、僧侶《そうりょ》が写経《しゃきょう》をしたり、貴族《きぞく》や武士《ぶし》が手紙《てがみ》や歌《うた》を書《か》いたりするために使《つか》われ、一般《いっぱん》の民衆《みんしゅう》には手《て》の届《とど》かないものであった。江戸時代《えどじだい》に出版《しゅっぱん》文化《ぶんか》の発展《はってん》に伴《ともな》い紙《かみ》の需要《じゅよう》が増大《ぞうだい》していくと、農民《のうみん》の副業《ふくぎょう》として紙《かみ》の製造《せいぞう》が各地《かくち》に広《ひろ》まり、庶民《しょみん》の生活《せいかつ》の中《なか》でも使《つか》われるようになっていった。同時《どうじ》に、襖《ふすま》、傘《かさ》、提灯《ちょうちん》など、紙《かみ》の加《か》工《こう》技《ぎ》術《じゅつ》も発《はっ》展《てん》していった。

さて、和《わ》紙《し》はどのようにして作《つく》られるのであろうか。紙《かみ》の原料《げんりょう》が木《き》ということは皆《みな》さんご存《ぞん》知《じ》だと思《おも》うが、洋《よう》紙《し》と違《ちが》うのは、使《し》用《よう》する木《き》の種類《しゅるい》で、多《おお》くは楮《こうぞ》、三椏《みつまた》、雁皮《がんぴ》と呼《よ》ばれる木《き》の表皮《ひょうひ》を原料《げんりょう》として作《つく》られる。まず表皮《ひょうひ》の内側《うちがわ》の白《しろ》い部《ぶ》分《ぶん》を削《けず》り、煮《に》て繊《せん》維《い》質《しつ》のみ取《と》り出《だ》す。次《つぎ》にこれらに着《つ》いたゴミなどをきれいに落《お》とすと、叩《たた》いて繊《せん》維《い》をほぐして[3]いく。ほぐされた繊《せん》維《い》質《しつ》をつなぐ糊《のり》の役割《やくわり》をしてくれるのが「トロロアオイ」という植《しょく》物《ぶつ》の根《ね》である。根《ね》を砕《くだ》くと出《で》てくる粘液《ねんえき》と水《みず》を、木《き》の繊《せん》維《い》質《しつ》と混《ま》ぜたら原料液《げんりょうえき》の完成《かんせい》だ。簀《す》桁《けた》と呼《よ》ばれる道具《どうぐ》を使《つか》い、原《げん》料液《りょうえき》を揺《ゆ》らしながら紙《かみ》を漉《す》く。漉《す》いた紙《かみ》は、重《おも》しなどを使《つか》って脱水《だっすい》し、最後《さいご》に乾《かん》燥《そう》させて和《わ》紙《し》の出《で》来《き》上《あ》がりである。和《わ》紙《し》から優《やさ》しい温《ぬく》もりが感《かん》じられるのは、このように手《て》間《ま》暇《ひま》をかけ丁寧《ていねい》に作《つく》られているからではないだろうか。

日《に》本《ほん》三《さん》大《だい》和《わ》紙《し》といわれているのが、越《えち》前《ぜん》和《わ》紙《し》（福《ふく》井《い》県《けん》）、美《み》濃《の》和《わ》紙《し》（岐《ぎ》阜《ふ》県《けん》）、土《と》佐《さ》和《わ》紙《し》（高《こう》知《ち》県《けん》）である。それぞれ産《さん》地《ち》によって色《いろ》合《あ》いや肌触《はだざわ》りなどに特徴《とくちょう》があり、昔《むかし》から著名《ちょめい》な日《に》本《ほん》画《が》家《か》に愛用《あいよう》されたり、最高級《さいこうきゅう》の襖《ふすま》や障《しょう》子《じ》紙《がみ》として高《たか》い評《ひょう》価《か》を受《う》けている。その他《ほか》、日《に》本《ほん》にはおよそ百《ひゃく》余《あま》りの和《わ》紙《し》の生《せい》産《さん》地《ち》があるとされているが、和《わ》紙《し》を作《つく》ってみたいという人《ひと》のために、体《たい》験《けん》ができる所《ところ》も多《おお》くある。多《おお》くは紙《かみ》漉《す》きの体《たい》験《けん》だが、中《なか》には木《き》の皮《かわ》をむき、原料液《げんりょうえき》を作《つく》るところから始《はじ》める本《ほん》格的《かくてき》な[4]体《たい》験《けん》ができる所《ところ》もある。無《む》地《じ》の和《わ》紙《し》だけでは物《もの》足《た》りない[5]と思《おも》うなら、自《し》然《ぜん》の葉《は》や花《はな》を入《い》れたり、色《いろ》を付《つ》けてみることもできる。また、体《たい》験《けん》ではポストカードを作《つく》るのが定番《ていばん》ではあるが、中《なか》

▲紙的用途非常廣，日常生活中處處都有紙製品。

▲體驗手作和紙做出獨一無二的花樣，為旅行增添更美好的回憶。

には結婚証明書《けっこんしょうめいしょ》や生《う》まれた赤《あか》ちゃんの名《な》前《まえ》を書《か》く命名紙《めいめいし》などを作《つく》る人《ひと》もいるそうで、世界《せかい》に一枚《いちまい》だけの愛《あい》がこもった特別《とくべつ》な和紙《わし》を作《つく》ることができる。千円以下《せんえんいか》の値段《ねだん》でできる体験《たいけん》もあり、時間《じかん》も一時間《いちじかん》〜二時間程度《にじかんていど》で完成《かんせい》するので、旅《たび》の途中《とちゅう》にぶらりと[6]寄《よ》ってみると、楽《たの》しい思《おも》い出《で》になるのではないだろうか。

日本《にほん》の伝統工芸《でんとうこうげい》として受《う》け継《つ》がれてきた和紙《わし》であるが、最近《さいきん》の「和《わ》モダン」の流行《りゅうこう》から、建築《けんちく》やインテリアに和紙《わし》を使《つか》うことが見直《みなお》されている。障子《しょうじ》や襖《ふすま》だけでなく、壁紙《かべがみ》に和紙《わし》を使《つか》うことで、落《お》ち着《つ》いた[7]空間《くうかん》を生《う》み出《だ》し、また、照明《しょうめい》に和紙《わし》を取《と》り入《い》れることで、和紙《わし》を通《とお》して柔《やわ》らかく優《やさ》しい光《ひかり》へと変化《へんか》し、部屋《へや》に温《ぬく》もりをもたらしてくれる。高級《こうきゅう》ホテルやレストランでもよく和紙《わし》が使《うこ》われているのを目《め》にするが、和紙《わし》の効果《こうか》により居《い》心地《ごこち》のよい「和《わ》」の空間《くうかん》が生《う》まれ、外国人観光客《がいこくじんかんこうきゃく》にも喜《よろこ》ばれているという。この他《ほか》、和紙《わし》にレトロな[8]デザインを施《ほどこ》した文房具《ぶんぼうぐ》などは若者《わかもの》にも人気《にんき》があり、財《さい》布《ふ》、ブックカバーなど、耐久性《たいきゅうせい》に優《すぐ》れた和紙《わし》の特徴《とくちょう》を生《い》かしてユニークな[9]商品《しょうひん》が続々《ぞくぞく》と生《う》まれている。

和紙《わし》は千年生《せんねんい》きるといわれている。変色《へんしょく》が少《すく》なく破《やぶ》れにくい和紙《わし》。平安時代《へいあんじだい》の宝物《たからもの》が所蔵《しょぞう》されている正倉院《しょうそういん》には、七〇二年《ねん》に書《か》かれた最古《さいこ》の戸籍用紙《こせきようし》が残《のこ》っているそうだ。日本《にほん》の歴史《れきし》や文化《ぶんか》の伝達《でんたつ》に重要《じゅうよう》な役割《やくわり》を担《にな》っている和紙《わし》は、二〇一四年《ねん》、ユネスコ無形文化遺産《むけいぶんかいさん》に「日本《にほん》の手漉《てす》き和紙技術《わしぎじゅつ》」として登録《とうろく》された。長《なが》い歴史《れきし》を経《へ》て現在《げんざい》にもその技術《ぎじゅつ》が継承《けいしょう》されている素晴《すば》らしい伝統文化《でんとうぶんか》は、新《あたら》しい要素《ようそ》も取《と》り入《い》れながら現代《げんだい》の生活《せいかつ》にも息《いき》づいている。

紙張是日常生活中不可或缺之物。筆記本、影印紙、紙袋等等，舉也舉不完，雖然全統稱為紙，其實紙張的種類繁多。紙粗略可分為兩類，用歐美傳來的製造法製作的稱為「洋紙」，用日本傳統製造法製作的稱為「和紙」。和紙的特徵是，除了強韌、不易劣化之外，還有溫暖的感覺、優雅的顏色及光澤，與獨特的觸感，不僅在日本國內，在海外也很受歡迎。

據傳紙張製造的方法是在七世紀後半傳入日本，有人將中國的技術帶入日本。之後，日本國內也開始製造紙張，提供僧侶抄經，貴族及武家寫信或和歌時使用，是一般民眾買不起的物品。江戶時代隨著出版文化的發展，紙張需求大增，農夫製紙當副業的潮流擴展到各地，平民們也開始在日常生活中使用紙張。同時，拉門、傘、提燈等紙張的加工技術也跟著發展。

那麼，和紙是怎樣製作的呢？我想，大家應該都知道紙張的原料是樹木，和洋紙的不同點在於使用的樹木種類，和紙大多是用楮、三椏、雁皮等樹種的表皮為原料製作。首先，先把表皮內層的白色部分剝下來，水煮後取出纖維質。接著徹底去除上面的髒汙後，將纖維敲散。負責當糨糊，把敲散後的纖維質黏起來的就是「黃蜀葵」這種植物的根。把根搗碎時流出的黏液和水分，和樹木纖維質混合之後，就完成原漿了。接著使用稱為簀桁（すたけ，竹簾加上外框）的工具，邊搖動原漿抄出紙張（搖動篩子讓紙纖維均勻分布的動作叫做「抄紙」）。抄出來的紙張要用重物等東西擠壓使其脫水，最後乾燥後，就完成和紙了。和紙之所以給人柔和溫暖的感覺，全都是因為如此這般費時費力，細心製造的關係吧。

被譽為日本三大和紙的有越前和紙（福井縣）、美濃和紙（岐阜縣）、土佐和紙（高知縣）。因產地不同，各自的顏色與觸感也各有特徵，從以前就受到知名日本畫家愛用，也以最高級的襖（ふすま、透光拉門）和障子（しょうじ、不透光拉門）紙受到極高評價。另外，日本號稱有大概一百多處的和紙生產地，為了想要嘗試製紙的人，有許多地方都能體驗。大多都是體驗抄紙過程，但也有地方可以體驗從剝樹皮，製作原漿開始的正統製紙過程。如果覺得無花紋的和紙少了點東西，也可以放入自然的葉子、花朵，也可以染色。此外，體驗時製作明信片是基本款，但其中也有人會製作結婚證書或是寫下剛出生的小嬰兒名字的命名紙，可以製作世界上僅有一張，包含著愛意的特別和紙。也有一千日圓以下價格即可體驗的地方，時間也僅需一到兩小時即可完成，所以在旅行途中隨意閒晃去看看，也能成為開心的回憶吧。

以日本的傳統工藝傳承至今的和紙，因為最近「和風摩登」的流行，也開始重新檢討是否能將和紙運用在建築及裝潢上。不僅是拉門紙，把和紙拿來當作壁紙，也可以創造出令人心靈平靜的空間，另外，將和紙運用在照明設備上，光線穿過和紙後會變得柔軟溫和，可以帶給房間溫暖。也常見高級飯店及餐廳使用和紙，和紙的效果可以創造出舒適的「和風」空間，聽說外國觀光客相當喜歡。另外，用和紙搭配復古設計製作的文具等東西也受到年輕人歡迎，錢包、書衣等等，活用了和紙耐用特徵的獨特商品陸續誕生。

有人說和紙可以活過千年，和紙幾乎不會變色且不易破裂。收藏平安時代寶物的正倉院中，據說還留著寫於七〇二年，現存最古老的戶籍用紙。和紙擔負傳達日本歷史及文化的重要任務，二〇一四年，聯合國教科文組織將「日本手漉和紙技術」登錄為無形文化遺產。經過漫長歷史後仍傳承至今的此項技術是相當棒的傳統文化，現在也融入新的要素，活在現代生活中。

單字與句型

單字

1. きりがない：沒完沒了、無止境。
2. 風合《ふうあ》い：品質、手感。
3. ほぐす：解開、拆解。
4. 本格的《ほんかくてき》：①正式、正規。②真正的。在此為①的意思。
5. 物足《ものた》りない：不滿意、覺得缺少什麼。
6. ぶらりと：①垂下。②無所事事。③無目的地隨處晃。在此為③的意思。
7. 落《お》ち着《つ》く：①冷靜。②安定。③和諧、調和。在此為③的意思。
8. レトロ：【英】retrospective，復古、古典。
9. ユニーク：【英】unique，獨特。

句型

・～AながらB：一邊A一邊B，前接續動詞連用形。

七宝《しっぽう》焼《や》き。

—— **七寶燒** 下鳥陽子／著 25

出自：Wikipedia

「七《なな》つの宝《たから》」と書《か》いて「しっぽう」と読《よ》む。長《なが》い時間《じかん》を経《へ》ても宝石《ほうせき》のような発色《はっしょく》があせる[1]ことなく美《うつく》しいためその名《なが》ついたとも言《い》われている。日本《にほん》の焼《や》き物《もの》の伝統工芸技法《でんとうこうげいぎほう》のひとつで、金《きん》・銀《ぎん》・銅《どう》・青銅《せいどう》・鉄《てつ》などの金属《きんぞく》の表面《ひょうめん》に、ガラス質《しつ》の釉薬《ゆうやく》（砂状《すなじょう》や粉末状《ふんまつじょう》にした色《いろ》ガラスに水《みず》やのりを加《くわ》えたもの）をのせて焼《や》き付《つ》けたもののことを指《さ》す。英語《えいご》で「enamel」と書《か》かれたものや、日本語《にほんご》の表記《ひょうき》でも「琺瑯《ほうろう》」といったものを目《め》にすることがあり、なじみのある人《ひと》も多《おお》いだろう。「七宝焼《しっぽうや》き」とは工芸品《こうげいひん》におけるそれを言《い》う。

その起源《きげん》は古代《こだい》エジプトなど中近東《ちゅうきんとう》で生《う》まれたその技法《ぎほう》が、中国《ちゅうごく》や朝鮮《ちょうせん》を経《へ》て六《ろく》～七世紀《しちせいき》ごろ日本《にほん》に伝《つた》わったといわれている。奈良《なら》の正倉院《しょうそういん》には、奈良時代《ならじだい》のものとされる『黄金瑠璃鈿背十二稜鏡《おうごんるりでんはいじゅうにりょうきょう》』が保管《ほかん》されている。日本《にほん》に伝《つた》わった当初《とうしょ》は、「泥七宝《どろしっぽう》」と呼《よ》ばれる古来《こらい》の技法《ぎほう》で釉薬《ゆうやく》にほとんど光沢《こうたく》のない、平面的《へいめんてき》な印象《いんしょう》のものが多《おお》かったという。多《おお》くは刀装《とうそう》

▲泥七寶 出自：Wikipedia

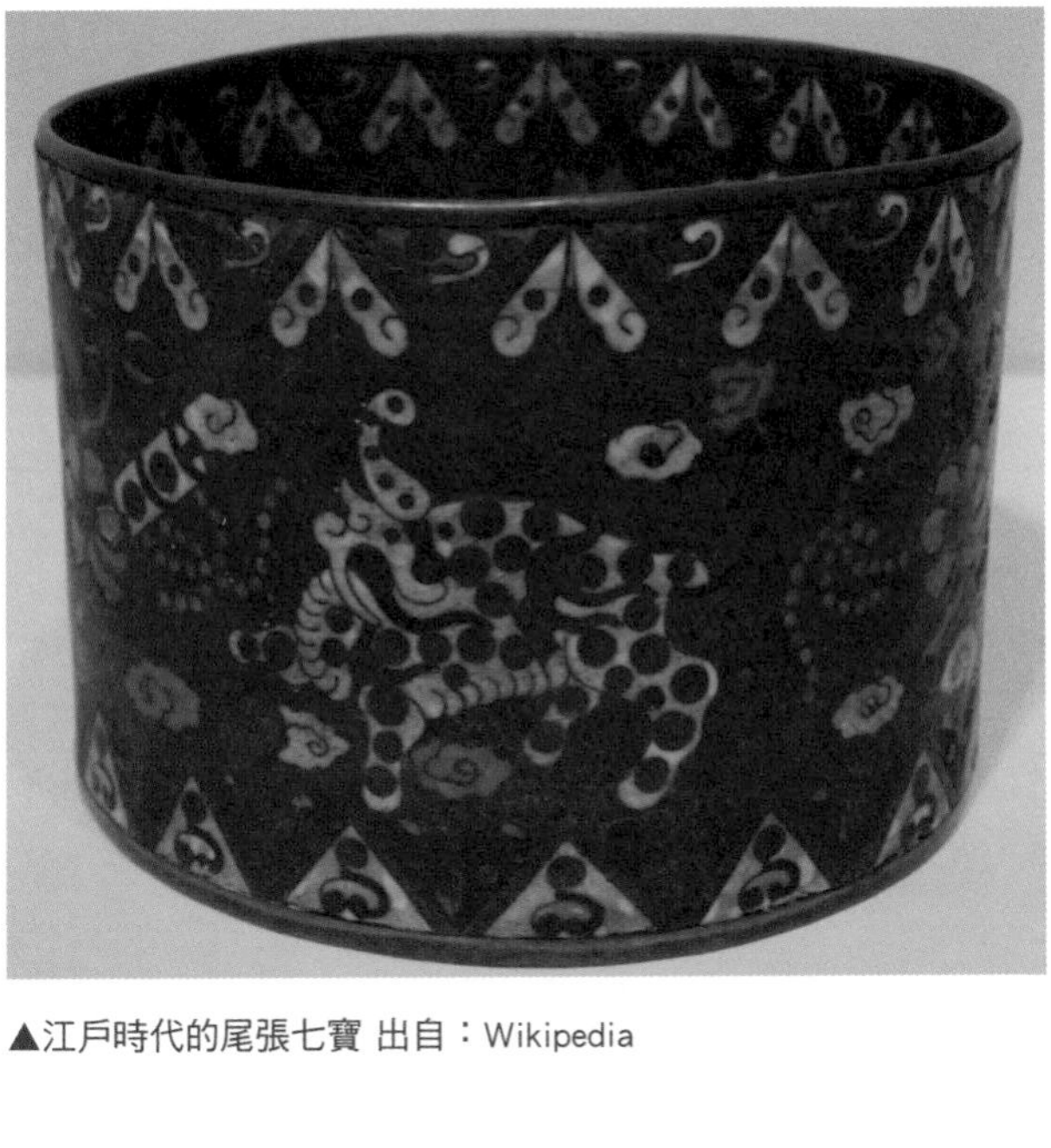
▲江戸時代的尾張七寶 出自：Wikipedia

具《ぐ》に使用《しよう》されたり、寺社仏閣《じしゃぶっかく》や城《しろ》などの釘隠《くぎかく》しや、襖《ふすま》の引手《ひきて》の部分《ぶぶん》の装飾《そうしょく》に使用《しよう》されていた。京都《きょうと》にある大徳寺《だいとくじ》や曼殊院《まんしゅいん》などの引手《ひきて》や釘隠《くぎかく》しなどは「京七宝《きょうしっぽう》」といわれ、織田信長《おだのぶなが》と豊臣秀吉《とよとみひでよし》が政権《せいけん》を握《にぎ》っていた[2]安土桃山時代《あづちももやまじだい》から江戸時代初《えどじだいはじ》め以降《いこう》に京都《きょうと》の金工師《きんこうし》として活躍《かつやく》した嘉《か》長《ちょう》の作《さく》であるといわれている。同《おな》じ「泥《どろ》七宝《しっぽう》」が主流《しゅりゅう》[3]であったこの時期《じき》、「平《ひら》田七宝《たしっぽう》」の祖《そ》[4]といわれた平田道仁《ひらたどうにん》は、朝鮮《ちょうせん》よりその技術《ぎじゅつ》を学《まな》んだといわれ、七《しっ》宝師《ぽうし》として透明感《とうめいかん》のある鮮《あざ》やかな色《いろ》を実《じつ》現《げん》させた。その後《ご》、「平田七宝《ひらたしっぽう》」は明治《めいじ》時代《じだい》までその技術《ぎじゅつ》が引《ひ》き継《つ》がれ、当時《とうじ》の賞勲局《しょうくんきょく》の御用達《ごようたし》[5]職人《しょくにん》として起用《きよう》され[6]、勲章《くんしょう》の製作《せいさく》にあたるなど十一代《じゅういちだい》まで続《つづ》いたとの記録《きろく》が残《のこ》っており、高《たか》く評価《ひょうか》された。

江戸時代中期《えどじだいちゅうき》には京都《きょうと》以外《いがい》の各地《かくち》でも独自《どくじ》の技法《ぎほう》を用《もち》いた七宝《しっぽう》が作《つく》られるようになった。その中《なか》でも尾張藩《おわりはん》（現在《げんざい》の愛《あい》知県《ちけん》）の藩士《はんし》で近代七宝《きんだいしっぽう》の祖《そ》と称《しょう》された梶常吉《かじつねきち》は、オランダの七宝《しっぽう》に興味《きょうみ》を持《も》ち独学《どくがく》[7]でその技法《ぎほう》を研究《けんきゅう》し「尾張七宝《おわりしっぽう》」を確立《かくりつ》させた。七宝《しっぽう》の技術《ぎじゅつ》は、飾《かざ》り職人《しょくにん》（金属《きんぞく》を加工《かこう》し飾《かざ》り金具《かなぐ》などの細工《さいく》をする職人《しょくにん》）と連携《れんけい》し、女性《じょせい》の頭《あたま》につけるかんざしや、侍《さむらい》の刀《かたな》の鍔《つば》[8]や印籠《いんろう》など身《み》の回《まわ》りの装飾品《そうしょくひん》に使《つか》われ、その人気《にんき》とともに飛躍的《ひやくてき》な進歩《しんぽ》を遂《と》げることとなった。残念《ざんねん》ながら閉鎖的《へいさてき》な伝承《でんしょう》（一子相伝《いっしそうでん》）により、その技術《ぎじゅつ》はなかなか広《ひろ》まることがなかった。

これまで武家屋敷《ぶけやしき》などの装飾《そうしょく》といった特殊《とくしゅ》な用途《ようと》で起用《きよう》されていた七宝《しっぽう》も、次《し》第《だい》に欧米《おうべい》へと盛《さか》んに輸出《ゆしゅつ》されるようになると、その技術《ぎじゅつ》も高《たか》い評価《ひょうか》を得《え》るようになった。高級美術品《こうきゅうびじゅつひん》としての地位《ちい》も確立《かくりつ》され尾張《おわり》を中心《ちゅうしん》に輸出産業《ゆしゅつさんぎょう》として発展《はってん》した。職人《しょくにん》たちの激《はげ》しい競争《きょうそう》によりその技《ぎ》術《じゅつ》が磨《みが》かれたと同時《どうじ》に、透明度《とうめいど》の高《たか》い釉《ゆう》薬《やく》も開発《かいはつ》されたことで、さらに多《おお》くの技《ぎ》法《ほう》や表現《ひょうげん》が生《う》み出《だ》されてきた。このようにして、明治時代末《めいじじだいすえ》ごろまでには、現在《げんざい》見《み》られる七宝《しっぽう》の技法《ぎほう》のほとんどがそろったといわれている。

ひとくち[9]に七宝焼《しっぽうやき》といっても、その技《ぎ》法《ほう》はさまざまである。「有線七宝《ゆうせんしっぽう》」とは、紋様《もんよう》の輪郭線《りんかくせん》を描《えが》くために金《きん》や銀《ぎん》の細《ほそ》い帯状《おびじょう》の線《せん》を金属《きんぞく》の素地《そじ》の表面《ひょうめん》に貼《は》り付《つ》け（植線《しょくせん》）、金属線《きんぞくせん》で囲《かこ》まれた輪郭《りんかく》の中《なか》や外《そと》に釉薬《ゆうやく》を差《さ》し、焼《や》き付《つ》け（焼成《しょうせい》）ることで模様《もよう》をつくるものである。これは前《まえ》にも述《の》べた「尾張七宝《おわりしっぽう》」の大《おお》きな特《とく》徴《ちょう》ともいえる。それに対《たい》して、釉薬《ゆうやく》を差《さ》した後《あと》、金属線《きんぞくせん》を取《と》り除《のぞ》き焼《や》き付《つ》けたり、初《はじ》めから金属線《きんぞくせん》を貼《は》り付《つ》けずに釉薬《ゆうやく》を差《さ》す「無線七宝《むせんしっぽう》」などがある。濤川惣《なみかわそう》助《すけ》はその代表的《だいひょうてき》な七宝師《しっぽうし》で、図柄《ずがら》の輪郭《りんかく》線《せん》のない部分《ぶぶん》で釉薬《ゆうやく》がグラデーションを生《う》むことで、水面《すいめん》に映《うつ》る陰影《いんえい》などを立体《りったい》感《かん》のある絵画的《かいがてき》かつ写実的《しゃじつてき》に表現《ひょうげん》することに成功《せいこう》した。いずれの技法《ぎほう》も納得《なっとく》のいく色《いろ》になるまで、釉薬《ゆうやく》を差《さ》す作業《さぎょう》と焼成《しょうせい》を何度《なんど》か繰返《くりかえ》し、最後《さいご》に磨《みが》きをかけ表面《ひょうめん》を滑《なめ》らかにすることですばらしい色彩《しきさい》と光沢《こうたく》が生《う》まれる。七宝《しっぽう》ができるまでにはそれぞれの工程《こうてい》で繊細《せんさい》な感覚《かんかく》を必要《ひつよう》とするため模様《もよう》が複雑《ふくざつ》なほど、手間《てま》も時間《じかん》もかかるのは言《い》うまでもない。

最近《さいきん》では、ブローチなどのアクセサリーなど日常《にちじょう》でも使《つか》うことができる七宝焼《しっぽうや》きを短時間《たんじかん》で体験《たいけん》できるところもあったり、自宅《じたく》で簡単《かんたん》に楽《たの》しめるキットも販売《はんばい》されているので、オリジナルの七宝焼《しっぽうや》きを作《つく》ってみてはどうだろうか。

寫成「七個寶物」，念做「Shippou」。據說是因為經過漫長時間後，仍維持如寶石般，不會退色的美麗顏色，所以有了這個名字。這是日本燒造物的傳統工藝技法之一，在金、銀、銅、青銅、鐵等金屬的表面上，塗上玻璃質地的釉藥（製作成砂狀或是粉末狀的有色玻璃加水或漿糊混合而成的東西）後焙燒而成的東西。也會看到英文寫成「enamel」，或是在日文中寫成「琺瑯」，所以應該也有不少人很熟悉吧。「七寶燒」就是工藝品中的這個東西。

據說其起源是在古代埃及等中東、近東區域誕生的技法，經由中國與朝鮮，於六～七世紀左右傳進日本。奈良的正倉院裡，保存著被認為是奈良時代（七一〇年～）製成的『黃金琉璃鈿背十二稜鏡』。剛傳進日本當時，是被稱為「泥七寶」的古老技法，釉藥幾乎沒有光澤，多給人平面的印象。大多使用在刀裝具、寺社佛閣及城堡的釘帽遮掩物，及拉門把手部分的裝飾上。京都的大德寺及曼殊院等地方的拉門把手及釘帽遮掩物被稱為「京七寶」，據傳是織田信長與豐臣秀吉掌握政權的安土桃山時代（一五七三年～）到江戶時代（一六〇三年～）初期後，活躍於京都的金工師嘉長的作品。同樣以「泥七寶」為主流的這個時期，被尊為「平田七寶」之祖的平田道仁，據說從朝鮮學來這種技術，以七寶師身分，成功呈現出有透明感的鮮豔色彩。之後，「平田七寶」的技術在明治時代（一八六八年～）前被傳承下來，受到任用為當時的賞勳局（負責勳章、獎章與榮典等相關事務的管理）御用工匠，留下了負責製作勳章直至第十一代的紀錄，受到極高評價。

江戶中期，京都以外的各地也開始用獨自的技法製作七寶。其中，尾張藩（現在的愛知縣）的藩士，被譽為近代七寶之祖的梶常吉，因為對荷蘭的七寶產生興趣而獨自研究其技法，確立了「尾張七寶」。七寶的技術，與裝飾工匠（加工金屬、製作裝飾金屬等工藝品的工匠）合作，使用在女性插在頭上的髮簪、武士的刀鍔及印籠等身邊物品的裝飾上，與其人氣一起達到飛躍性的進步。但很遺憾，因為封閉性的傳承（獨子相傳），所以此項技術不太能普及。

在這之前被拿來使用於武家家宅裝飾等特殊用途的七寶，慢慢地也在歐美盛行，開始外銷，其技術也獲得極高評價。也確立了高級美術品的地位，以尾張為中心，發展出外銷產業。因為工匠們的激烈競爭下，此項技術琢磨的同時，也因為開發出高透明度的釉藥，創造出了更多的技法與表現。如此這般，到明治時代末期左右時，現在可見的七寶技法幾乎全部到齊了。

雖然全統稱為七寶燒，其技法相當多樣。「有線七寶」是用金、銀的帶狀細線貼在金屬的素胎表面上來畫出花紋的輪廓（植線），在金屬線圍出來的輪廓內或外上釉藥，燒造（燒成）創造出花紋。這也可說是前述的「尾張七寶」的一大特徵。與此相對，上完釉藥後把金屬線拆掉後燒造，或是一開始就不貼金屬線直接上釉藥的方法稱為「無線七寶」。濤川惣助就是代表性七寶師，在沒有花紋輪廓線的部分用釉藥創造出色彩深淺，成功表現出倒映水面上的陰影等有立體感，如繪畫般且寫實的感覺。不管哪一種技法，直到做出想要的顏色前，會不斷重複上釉藥、燒造的步驟，最後研磨表面，使其變得光滑，創造出漂亮的色彩與光澤。七寶在成品完成前，每個步驟都需要細膩的感覺，所以模樣愈複雜，愈費時費工也是理所當然的了。

最近，有地方可以在短時間內體驗，在日常生活中也可使用的胸針等裝飾品的七寶燒，也有販售在家裡就能簡單享受樂趣的套組，試著做做看自己獨創的七寶燒如何呢？

單字與句型

單字

1. あせる：褪色。
2. 握《に》ぎる：①握住（物品）。②掌握（權利等事物）。在此為②的意思。
3. 主流《しゅりゅう》：主流。
4. ～の祖《そ》：～的教主、創始人。
5. 御用達《ごようたし》：擁有出入宮廷、官廳許可的商人或職人工匠。
6. 起用《きよう》する：任用。
7. 独学《どくがく》：自學。
8. 刀《かたな》の鍔《つば》：刀鍔。裝置在刀身與刀柄間，防止手滑的金屬片。
9. ひとくち：①一口、一份。②簡短的一句話、三言兩語。在此為②的意思。

句型

・～ことなく：不做～。前續動詞連體形。

和服《わふく》。

和服　原口和美／著　26

「和服《わふく》」とは、日本言葉《にほんことば》も和服《わふく》と同意《どうい》義《ぎ》で使《つか》われているが、これは西洋様式《せいようようしき》の服《ふく》が着《き》られる前《まえ》に古《ふる》くからあった様式《ようしき》の民族服《みんぞくふく》を指《さ》す。また「着物《きもの》」というようになる前《まえ》までは、着《き》るものを着物《きもの》のと呼《よ》んでいた。その後《ご》、西洋《せいよう》から来《き》た様式《ようしき》の服《ふく》との区別《くべつ》をつけるために、西洋《せいよう》から来《き》たものを「洋服《ようふく》」、日本《にほん》に元々《もともと》あったものを和服《わふく》とした。しかし、着物《きもの》という言葉《ことば》は古《ふる》くから着《き》られている服《ふく》、和服《わふく》を指《さ》すという位置付《いちづ》けは変《か》わらず、今日《こんにち》のような「和服《わふく》＝着物《きもの》」という意味《いみ》となった。海外《かいがい》では「着物《きもの》」という言葉《ことば》の方《ほう》をよく耳《みみ》にするのではないだろうか。

和服《わふく》は、公的《こうてき》な儀式《ぎしき》やもしくは花嫁《はなよめ》が着《き》る「礼装着《れいそうぎ》」、入学式《にゅうがくしき》や披露宴《ひろうえん》などに着《き》ていく「略礼装着《りゃくれいそうぎ》」、訪問《ほうもん》や簡単《かんたん》なパーティーに適《てき》した「外出着《がいしゅつぎ》」、ちょっとした外出《がいしゅつ》に着《き》る「普段着《ふだんぎ》」・「浴衣《ゆかた》」に格《かく》が分《わ》けられており、TPO《ティーピーオー》[1]に合《あ》わせて使《つか》い分《わ》けなくてはいけない。また、腰《こし》に巻《ま》いて和服《わふく》を固定《こてい》させる「帯《おび》」や「半《はん》衿《えり》」、「帯揚《おびあげ》」、「帯締《おびじめ》」、「帯留《おびどめ》」、

「草履《ぞうり》」、「バッグ」などの小物《こもの》にも様々《さまざま》な種類《しゅるい》や格《かく》がある。和服《わふく》の大《おお》きな魅《み》力《りょく》の一《ひと》つに文様《もんよう》[2]の美《うつく》しさが挙《あ》げられるだろう。もちろん前述《ぜんじゅつ》の通《とお》りTPO《ティーピーオー》に合《あ》わせたものを選《えら》ぶ必要《ひつよう》があるのだが、着《き》物《もの》の文様《もんよう》には種類《しゅるい》が多《おお》く植物《しょくぶつ》、自然《しぜん》、動《どう》物《ぶつ》、生活用具《せいかつようぐ》をモチーフにしたものに、割付文様《わりつけもんよう》[3]など、ここでは紹介《しょうかい》しきれないほどの種類《しゅるい》があって、美《うつく》しいだけではなく、一《ひと》つ一《ひと》つに意味《いみ》や願《ねが》いなどが込《こ》められている。さらに、そこへ各々《おのおの》の好《この》みの帯《おび》や小物《こもの》などを合《あ》わせていくのであるのだから、組《く》み合《あ》わせにアレンジを加《くわ》えれば、いろいろな印象《いんしょう》を出《だ》すことができる。和服《わふく》を通《とお》して自分《じぶん》の個性《こせい》を表現《ひょうげん》することが出来《だき》ると言《い》っても過言《かごん》ではないだろう。

今日《こんにち》の日本《にほん》では、旅館《りょかん》の女将《おかみ》さんなど特定《とくてい》の職業《しょくぎょう》に就《つ》いている人《ひと》や、お茶《ちゃ》やお花《はな》などの伝統文化《でんとうぶんか》・芸能《げいのう》などに関《かか》わりのある立場《たちば》でない限《かぎ》り日常的《にちじょうてき》に着物《きもの》を着《き》るという人《ひと》は決《けっ》して多《おお》くないだろう。日《にち》常的《じょうてき》に着《き》る機会《きかい》は少《すく》なくなってしまったが、冠婚葬祭《かんこんそうさい》[4]の時《とき》に着《き》るいわゆる「晴《はれ》着《ぎ》」として着《き》る習慣《しゅうかん》はあり、「七五三《しちごさん》」、「成人式《せいじんしき》」、「入学式《にゅうがくしき》」、「卒業式《そつぎょうしき》」、「披露宴《ひろうえん》」、「観劇《かんげき》」、「お正月《しょうがつ》」などのおめでたい日《ひ》に和服《わふく》を着《き》てお祝《いわ》いをするのだ。特《とく》に、子供《こども》の成長《せいちょう》を祝《いわ》う七五三《しちごさん》、成人《せいじん》のお祝《いわ》いをする成人式《せいじんしき》では

▲每年十一月十五日為七五三節，家中有三歲、五歲、七歲孩童的家庭會去神社參拜，祈求孩子能健康成長。

▲每年一月的第二個星期一為成人日，慶祝年滿二十歲的青年男女成年。

一生《いっしょう》に一度《いちど》のことだと、奮発《ふんぱつ》して[5]子供《こども》にいい和服《わふく》を着《き》せてあげる親《おや》が多《おお》い。そして、和服《わふく》の中《なか》で遊《あそ》び着《ぎ》である浴衣《ゆかた》。先《さき》に述《の》べた和服《わふく》に比《くら》べて薄手《うすで》であり、木綿《もめん》地《じ》のものや通気性《つうきせい》もよく軽《かる》くて動《うご》き易《やす》い作《つく》りになっている。元《もと》は江戸時代《えどじだい》に湯上《ゆあ》がり用《よう》として着《き》られていた。浴衣《ゆかた》は夏祭《なつまつ》り[6]や縁日《えんにち》[7]、盆踊《ぼんおど》りなどの夏《なつ》に着《き》られる。和服《わふく》の中《なか》でも浴衣《ゆかた》は、他《ほか》のものに比《くら》べて勝手《かって》がよく、日常生活《にちじょうせいかつ》で着《き》られる機《き》会《かい》が多《おお》い。また、よく旅館《りょかん》やホテルなどで寝巻《ねま》きとして浴衣《ゆかた》が用意《ようい》されている事《こと》がある。ちなみに浴衣《ゆかた》は略装《りゃくそう》であるので正式《せいしき》な場《ば》へ着《き》ていくことはマナー違反《いはん》である。

では、和服《わふく》を日常的《にちじょうてき》に着用《ちゃくよう》していた日《に》本人《ほんじん》はなぜ、現在《げんざい》のように限《かぎ》られた機会《きかい》にしか和服《わふく》を着《き》なくなってしまったのだろうか。江戸時代《えどじだい》の鎖国《さこく》が終焉《しゅうえん》を迎《むか》え、西洋諸国《せいようしょこく》に追《お》いつこうと積極的《せっきょくてき》に海外《かいがい》からの文化《ぶんか》を取《と》り入《い》れ始《はじ》めた日本《にほん》。そして「明治維新《めいじいしん》[8]」と呼《よ》ばれる改革《かいかく》が洋装化《ようそうか》に更《さら》に大《おお》きく影響《えいきょう》した。まず、陸海軍《りくかいぐん》の軍服《ぐんぷく》に洋服《ようふく》を取《と》り入れた。その後《ご》、宮中《きゅうちゅう》[9]の礼服《れいふく》は洋服《ようふく》が制定《せいてい》されるなど、洋装化《ようそうか》を進《すす》めていく。しかし、和服《わふく》に慣《な》れ親《した》しんでいた人々《ひとびと》はすぐには受《う》け入《い》れられるわけではなく、「袴《はかま》にブーツ」や「着物《きもの》にショール」などという和洋折衷《わようせっちゅう》の服装《ふくそう》が出来上《できあ》がっていった。そして西《せい》洋《よう》の文化《ぶんか》を一般庶民《いっぱんしょみん》が受《う》け入《い》れ、楽《たの》しんだ大正時代《たいしょうじだい》を経《へ》て、第二次世界大戦後《だいにじせかいたいせんご》にはほとんどの人《ひと》が洋服《ようふく》を着《き》るようになったのである。それに加《くわ》え、和服《わふく》の価格《かかく》や着付《きつ》け・保管《ほかん》の難《むずか》しさ、和服着用時《わふくちゃくようじ》のルールが難解《なんかい》である事《こと》などから、和服《わふく》を所《しょ》持《じ》するのは敷居《しきい》が高《たか》いように感《かん》じる若《わか》い人《ひと》たちが多《おお》い。さらに、洋服《ようふく》の動《うご》きやすさに慣《な》れてしまった今日《こんにち》の我々《われわれ》には和服《わふく》を着《き》て一日《いちにち》を過《す》ごすことは容易《ようい》な事《こと》ではない。様々《さまざま》な理由《りゆう》から、浴衣《ゆかた》は例外《れいがい》として和服《わふく》を所持《しょじ》している人《ひと》は少《すく》なくなったが、最近《さいきん》ではレンタルで和服《わふく》が借《か》りられるようになったことや、価格《かかく》も比較的安《ひかくてきあん》価《か》になってきたことから、最近《さいきん》では旅行《りょこう》や町歩《まちある》き[10]などで和服《わふく》をレンタルして楽《たの》しむ日本人《にほんじん》が増《ふ》えて来《き》た。

和服，指稱日本自古以來即有的民族服飾樣式。此外，「著物（Kimono）」這個詞也被當成和服的同義詞使用，這是因為人們開始穿著西洋樣式的衣服以前，把身上穿著的衣物稱為「著物」。之後，為了區別西洋樣式的衣服，於是將西洋傳來的衣物稱為「洋服」，日本原有的衣服稱為「和服」。但是，著物是指自古穿著至今的衣服，指稱和服的地位也沒有改變，才會變成今天這樣「和服＝著物」的狀況。大家應該也常在海外聽到「Kimono」這個名詞吧。

和服分為在官方儀式或者是新娘穿著的「禮裝著（禮服）」，在入學典禮或是結婚典禮上穿著的「略禮裝著（簡易禮服）」，適合在訪問時及簡單派對中穿著的「外出著（外出服）」，稍微外出時穿著的「普段著（便服）」、「浴衣」等各種等級，得配合時間、地點、場合分開使用。另外，纏在腰上固定和服的「腰帶」、「半衿（はんえり）」、「帶揚（おびあげ）」、「帶締（おびじめ）」、「帶留（おびどめ）」、「草鞋」、「包包」等小東西也有各式告樣的種類與等級。和服的最大魅力之一，就是其美麗的花色。當然如前述所示，得要配合時間、地點、場合選用，但和服的花色種類眾多，有以植物、自然、動物、生活用品為原型的花色，也有割付文樣等，種類繁多不及備載，不僅美麗，每個花色中都有意義和祈願。另外，也可以搭配各自己喜愛的腰帶和小配件，只要在搭配上做點變更，就能創造出各種不同的感覺。可說是能夠透過和服表現自己的個性也不為過吧。

在現代日本，如果不是旅館老闆娘等特定職業的人，以及從事茶道、花道等與傳統文化、藝能相關的人，在日常生活中穿著和服的人絕對不多吧。雖然在日常生活中穿著的機會變少了，但有在冠婚喪祭時把和服當「華服」穿著的習慣，「七五三」、「成人典禮」、「入學典禮」、「畢業典禮」、「結婚典禮」、「觀劇」、「新年」等值得慶賀的日子裡穿著和服祝福。特別是慶祝孩子成長的七五三，以及慶祝成人的成人典禮，是一生僅此一次的事情，有許多父母會豁出去花大錢讓孩子穿上好和服。另外，和服中還有遊玩時穿著的浴衣。與前述的和服相較，布料輕薄，有棉布製的和透氣性佳的，重量輕且容易活動。原本是江戶時代時於沐浴後著用。大家會在夏日祭典、廟會、盂蘭盆舞等夏天的活動中穿著。在和服中，與其他款式相較，浴衣方便好用，在日常生活中穿著的機會也多。另外，旅館和飯店等地方也常準備浴衣給住宿客當睡衣穿。順帶一提，因為浴衣是相當簡略的服裝，所以穿到正式場合是違反禮儀的行為。

那麼，為什麼過去在日常生活中穿著和服的日本，現在會變成僅在特定的時間穿著和服呢？江戶時代的鎖國接近尾聲時，日本為了要追上西洋諸國，開始積極接受海外的文化，接著，人稱「明治維新」的改革為西式服裝化帶來更大的影響。首先，陸海軍的軍服開始改成西式服裝，之後，宮中的禮服也制定為西式服裝等等，西式服裝化慢慢進展。但是，早已穿慣和服的民眾，當然沒辦法立刻接受，於是出現了「袴（褶裙，和服的一種褲子）」搭配長靴」、「和服搭披肩」這類和洋折衷的服裝。接著，西洋文化開始為一般民眾接受，且樂在其中的大正時代過去後，第二次世界大戰之後，幾乎所有人都已經穿著西式服裝了。再加上，和服的價格以及穿著、保管困難，穿著和服時的規則難懂等原因，許多年輕人開始覺得擁有和服的門檻很高。此外，已經習慣西式服裝容易活動的我們，時至今日，要穿著和服過一天也不是件容易的事。因為各種理由，擁有除了浴衣以外的和服的人也越來越少，但因為最近變得可以租借和服，價格也變得較為低廉，也增加了不少在旅行或是城市散步時，享受租借和服樂趣的日本人。

單字與句型

單字

1. TPO《ティーピーオー》：時間（time）、地點（place）、場合（occasion）的略稱。
2. 文様《もんよう》：花紋、紋路。
3. 割付文様《わりつけもんよう》：無縫圖樣。一個規律，且可以無限延展的圖樣。
4. 冠婚葬祭《かんこんそうさい》：婚喪喜慶。
5. 奮発《ふんぱつ》する：豁出去大花一筆錢。
6. 夏祭《なつまつ》り：夏日祭典。
7. 縁日《えんにち》：神佛的生辰、降臨、顯靈等日子。通常會在此日舉行祭典。
8. 明治維新《めいじいしん》：由明治政府實施的改革運動。
9. 宮中《きゅうちゅう》：天皇的住所。
10. 町歩《まちある》き：街道漫遊。藉由散步，享受當地的歷史、自然、人文風情。

句型

- 決《けっ》して～ない：絕不～。
- ～わけではない：並不是～。前續普通形。

藍染《あいぞめ》。

藍染　原口和美／著　27

美《うつく》しい藍色《あいいろ》に染《そ》められた絹《きぬ》や麻《あさ》、木綿《もめん》で作《つく》られた布製品《ぬのせいひん》を見《み》た事《こと》があるだろうか。その藍色《あいいろ》は深《ふか》く美《うつく》しい。生地《きじ》を美《うつく》しい藍色《あいいろ》に染《そ》める技法《ぎほう》を「藍染《あいぞ》め」と言《い》い、藍染《あいぞ》めに使用《しよう》される染料《せんりょう》は「蓼藍《たであい》」と呼《よ》ばれる植物《しょくぶつ》を発酵《はっこう》させ作《つく》られたものである。藍染《あいそ》めを用《もち》いた商品《しょうひん》は多《おお》くあり、藍《あい》染《ぞ》め生地《きじ》を使《つか》った小物《こもの》、衣服《いふく》、変《か》わったものでは藍染《あいぞ》めされた皮製品《かわせいひん》で作《つく》られた財布《さいふ》まであるほどだ。蓼藍《たであい》は藍染《あいそ》めの染《せん》料《りょう》としてだけではなく、古《ふる》くは薬草《やくそう》として人々《ひとびと》に親《した》しまれていた。解熱《げねつ》、解毒《げどく》、消炎《しょうえん》に効果《こうか》があるとされ、その蓼藍染《たであいそ》められた生地《きじ》は美《うつく》しいばかりでなく、防虫《ぼうちゅう》効果《こうか》に優《すぐ》れており肌《はだ》にも良《よ》いのだ。

藍染《あいぞ》めは日本《にほん》のみならずエジプトやインドでも行《おこな》われているが、日本《にほん》においての藍染《あいぞ》めの歴史《れきし》は奈良時代《ならじだい》からだと言《い》われている。その後《ご》、時《とき》を経《へ》て庶民《しょみん》に浸透《しんとう》したのは、江戸時代《えどじだい》に阿波《あわ》の国《くに》（現在《げんざい》の徳島県《とくしまけん》）の大名《だいみょう》、「蜂須賀家政《はちすかいえまさ》」が徳島《とくしま》藩《はん》での藍《あい》の生産《せいさん》を保護《ほご》、奨励《しょうれい》を進《すす》めたためである。阿波《あわ》の国《くに》をはじめ日本各地《にほんかくち》で盛《さか》んになっていった藍染《あいぞ》め、中《なか》でも阿波《あわ》の国《くに》で染《そ》められた藍色《あいいろ》は質《しつ》が良《よい》[1]とされ、「阿波正藍染《あわしょうあいぞ》め」と区別《くべつ》されるほどである。明治時代《めいじじだい》には藍染《あいぞ》めで染《そ》められた布《ぬの》は店先《みせさき》の暖簾《のれん》や制服《せいふく》、着物《きもの》に使用《しよう》されていた。「ジャパン・ブルー」と言《い》う言葉《ことば》をご存知《ぞんじ》だろうか。これは明治時代《めいじじだい》に来日《らいにち》したイギリス人《じん》が街中《まちじゅう》に溢《あふ》れる[2]藍色《あいいろ》を見《み》て「ジャパン・ブルー」とその美《うつく》しさを表《あらわ》したことに始《はじ》まるそうだ。藍《あい》色《いろ》は庶民《しょみん》の暮《く》らしに美《うつく》しさを添《そ》えてきたのだ。だが、明治時代後期《めいじじだいこうき》になると藍染《あいぞめ》は窮地《きゅうち》に追《お》い込《こ》まれる[3]。インドから質《しつ》の高《たか》いインド藍《あい》が輸入《ゆにゅう》されるようになったのだ。そして、科学合成《かがくごうせい》された人口藍《じんこうあい》によって伝統的《でんとうてき》な天然《てんねん》の藍染《あいぞ》めは衰退《すいたい》の道《みち》を辿《たど》ることとなる。追《お》い討《う》ちをかけた[4]のは一九四一年《ねん》から一九四五年《ねん》に行《おこな》われた太平洋戦争《たいへいようせんそう》、藍染《あいぞ》めは作付《さくづ》けすらも禁《きん》じられてしまったのである。戦争《せんそう》という局面《きょくめん》で、薬草《やくそう》にもなる貴重《きちょう》な藍《あい》を染料《せんりょう》として使《つか》うことは、言語道断《ごんごどうだん》だったのである。しかし、この禁止令《きんしれい》のもとで、命《いのち》を掛《か》けて藍染《あいぞ》めを守《まも》った藍師《あいし》がいた。徳《とく》島県《しまけん》の藍師《あいし》「佐藤平助《さとうへいすけ》」、その姪《めい》「岩田《いわた》ツヤ子こ」である。彼《かれ》らは人目《ひとめ》を避《さけ》て蓼《たで》藍《あい》を栽培《さいばい》し続《つづ》けた。伝統的《でんとうてき》な蓼藍《たであい》・藍染《あいぞ》めを絶《た》やすことなく今日《こんにち》に残《のこ》すことができたのは彼《かれ》らの努力《どりょく》があったからこそなのだ。

「サムライブルー」。サッカー・ワールドカップ日本代表《にほんだいひょう》の愛称《あいしょう》である。日《に》本代表《ほんだいひょう》が着用《ちゃくよう》しているユニフォーム。デザインは変更《へんこう》されても、ベースはいつも青《あお》。その昔《むかし》、武将達《ぶしょうたち》は戦《たたか》いに挑《いど》むとき、藍染《あいぞ》めで濃《こ》く染《そ》められた藍色《あいいろ》「褐色《かっしょく》」に染《そ》められた服《ふく》や武具《ぶぐ》を身《み》につけた。「褐《かっ》色《しょく》」とは染《そ》め出《だ》された藍色《あいいろ》の名称《めいしょう》の一《ひと》つで、「褐色《かっしょく》」＝「勝色《かちいろ》」になるようにと

▲日本世足球衣的底色一直都是帥氣的「武士藍」。

▲染料很容易上色，若有機會親身體驗，記得一定要戴手套喔！

験《げん》を担《かつ》いだ[5]ことに始《はじ》まる。サムライブルーは、困難《こんなん》を乗《の》り越《こ》え現代《げんだい》で今《いま》なお強《つよ》く輝《かがや》く伝統色《でんとうしょく》であり、勝利《しょうり》を願《ねが》う色《いろ》、それはまさに世界《せかい》の強豪《きょうごう》に挑《いど》む日本《にほん》のサムライたちが身《み》につけるのにふさわしい色《いろ》ではないだろうか。

本来《ほんらい》、藍染《あいぞ》めは非常《ひじょう》に手間《てま》がかかる工程《こうてい》を踏《ふ》まなくてはならない。収穫《しゅうかく》、発酵《はっこう》だけでも百日以上《ひゃくにちいじょう》を費《つい》やすほどだ。その過程《かてい》の多《おお》さから「地獄建《じごくだて》」とも呼《よ》ばれる。大変《たいへん》な苦労《くろう》をして出来上《できあ》がった藍《あい》汁《しる》に生地《きじ》を何度《なんど》も漬《つ》けては取《と》り出《だ》し漬《つ》けては取《と》り出《だ》し、好《この》みの色《いろ》を染《そ》め出《だ》していく。藍染《あいぞ》め製品《せいひん》の色落《いろお》ちを懸念《けねん》する人《ひと》が多《おお》いが、伝統的《でんとうてき》な化学薬品《かがくやくひん》を一切使用《いっさいしよう》しない「本藍染《ほんあいぞ》め」は決《けっ》して色《いろ》が落《お》ちない[6]。美《うつく》しい藍《あお》を保《たも》ち続《つづ》ける。

今《いま》では約二時間《やくにじかん》ほどあれば昔《むかし》ながら[7]の藍汁《あいしる》を使《つか》った藍染《あいぞ》めを手軽《てがる》に体験《たいけん》することができる。徳島県《とくしまけん》に限《かぎ》らず、全国《ぜんこく》に工房《こうぼう》があるので観光地《かんこうち》に出向《でむ》いたついでに参加《さんか》してみるのも良《よい》のではないだろうか。ハンカチ、Tティシャツやストール、日傘《ひがさ》などを染《そ》めることが出来《でき》る。藍染《あいぞ》めは生地《きじ》を藍汁《あいしる》に漬《つ》ける長《なが》さ・回数《かいすう》でその濃淡《のうたん》を調節《ちょうせつ》することができ、生地《きじ》を縛《しば》ったり縫《ぬ》ったりすることで藍汁《あいしる》を浸透《しんとう》させず生地本来《きじほんらい》の色《いろ》を残《のこ》すことで好《この》みの模様《もよう》をつけることが出来《でき》る。同《おな》じものが二度《にど》とは出来《でき》ない藍染《あいぞ》め、自分《じぶん》だけの作品《さくひん》を作《つく》ることが出来《でき》るのだ。その魅力《みりょく》に取《と》り憑《つ》かれたら、一度《いちど》ではなく何度《なんど》でも染《そ》めてしまいたくなるかもしれない。工房《こうぼう》に行《い》けなくても、最近《さいきん》では体験《たいけん》キット[8]が発売《はつばい》されており、自宅《じたく》でも気軽《きがる》に藍染《あいぞ》めを体験《たいけん》できる。

自分《じぶん》の手《て》で染《そ》め出《だ》した藍色《あいいろ》、既成《きせい》[9]のものよりも一層深《いっそうふか》く美《うつく》しく、愛着《あいちゃく》が湧《わ》くのではないだろうか。試《ため》してみてはいかがだろうか。

大家應該看過染上漂亮藍色的絹、麻或是木棉做成的布製品吧。那個藍色深邃漂亮。將布料染上漂亮藍色的技法稱為「藍染」，用於藍染的染料是將「蓼藍」這種植物發酵後製成。使用藍染的產品相當多，使用藍染布料製作的小物、衣服，特別的東西甚至有用藍染的皮革製成的皮夾等等。蓼藍不僅是藍染的染料，自古以來也是人們熟知的藥草。有解熱、解毒、消炎的效果，用蓼藍染色的布料不僅漂亮，也有很好的防蟲效果，對肌膚也很溫和。

不僅日本，埃及、印度也有藍染技術，日本的藍染歷史據說從奈良時代開始。之後，因為江戶時代阿波國（現在的德島縣）的大名，「蜂須賀家政」在德島藩守護、獎勵蓼藍的生產，藍染隨著時間過去滲透入平民生活。以阿波國為始，藍染在日本各地皆相當興盛，其中也以阿波國染出來的藍色品質為高，甚至用「阿波正藍染」的名字來加以區分。明治時代，藍染染出來的布用於店頭的門簾、制服及和服上。大家聽過「Japan Blue」這個名詞嗎？據說這是起始於明治時代來日本的英國人，看見街上充斥的藍色，說出「Japan Blue」以表現那一份美。藍色帶給平民的生活一份美。但是，進入明治時代後期，藍染陷入困境。因為從印度輸入了品質很高的印度藍。此外，科學合成的人工藍也讓傳統天然的藍染步上衰退之路。一九四一年至一九四五年爆發的太平洋戰爭，又接著給了藍染重重一擊，就連製作藍染也被禁止。在戰爭這種狀況中，把可以拿來當藥草的珍貴蓼藍拿去做染料，根本荒謬至極。但在這個禁令下，還是有賭上生命保護藍染的藍染師傅。那就是德島縣的藍染師傅「佐藤平助」和他的姪女「岩田ツヤ子」。他們掩人耳目持續栽種蓼藍，傳統的蓼藍、藍染之所以能不滅絕而留存至今日，就是因為有他們的努力。

「武士藍」，這是世界盃足球賽日本代表隊的暱稱。日本代表隊身穿的球衣，就算變更設計，底色也總是藍色。以前，武將們迎戰時，會穿上用藍染染上深藍色的「褐色」的衣服和護具。「褐色」是染出來的藍色的名稱之一，「褐色」＝「勝利之色」開始成為了求吉利的預兆。武士藍，是跨越了困難，在現代也閃耀著強烈光輝的傳統顏色、祈願勝利的顏色，這正可說是最適合穿在挑戰世界強敵的日本武士們身上的顏色吧。

▲藍染的花樣有多種的可能，全看職人的巧思而定。

本來，藍染需要歷經相當繁複的步驟，光是採收、發酵也要花上一百天以上的時間，因為步驟繁多，也被稱為「建造地獄」。運用費盡千辛萬苦製作出來的藍汁，把布料不斷重複浸泡取出、浸泡取出的動作，直到染出喜歡的顏色為止。也有很多人會擔心藍染製品掉色，但用傳統方法，完全不用任何化學藥品的「本藍染」絕對不會掉色，可以一直保持美麗的藍色。

現在，只要有兩小時左右的時間，就可以輕鬆體驗使用傳統藍汁的藍染。不僅是德島縣，全國都有工房，所以到觀光地去時，順道去參加看看也不錯吧。可以染手帕、T恤、披肩或陽傘。藍染可以利用布料浸泡在藍汁裡的時間長短、次數多寡來調節深淺，把布料綁起來或是縫起來，可以不讓藍汁滲透過去，留下布料原本的顏色，因此可以做出自己喜歡的花紋。藍染無法製作出完全相同的東西，所以可做出僅屬於自己的作品。一旦被其魅力迷住，不僅一次，而會想要染好幾次呢。就算不去工房，現在也有販售體驗套組，在家裡也能輕鬆體驗藍染。

自己親手染出來的藍色，比既成品有更深一層的美，會讓人喜愛吧。嘗試做做看如何呢？

單字與句型

單字

1. 質《しつ》が良《よ》い：品質優良。
2. 溢《あふ》れる：（多到）滿出來、充滿。
3. 窮地《きゅうち》に追《お》い込《こ》まれる：被逼到絕境。
4. 追《お》い討《う》ちをかける：屋漏偏逢連夜雨。
5. 験《げん》を担《かつ》ぐ：討吉利。
6. 色《いろ》が落《お》ちる：褪色，因為洗滌等原因讓顏色變淡。
7. 昔《むかし》ながら：維持以往的樣子。
8. 体験《たいけん》キット：體驗套組。集結整套組合的套裝商品。
9. 既成《きせい》：現有、既成。

句型

・～からこそ：正因為～。強調理由。前續普通體。

漆塗《うるしぬ》り

漆器

澤村紗織／著 28

英語《えいご》で「Japan」と言《い》えば日本《にほん》のことだが、もう一《ひと》つの意味《いみ》があることをご存《ぞん》じだろうか。この言葉《ことば》には「漆塗《うるしぬ》り製《せい》品《ひん》」という、もう一《ひと》つの意味《いみ》がある。二〇〇二年《ねん》に北海道垣ノ島遺跡《ほっかいどうかきのしまいせき》[1]から出土《しゅつど》した朱漆《しゅうるし》を使《つか》った、およそ[2]九千《きゅうせん》年《ねん》ほど前《まえ》の縄文時代前期《じょうもんじだいぜんき》の装飾品《そうしょくひん》が発見《はっけん》されたことにより、日本《にほん》はそのころから漆塗《うるしぬ》りの技術《ぎじゅつ》を持《も》っていたことが判明《はんめい》し、もともと漆塗《うるしぬ》りは日本《にほん》が始《はじ》まりではないかと考《かんが》えられるようになったと言《い》われる。それから江戸時代《えどじだい》になると、西洋《せいよう》人《じん》が漆器《しっき》をそれぞれの国《くに》に持《も》ち帰《かえ》るようになり、漆器《しっき》のことを次第《しだい》に「Japan」と呼《よ》ぶようになった。その漆器《しっき》に使《つか》われている漆《うるし》の塗《ぬ》りと膜《まく》は固《かた》く、とても柔《じゅう》軟《なん》[3]なため、湿気《しっけ》、アルコールまた塩分や水《みず》などに対《たい》しても強《つよ》く、さらには断熱《だんねつ》性《せい》、防腐性《ぼうふせい》もあり、現代《げんだい》の化学塗料《かがくとりょう》よりも優《すぐ》れた素材《そざい》であることがわかる。この日本《にほん》を代表《だいひょう》する伝統的《でんとうてき》な産業《さんぎょう》の技術《ぎじゅつ》は、二〇〇二年《ねん》北海道垣ノ島遺跡《ほっかいどうかきのしまいせき》から朱漆《しゅうる》しが出土《しゅつど》したことによって、その起源《きげん》は縄《じょう》

文時代《もんじだい》までさかのぼることができる。飛鳥時代《あすかじだい》には仏教伝来《ぶっきょうでんらい》にともなって仏具《ぶつぐ》が盛《さか》んに作《つく》られるようになり、奈良時代《ならじだい》には脱乾漆《だっかんしつ》（漆工《しっこう》の技法《ぎほう》の一《ひと》つ。土《つち》や石《せっ》膏《こう》で原型《げんけい》を作《つく》り、その上《うえ》に麻布《あさぬの》を数枚漆《すうまいうるし》で塗《ぬ》り重《かさ》ね、乾燥《かんそう》した後《あと》、中《なか》の原型《げんけい》を抜《ぬ》く方法《ほうほう》。）と言《い》われる技法《ぎほう》を用《もち》いて仏像《ぶつぞう》[4]が作《つく》られるようになった。そして平安《へいあん》時代《じだい》には貴族《きぞく》たちが非常《ひじょう》に華《はな》やかな漆器《しっき》を使用《しよう》するようになり、装飾品《そうしょくひん》から、仏《ぶっ》像《ぞう》、宮殿《きゅうでん》などの建物《たてもの》まで漆塗《うるしぬ》りの装飾品《そうしょくひん》を使《つか》うようになった。鎌倉《かまくら》には武士《ぶし》の勢《せい》力《りょく》が盛《さか》んになり、鎧《よろい》や兜《かぶと》などの武器《ぶき》にも漆《うるし》で装飾《そうしょく》が施《ほど》されるようになった。室《むろ》町時代《まちじだい》になると漆《うる》し工芸《こうげい》の技術《ぎじゅつ》の基礎《きそ》がおおかた完成《かんせい》していき、江戸時代《えどじだい》の後期《こうき》になると一般《いっぱん》の庶民《しょみん》の間《あいだ》でも漆器《しっき》が使《つか》われるようになっていった。しかし大正《たいしょう》・昭和時代《しょうわじだい》になると日本《にほん》では工業化《こうぎょうか》が進《すす》むにつれて、工芸品《こうげいひん》は衰退《すいたい》していき、さらには戦争《せんそう》の影響《えいきょう》もあり生産量《せいさんりょう》も減少《げんしょう》していったが、戦後人々《せんごひとびと》の生活《せいかつ》が戻《もど》り始《はじ》めると、再《ふたた》び漆器《しっき》の需要《じゅよう》が増《ふ》えていった。漆《うるし》塗《ぬ》りの技術《ぎじゅつ》はこうして時代《じだい》に合《あ》わせて発《はっ》展《てん》し[5]、新《あたら》しい技術《ぎじゅつ》が次々《つぎつぎ》と生《う》み出《だ》されて、近年《きんねん》ではUSB《ユーエスビー》メモリやスマートフォンケースにも使《つか》われるなど、様々《さまざま》な進化《しんか》を遂《と》げている。日本《にほん》には数多《かずおお》くの漆《しっ》器《き》の産地《さんち》があり、経済省指定伝統的工芸《けいざいしょうしていでんとうてきこうげい》品《ひん》には二十三種類《にじゅうさんしゅるい》の漆器《しっき》が登録《とうろく》されており、漆塗《うるしぬ》りは都道府県内《とどうふけんない》の様々《さまざま》な場所《ばしょ》で体験《たいけん》することができる。

その製法《せいほう》は漆《うるし》の木《き》の表面《ひょうめん》に傷《きず》つけ、そこから出《で》る樹液《じゅえき》を原料《げんりょう》にし加工《かこう》して[6]作《つく》った塗料《とりょう》を器物《きぶつ》に塗《ぬ》ることである。漆《うるし》を塗《ぬ》ったお椀《わん》やお箸《はし》のような道具《どうぐ》を漆器《しっき》と呼《よ》び、また漆《うるし》の上《うえ》に金《きん》や銀《ぎん》を塗《ぬ》り込《こ》めて作《つく》る蒔絵《まきえ》、木《き》の土台《どだい》に漆《うるし》を塗《ぬ》った貝殻《かいがら》を漆《うるし》で張《は》り付《つ》けて作《つく》られる、螺鈿《らでん》などがあり、このような漆《うるし》を使《つか》った芸術《げいじゅつ》のことを漆芸《しつげい》という。ここでは私《わたし》たちにもっとも身近《みぢか》である、漆器《しっき》の作《つく》り方《かた》について紹介《しょうかい》する。漆器作《しっきづく》りには大《おお》きく四《よっ》つの工《こう》

▲岐阜大佛。貼滿了抄有法華經、觀音經等經典的美濃和紙後塗漆而成的佛像。

▲位於佐賀縣的祐德稲荷神社的本殿就是上有華麗的塗漆。

程《てい》がある。まず一《ひと》つめは大体《だいたい》の形《かたち》を削《けず》り出《だ》し、ロクロを使《つか》ってお椀《わん》などの丸《まる》い形《かたち》のものを作《つく》り出《だ》していき、木質《きしつ》と合成樹脂《ごうせいじゅし》は金型《かながた》を使《つか》って熱加工《ねつかこう》して形成《けいせい》していく。そして二目《ふたつめ》は下地塗《したじぬ》り。この工程《こうてい》によって木地《きじ》の形《かたち》を整《ととの》え、補強《ほきょう》することができる、漆器《しっき》づくりの中《なか》で、丈夫《じょうぶ》さ[7]を決《きめ》る最《もっと》も重要《じゅうよう》な作業《さぎょう》と言《い》われている。下《した》地《じ》[8]塗《ぬ》りは地《じ》の粉《こ》（珪藻土《けいそうど》を焼《や》き、粉《ふん》末《まつ》にしたもの）と漆《うるし》と混《まぜ》たものを竹《たけ》や木《き》のへらで木地《きじ》に塗《ぬ》って下地《したじ》をつくっていく。三《みっ》つめは中塗《なかぬ》り・上塗《うわぬ》り。下地塗《したじぬ》りでは竹《たけ》や木《き》のへらで塗《ぬ》っていたが、中塗《なかぬ》り・上塗《うわぬ》りでは、馬《うま》や人間《にんげん》の毛髪《もうはつ》で作《つく》られた漆刷毛《うるしばけ》を使用《しよう》する。中塗《なかぬ》りでは、下《した》地漆《じうるし》に使用《しよう》した漆《うるし》より純度《じゅんど》の高《たか》い、中塗《なかぬ》漆《うるし》を塗《ぬ》り、上塗《うわぬ》りでは和紙《わし》に包《つつ》んだ漆《うるし》を専用《せんよう》の器具《きぐ》で何度《なんど》も何度《なんど》もろ過《か》した、最《もっと》も純度《じゅんど》の高《たか》い漆《うるし》を使用《しよう》する。この上塗《うわぬ》りが漆器《しっき》の美《うつく》しさを決《き》める最《もっと》も重要《じゅうよう》な作業《さぎょう》と言《い》われ、ごみやほこりなどが入《はい》らないように、細心《さいしん》[9]の注意《ちゅうい》を払《はら》いながら、丁寧《ていねい》に塗《ぬ》り仕上《しあ》げる[10]。完成《かんせい》したものはそのままでも商品《しょうひん》になるが、四《よっ》つめに加飾《かしょく》される場合《ばあい》もある。

　こうして様々《さまざま》な工程《こうてい》を経《へ》て、丁寧《ていねい》に作《つく》られる日本《にほん》を代表《だいひょう》する工芸品《こうげいひん》。ハイテクの時代《じだい》になっていき手作《てづく》りの品《しな》は難《むずか》しい時代《じだい》を迎《むか》えているが、耐久性《たいきゅうせい》が良《よ》くいつまでもその美《うつく》しさを保《たも》ち続《つづ》ける漆器《しっき》を大切《たいせつ》に受《う》け継《つ》いでいくことが重要《じゅうよう》ではないだろうか。

　英文中說到「Japan」就是指日本，但大家知道還有另外一個意思嗎？這一個單字中有「塗漆製品」這另外一個意思。因為二〇〇二年從北海道垣之島遺跡中，發現使用朱漆製作，大約九千年前的繩文時代前期的裝飾品出土，進而證明了日本從那時就存在塗漆的技術，也因為這樣，出現了塗漆這項技術可能就是起源自日本的說法。接著進入江戶時代後，因為西方人把漆器帶回各自的國家，漆器也漸漸被稱為「Japan」。使用在漆器上的漆塗膜相當堅固且柔軟，所以很耐濕氣、酒精、鹽分和水，且還有隔熱性、防腐性，是比現在的化學塗料更棒的材料。這個代表日本的傳統產業的技術，因為朱漆於二〇〇二年在北海道垣之島遺跡中出土的關係，起源可回溯至繩文時代。伴隨著佛教於飛鳥時代傳進日本，佛具製作變得興盛，奈良時代開始運用脫活乾漆（一種漆工技法，利用泥土或是石膏做出原型，接著用數塊麻布層層包裹後上漆，乾燥後再把裡頭的原型移除的方法。）這種技法製作佛像。接著在平安時代，貴族們開始使用相當華麗的漆器，從裝飾品到佛像、宮殿等建築物都使用塗漆的裝飾品。鎌倉時代時，武士的勢力興盛，鎧甲、頭盔等武器也開始用漆裝飾。進入室町時代後，漆工藝的技術基礎大致完成，江戶時代後期時，一般平民間也使用漆器了。但在大正、昭和時代，伴隨日本工業化發展，工藝品開始衰退，又加上戰爭的影響，生產量減少，但在戰後，人們開始恢復以往生活後，漆器的需求再度增加。塗漆的技術就像這樣，配合著時代發展，陸陸續續創造出新的技術，近年也使用在USB隨身碟及智慧型手機外殼上，創造出各種進化。日本有為數眾多的漆器產地，經濟省指定的傳統工藝品就登錄了二十三種漆器，在都道府縣中許多地方都可以體驗塗漆。

　其製法是在漆木上劃出傷口，以從中流出的樹液當作原料加工做成塗料塗在器皿上。塗上漆的飯碗或是筷子等道具稱為漆器，在漆上面又塗上金或銀畫出的「蒔繪」，還有在木頭基底上塗漆，接著用漆黏上貝殼做出來的「螺鈿」等等，這類用漆做出來的藝術品稱為漆藝。在此介紹對我們來說最為熟悉的漆器的製作方法。製作漆器大致有四個步驟，首先第一個是削出粗略的形狀，用轉盤做出茶碗等圓形的東西，接著使用模具將木頭或是合成樹脂利用熱加工塑形。第二個步驟是塗上基底，可以藉由這個步驟調整木頭的形狀、補強，這可說是漆器製造過程中，決定堅固度的最為重要的步驟。基底是用地粉（珪藻土燒烤後磨成粉末）和漆混合之後，用竹片或木片塗抹，做出基底。第三個步驟就是塗中間層和最外層。基底是用竹片或木片塗抹，但塗中間層與最外層時，就要使用馬或人類毛髮製成的漆刷毛。中間層使用比基底純度還高的漆來塗，最外層會用和紙包住漆，用專用器具過濾好幾次，純度最高的漆來塗。最外層的塗漆是決定漆器美不美的最重要步驟，需要再三小心，避免垃圾或是灰塵跑進去，細心地塗上薄薄均匀的一層，就完成了。完成後的成品可以直接當成商品，但也可能會有第四個步驟，裝飾。

像這樣經過好幾個步驟，細心製作出代表日本的工藝品。現在進入高科技時代，手工製品也迎接了困難的時代，但耐用且可以永久保持美麗的漆器，珍視地繼續傳承下去應該相當重要吧。

單字與句型

單字

1. 遺跡《いせき》：遺跡。
2. およそ：大約。
3. 柔軟《じゅうなん》：柔軟。
4. 仏像《ぶつぞう》：佛像。
5. 発展《はってん》する：發展。
6. 加工《かこう》：加工。
7. 丈夫《じょうぶ》：①堅固、結實。②健康。在此為①的意思。
8. 下地《したじ》：①基礎、基底。②資質、天份。在此為①的意思。
9. 細心《さいしん》：小心謹慎。
10. 仕上《しあ》げる：把事物的最後階段全部完成。

句型

・～にともなって：隨著～（有所變化）。
・～につれて：隨著～（有所變化）。

金箔《きんぱく》。

―― 金箔　李恭子／著　29

©mpeacely/Shutterstock.com

金箔《きんぱく》と言《い》えば、金沢《かなざわ》。今回《こんかい》、金沢《かなざわ》がこの不動《ふどう》の地位《ちい》[1]を築《きず》くまでの興味深《きょうみぶか》い話《はなし》も交《まじ》えて金箔《きんぱく》について紹介《しょうかい》していきたいと思《おも》う。

皆《みな》さんもこれまでに、金箔《きんぱく》のあしらわれた器《うつわ》や、小物《こもの》、装飾品等《そうしょくひんなど》を目《め》にしたり、金箔《きんぱく》入《い》りのお茶《ちゃ》やお酒《さけ》、金箔《きんぱく》の載《の》ったケーキなどを口《くち》にされたことがあるかもしれない。

まず初《はじ》めに、日本《にほん》で金箔《きんぱく》が作《つく》られるようになったのはいつだったのか。実《じつ》はそれは定《さだ》か[2]ではないのだが、主《おも》な記録《きろく》として、文禄二《ぶんろくに》（一五九三）年《ねん》、豊臣秀吉《とよとみひでよし》による朝鮮《ちょうせん》の役《えき》で、加賀藩初代藩主前田《かがはんしょだいはんしゅまえだ》利家《としいえ》からの書状《しょじょう》に金箔《きんぱく》の記述《きじゅつ》がある。ということは、それ以前《いぜん》より既《すで》に製造《せいぞう》が始《はじ》まっていたということになる。しかし、元禄九《げんろくきゅう》（一六九六）年《ねん》、江戸幕府《えどばくふ》が全国《ぜんこく》の箔《はく》の生産《せいさん》・販売《はんばい》を統制《とうせい》した。

その後《ご》、箔座《はくざ》が廃止《はいしさ》れても、統制《とうせい》は金座《きんざ》・銀座《ぎんざ》により継続《けいぞく》した。その時《とき》、江《え》戸《ど》、京都《きょうと》の箔屋《はくや》以外《いがい》は金箔《きんぱく》・銀箔《ぎんぱく》を自《じ》由《ゆう》に作《つく》ることができなかった。文化五《ぶんかご》（

一八〇八）年《ねん》、金沢城《かなざわじょう》二《に》の丸《まる》御殿《ごてん》が焼失《しょうしつ》し、再興《さいこう》のために金箔《きんぱく》が多量《たりょう》に必要《ひつよう》になった。幕府《ばくふ》の許可《きょか》を得《え》て、京都《きょうと》の職人《しょくにん》を呼《よ》び寄《よ》せ[3]、金箔《きんぱく》を作《つく》らせることになった。その後《ご》、金沢《かなざわ》から一人《ひとり》、京都《きょうと》へ修《しゅ》行《ぎょう》に送《おく》り込《こ》み、技術《ぎじゅつ》を習得《しゅうとく》させた後《のち》、帰《き》郷《きょう》、同業者《どうぎょうしゃ》にその技術《ぎじゅつ》を伝《つた》えた。しかし、幕府《ばくふ》は箔打禁止令《はくうちきんしれい》で統制《とうせい》を続《つづ》けた。このような中《なか》でも、北陸《ほくりく》の気候風土《きこうふうど》が金箔作《きんぱくづく》りに適《てき》していたことと、職人気質《しょくにんきしつ》及《およ》び技《ぎ》術《じゅつ》により、密《ひそ》かに伝統《でんとう》が受《う》け継《つ》がれ発展《はってん》してきたのだ。

明治時代《めいじじだい》になると、江戸幕府《えどばくふ》の崩壊《ほうかい》により江戸箔《えどはく》が途絶《とだえ》、金沢箔《かなざわはく》の地位《ちい》が一《いっ》気《き》に高《たか》まった。それからも戦争《せんそう》などの紆《う》余曲折《よきょくせつ》を経《へ》て今日《こんにち》に至《い》たる。このような経緯《けいい》から、金沢《かなざわ》が国内生産《こくないせいさん》では全国《ぜんこく》の九十九《きゅうじゅうきゅう》%になったことは皆《みな》さんも納得《なっとく》されるのではないだろうか。

次《つぎ》に金箔《きんぱく》の生産《せいさん》について説明《せつめい》する。主《おも》に、従来《じゅうらい》の製造方法《せいぞうほうほう》と機械化《きかいか》された製造《せいぞう》方法《ほうほう》があるが、前者《ぜんしゃ》で作《つく》られたものを縁《えん》付金箔《つけきんぱく》と言《い》い、十円玉《じゅうえんだま》の半分《はんぶん》ぐらいの金《きん》を箔打紙《はくうちし》に挟《はさ》み、工程《こうてい》は手作業《てさぎょう》で一万分《まんぶん》の一《いち》〜二《に》ミリメートルの薄《うす》さに延《の》ばすもの。光沢《こうたく》は柔《やわ》らかく、叩《たた》き延《の》ばされた時《とき》にできる格子状《こうしじょう》の跡《あと》が特徴《とくちょう》。後者《こうしゃ》は断切《たちきり》金箔《きんぱく》と言《い》って、グラシン紙《し》と機械化《きかいか》された製造工程《せいぞうこうてい》で生産《せいさん》される。強《つよ》い光沢《こうたく》があり、表面《ひょうめん》に凹凸《おうとつ》がないのが特徴《とくちょう》だ。当然《とうぜん》のことながら、洗練《せんれん》された技術《ぎじゅつ》と複雑《ふくざつ》な工程《こうてい》が手作業《てさぎょう》で行《おこな》われた縁付金箔《えんつけきんぱく》の方《ほう》が高価《こうか》である。販売《はんばい》サイズ、形状《けいじょう》、単位《たんい》は様々《さまざま》である。金箔製造《きんぱくせいぞう》の副産物《ふくさんぶつ》であるあぶらとり紙《がみ》[4]は、金地金《きんじがね》を叩《たた》き広《ひろ》げる際《さい》、地金《じがね》を挟《はさ》むために用《もち》いられる箔打《はくうち》紙《し》が、繰返《くりかえ》し打《う》たれているうちに密度《みつど》が増《ま》し、皮脂《ひし》をよく吸収《きゅうしゅう》するため、化粧《けしょう》をする女性《じょせい》の間《あいだ》で使《つか》われてきた。今《いま》では、副《ふく》産物《さんぶつ》としてではなく、あぶらとり紙《がみ》を作《つく》るために製造《せいぞう》が行《おこな》われている。

金箔《きんぱく》は、永遠《えいえん》・不変《ふへん》を象徴《しょうちょう》するため、建築物《けんちくぶつ》や仏像《ぶつぞう》に、また見《み》た目《め》[5]の落《お》ち着《つ》いた美《うつく》しさから、家具《かぐ》やふすま等《とう》の建具《たてぐ》類《るい》、様々《さまざま》な工芸品等《こうげいひんなど》に利用《りよう》されてきた。今《いま》では老舗《しにせ》が、金箔《きんぱく》を和《わ》のはがきや小物《こもの》

◀金澤城的「二の丸御殿」燒毀後，至今仍未修復。

等《とう》に貼付《はりつけ》る箔貼《はくは》り[6]がお手頃《てごろ》な料金《りょうきん》で体《たい》験《けん》できる。所要《しょよう》時間《じかん》も数十分《すうじゅっぷん》から小一時《こいちじ》間《かん》[7]もあればできる。旅《たび》の思《おも》い出《で》にいかがだろうか。

更《さら》に、装飾用《そうしょくよう》だけでなく、食《しょく》にも用《もち》いられ、健康《けんこう》に良《よ》いとされている謂《いわ》れも大《たい》変興味深《へんきょうみぶか》い。古代中国《こだいちゅうごく》の錬丹術《れんたんじゅつ》の道士《どうし》が調整《ちょうせい》したとされる妙薬《みょうやく》「金丹《きんたん》」を服《ふく》すことにより、不老不死《ふろうふし》が得《え》られると信《しん》じられていた。中国《ちゅうごく》の漢方《かんぽう》高貴薬《こうきやく》に金箔《きんぱく》が使《し》用《よう》されたり、日本《にっぽん》ではデザートやお酒等《さけなど》に用《もち》いられるのも金丹《きんたん》の効能《こうのう》、イメージがあるからであろう。金《きん》は体内《たいない》で吸収《きゅうしゅう》されることがなく安全《あんぜん》な物質《ぶっしつ》であり、金箔《きんぱく》は厚生労働省《こうせいろうどうしょう》より食品添加物《しょくひんてんかぶつ》と認《みと》められている。食用金箔《しょくようきんぱく》は、銅《どう》が入《はい》っておらず、より安全《あんぜん》に食《しょく》することができる。金沢市《かなざわし》では、金箔《きんぱく》で覆《おお》ったり載《のせ》たりしたソフトクリーム、羊羹《ようかん》、カステラ、葛切《くずき》り、寿《す》司《し》などが楽《たの》しめる。全国各地《ぜんこくかくち》でも金箔《きんぱく》の入《はい》った食品《しょくひん》は売《う》られている。また、一《いっ》般《ぱん》の金箔《きんぱく》、食用金箔共《しょくようきんぱくとも》に、気軽《きがる》にネットなどで買《かう》ことができる。また、肌《はだ》にいいとされているため、金箔入《きんぱくい》り化粧品《けしょうひん》なるものも販売《はんばい》されている。

このように、伝統美《でんとうび》である金箔《きんぱく》は日《にち》常《じょう》のあらゆる場面《ばめん》で使《つか》われていて、今《いま》はそれを身近《みぢか》に楽《たの》しむことができる。もっと、知《し》りたい、楽《たの》しみたいという方《かた》は、ご旅行《りょこう》の際《さい》、「金沢市立安江金箔工芸《かなざわしりつやすえきんぱくこうげい》館《かん》」や体感型《たいかんがた》の博物館《はくぶつかん》「箔巧館《はくうまかん》」に立《た》ち寄《よ》ってみてはいかがだろうか。

▲去金澤市絕對不能錯過的必吃名產。

▲覆蓋上金箔後的蜂蜜蛋糕瞬間增添了許多高級感。

說到金箔就想到金澤，這次將交錯著金澤到建立起其不可動搖的地位為止的有趣話題，向大家介紹金箔。

大家在這之前，應該看過用金箔裝飾的器皿、小物品、裝飾品等東西，或許也曾吃過加入金箔的茶、酒，放上金箔的蛋糕等東西吧。

首先，日本是從什麼時候開始製作金箔的呢？其實，關於這點還沒有定見，主要的紀錄為，文祿二（一五九三）年，因豐臣秀吉挑起的朝鮮之役中，加賀藩第一代藩主前田利家寄來的信件中，有關於金箔的記述。因此可推測，在這之前早已開始製造金箔了。但是，元祿九（一六九六）年，江戶幕府管制了全國的金箔生產、販售。此後，即使廢除了箔座（十七世紀時幕府曾在江戶設立箔座控制全日本的金銀箔類生產），管制仍持續由金座、銀座（江戶時期的貨幣鑄造機關）接手。此時，除了江戶、京都的箔屋外，不可以自由製造金箔、銀箔。文化五（一八〇八）年，金澤城二之丸御殿燒毀，重建需要大量的金箔。取得幕府許可後，找來京都的工匠，請他製造金箔。之後，金澤也送一個人到京都修行，讓他學會技術後，回鄉，把這項技術教給同業。但是，幕府仍持續以箔打禁止令（江戶、京都以外的地區禁止造金箔）管制。在這種狀況中，因為北陸的氣候風土相當適合製造金箔，以及他們的工匠性格、技術關係，這個傳統也就秘密在這裡傳承、發展。

明治時代後，因為江戶幕府倒台讓江戶箔中斷，金澤箔的地位一口氣飆升。在那之後，經過了戰爭等迂迴曲折後，直至今日。因為上述緣由，大家應該也能理解，為什麼金澤會佔國內金箔生產量的百分之九十九吧。

接下來說明金箔生產方法。製造方法主要有傳統製造方法與機械化製造方法兩種，前者製作的稱為緣付金箔，是將十元硬幣一半大小的金塊夾在箔打紙之間，接著用手工將其展延至一萬分之一～二毫米的薄度。光澤柔軟，敲打延展時形成的格狀痕跡是其特徵。後者被稱為斷切金箔，是利用玻璃紙和機械化後的製造工法生產。有強烈光澤，表面沒有凹凸是其特徵。當然，以成熟技術與複雜步驟純手工製作的緣付金箔價格較高。販售的尺寸、形狀、單位也種類繁多。吸油面紙是製造金箔時的副產物，在敲打金塊，使其展延時，被拿來夾住金塊的箔打紙，其密度在反覆敲打的過程中逐漸增加，吸收皮脂的效果好，所以被化妝的女性拿來使用。現在已經不只是副產物，而是為了製作吸油面紙而製造。

因為金箔有永恆、不變的象徵而被使用在建築物及佛像上，而它外表的沉穩美，也被用在家具及拉門等門扇隔扇、各種工藝品上。現在也有老店會以適當價格讓顧客體驗在和風明信片上或是小物品上貼金箔，所需時間也只要幾十分鐘到一小時左右即能體驗。當作一個旅行回憶如何呢？

不僅如此，除了裝飾外，金箔也被運用在食品上，對健康很好的說法也讓人感到相當有趣。人們相信，服用古代中國的煉丹術道士調製出來的妙藥「金丹」就能不老不死。中國會在高級中藥裡使用金箔，日本會在甜點、酒中加入金箔，應該也是源自金丹功效帶來的印象吧。因為人體沒辦法吸收金，是相當安全的物質，所以厚生勞動省認可金箔為食品添加物。食用金箔不含銅成分，所以吃起來更安全。可以在金澤市內享用覆蓋或是放上金箔的霜淇淋、羊羹、卡斯特拉、葛切、壽司等食物。全國各地也都有販售添加金箔的食品。另外，一般金箔和食用金箔都可以輕鬆於網路上購得。

此外，據說金對肌膚很好，所以也有添加金箔的化妝品販售。

如這般，代表傳統美的金箔被使用在日常生活的各種場面中，現在已經可以就近享受。想更了解、更加享受其中樂趣的人，旅行時到「金澤市立安江金箔工藝館」及體驗型博物館「箔巧館」看看如何呢？

單字與句型

單字

1. 不動《ふどう》の地位《ちい》：不可動搖的地位。
2. 定《さだ》か：明確、清楚。
3. 呼《よ》び寄《よ》せる：招集、叫到眼前。
4. あぶらとり紙《し》：吸油面紙。
5. 見《み》た目《め》：外觀。
6. 箔貼《はくは》り：貼金箔。
7. 小一時間《こいちじかん》：不到一小時，約一小時。
8. あらゆる：所有的。

句型

- ～と言《い》えば：一說到～。
- 今日《こんにち》に至《いた》る：時至今日～。

©Maykova Galina/Shutterstock.com

和菓子《わがし》。

和菓子 原口和美／著 30

私《わたし》たちの生活《せいかつ》に当《あ》たり前《まえ》にある「お菓子《かし》」。古《ふる》くからは木《き》の実《み》や果実《かじつ》を「菓《か》子《し》」と呼《よ》んでいたが、今日《こんにち》では食事《しょくじ》以外《いがい》で摂取《せっしゅ》する嗜好品《しこうひん》[1]をさす言葉《ことば》として使《つか》われている。お菓子《かし》と一言《ひとこと》に言《い》ってもその種類《しゅるい》は多《おお》く、大《おお》きく分類《ぶんるい》すると日本独《にほんどく》特《とく》のお菓子《かし》、唐《とう》から来《き》た唐菓子《とうがし》、ポルトガルから来《き》た南蛮菓子《なんばんがし》を「和菓子《わがし》」、明《めい》治維新以降《じいしんいこう》に西洋文化《せいようぶんか》とともに日本《にほん》へ輸《ゆ》入《にゅう》されてきた「洋菓子《ようがし》」に分《わ》けることができる。

ここでは「和菓子《わがし》」について紹介《しょうかい》していく。前述《ぜんじゅつ》の通《とお》り、古《ふる》くは木《き》の実《み》や果実《かじつ》を嗜好品《しこうひん》として楽《たの》しんでいたが、平安時《へいあんじ》代《だい》になると、唐《とう》から「唐菓子《とうがし》」が輸入《ゆにゅう》された。小麦粉《こむぎこ》や米粉《こめこ》、大豆《だいず》の粉《こな》など穀物《こくもつ》の粉《こな》を蒸《む》したり、揚《あ》げたりするなどの加《か》工《こう》をして作《つく》られた唐菓子《とうがし》は日本《にほん》の菓子文《かしぶん》化《か》に大《おお》きな発展《はってん》をもたらした。また、この頃《ころ》からお菓子《かし》は加工《かこう》して作《つく》られたものをさすという認識《にんしき》が広《ひろ》がる。時《とき》を経《へ》て、鎌倉時代初期《かまくらじだいしょき》ごろには宋《そう》に留学《りゅうがく》していた僧侶《そうりょ》たちによって伝《つた》えられた技術《ぎじゅつ》や文化《ぶんか》によって和菓子《わがし》はさらに展開《てんかい》していく。喫茶方法《きっさほうほう》とともに「点心《てんしん》」と呼《よ》ばれる軽《けい》食《しょく》[2]が持《も》ち帰《かえ》られたのだ。これは現在《げんざい》の和菓子《わがし》に大《おお》きく影響《えいきょう》していく。例《たと》えば、「羊羹《ようかん》」や「饅頭《まんじゅう》」がその代表《だいひょう》に挙《あ》げられるだろう。しかし、あくまで軽食《けいしょく》として伝《つた》わったこれらのものは、現在《げんざい》の和菓《わが》子《し》とは全《まった》く異《こと》なるものであったが、その後日本人《ごにほんじん》の習慣《しゅうかん》や嗜好《しこう》に合《あ》わせ変化《へんか》してゆき、現在《げんざい》の形《かたち》になったのである。鎌倉《かまくら》時代後期《じだいこうき》には、お茶《ちゃ》とお菓子《かし》を一緒《いっしょ》に食《しょく》すようになっていたとの記録《きろく》が残《のこ》されている。余談《よだん》[3]であるが、この当時《とうじ》は焼《や》き栗《ぐり》や昆布《こんぶ》などを茶菓子《ちゃがし》として食《しょく》していた。その後《ご》、大《おお》きく和菓子《わがし》に変化《へんか》をもたらしたのは、ポルトガルの存在《そんざい》である。その時《とき》は大航海時代《だいこうかいじだい》[4]、ザビエル教《きょう》の宣教師《せんきょうし》ザビエルの来日《らいにち》や南蛮貿易《なんばんぼうえき》などでヨーロッパから様々《さまざま》なものが輸入《ゆにゅう》された。その代表格《だいひょうかく》は「カステラ」である。その後継《ごけい》続的《ぞくてき》に砂糖《さとう》が輸入《ゆにゅう》できるようになったことで、江戸時代《えどじだい》には現在《げんざい》のような和菓子《わがし》が完成《かんせい》していた。江戸時代前期《えどじだいぜんき》にはまだ高価《こうか》で、貴重品《きちょうひん》であった砂糖《さとう》が江戸《えど》時代後期《じだいこうき》あたりから、「和三盆糖《わさんぼんとう》」の誕《たん》生《じょう》や「さとうきび」の栽培《さいばい》、製糖業《せいとうぎょう》の発《はっ》展《てん》などを経《へ》て、砂糖《さとう》が入手《にゅうしゅ》しやすくなったため和菓子作《わがしづく》りは盛《さか》んになって行《い》き、庶民《しょみん》でも甘味《かんみ》[5]を楽《たの》しめるようになっていった。

さて、皆《みな》さんは和菓子《わがし》と聞《き》くと具体的《ぐたいてき》にはどのようなものを思《おも》い浮《う》かべる[6]だろうか。「大福《だいふく》」「団子《だんご》」「羊羹《ようかん》」「どら焼《や》き」など、米《こめ》や麦《むぎ》などの穀類《こくるい》、小豆《あずき》や大豆《だいずな》どの豆類《まめるい》を使用《しよう》しているものが多《おお》く、砂糖《さとう》で甘《あま》みをつけているものが多《おお》いだろう。緑茶《りょくちゃ》と共《とも》に食《しょく》す事《こと》が前提《ぜんてい》なので、その甘《あま》みは強《つよ》くつけられているのが特徴《とくちょう》だろう。和菓子《わがし》は日本人《にほんじん》の生活《せいかつ》に深《ふか》く息《いき》づいている。一年《いちねん》を通《とお》して楽《たの》しめるもの以外《いがい》に、四季《しき》を表《あらわ》した季節《きせつ》の和菓子《わがし》がある。例《たと》えば、春《はる》には色鮮《いろあざ》やかな彩色《さいしき》を使用《しよう》したお餅《もち》「桜餅《さくらもち》」。夏《なつ》には冷《ひ》やして食《たべ》る「水《みず》ようかん」や「寒天《かんてん》」。実《みの》りの秋《あき》には旬《しゅん》の食材《しょくざい》をふんだんに使用《しよう》した

▲具有春天氣息的櫻餅。

▲具有清涼感的寒天最適合夏天了。

「栗羊羹《くりようかん》」。冬《ふゆ》には雪《ゆき》のように真白《まっしろ》でふわふわ[7]のお餅《もち》を使《つか》った「いちご大福《だいふく》」など。こうした季節《きせつ》の和菓子《わがし》は四季《しき》を楽《たの》しむ日本人《にほんじん》の生活《せいかつ》に欠《か》かせないものであると言《い》えるだろう。贈《おく》り物《もの》としても手《て》土産《みやげ》[8]としても喜《よろこ》ばれる和菓子《わがし》は季節《きせつ》を取《と》り入《い》れているだけではなく、日本《にほん》の行《ぎょう》事《じ》や風習《ふうしゅう》にも深《ふか》く結《むす》びついている。新年《しんねん》には「花《はな》びら餅《もち》」、お花見《はなみ》定番《ていばん》の白赤緑《しろあかみどり》の三色《さんしょく》「花見団子《はなみだんご》」、端午《たんご》の節句《せっく》「ちまき」「柏餅《かしわもち》」、お月見《つきみ》の「お月見団子《つきみだんご》」、お彼岸《ひがん》の「おはぎ」、師走《しわす》の「柚子餅《ゆずもち》」など。和菓子屋《わがしや》の前《まえ》を通《とお》り過《す》ぎる時《とき》、季《き》節《せつ》や行事《ぎょうじ》を先取《さきどり》[9]して早々《そうそう》と入《い》れ替《か》えられた和菓子《わがし》を見《み》ては、季節《きせつ》の訪《おとず》れを知《し》るものだ。

最後《さいご》に、その見《み》た目《め》にも美《うつく》しい細工《さいく》の和菓子《わがし》は茶道《さどう》にもなくてはならない存在《そんざい》だ。お茶《ちゃ》の付《つ》け合《あ》わせ[10]には、和菓子《わがし》を用《もち》いる。薄茶《うすちゃ》と呼《よ》ばれるお抹茶《まっちゃ》を少《すく》なめにして点《たて》られたお茶《ちゃ》には「煎餅《せんべい》」や色《いろ》とりどりの細工《さいく》が施《ほどこ》された可愛《かわい》らしい砂糖《さとう》菓子《がし》「有平《あるへい》」など水分《すいぶん》が少《すく》なめのものを。濃茶《こいちゃ》には水分《すいぶん》が多《おお》めの餡子《あんこ》が入《はい》ったものなどをいただく。ちなみに、和菓子《わがし》はお茶《ちゃ》の後《あと》にいただくのではなく前《まえ》にいただく。和菓子《わがし》の甘《あま》さで抹茶《まっちゃ》の美味《おい》しさが引《ひ》き立《た》つという事《こと》なのだ。茶道《さどう》と和菓子《わがし》は共《とも》に発展《はってん》してきた。城下町《じょうかまち》として栄《さか》え、茶道《さどう》が発展《はってん》していた京都《きょうと》・金沢《かなざわ》・松江《まつえ》は、日本三大菓子処《にほんさんだいかしどころ》と呼《よ》ばれている。

▲使用了秋季特產製成的栗子羊羹。

▲外觀像雪球一樣的草莓大福既可愛又可口。

現在理所當然出現在我們生活中的「お菓子（甜點）」。自古日本就將樹果及水果稱為「菓子」，今天則是拿來指稱正餐以外攝取的嗜好品。雖然都稱為「甜點」，但其種類繁多，粗略分類可將日本獨有的甜點、唐朝傳來的唐朝菓子、葡萄牙傳來的南蠻菓子稱為「和菓子」，明治維新以後和西洋文化一起輸入日本的點心稱為「洋菓子」。

在此將要向大家介紹「和菓子」。正如前述，古代將樹果及水果當成嗜好品享用，但進入平安時代後，從唐朝傳入「唐菓子」。將麵粉、米粉、黃豆粉等穀物粉末用蒸煮、油炸等方法加工製成的唐菓子，讓日本的甜點文化出現很大的發展。另外，從這時候開始，菓子是指加工後製成的東西的概念逐漸普及。時間過去，鎌倉時代初期前往宋朝留學的僧侶帶回來的技術和文化讓和菓子進一步發展。因為他們除了帶回品茶方法，還帶回名為「點心」的輕食，這帶給現在的和菓子相當大的影響。舉例來說，「羊羹」和「饅頭」就是代表。但是，再怎麼說都是以輕食的型態傳入日本，和現在的和菓子完全不同，之後配合日本人的習慣與嗜好慢慢改變，才變成現在的樣子。鎌倉時代後期，留下了把茶和甜點一起食用的紀錄。順帶一提，在當時，烤栗子和昆布等也被當成茶點食用。之後，為和菓子帶來巨大變化的就是葡萄牙。大航海時代時期，天主教傳教師沙勿略來到日本以及透過南蠻貿易等管道，從歐洲輸入各式各樣的東西。最具代表性的東西就是「卡斯特拉（長崎蛋糕）」。因為之後也持續輸入砂糖，江戶時代時才完成了現在的和菓子。砂糖在江戶時代前期還相當昂貴、珍貴，到了江戶時代後期，因為經歷了「和三盆糖」的誕生與「甘蔗」的栽培、製糖業發展，砂糖變得容易取得，和菓子製作也變得更加興盛，連平民也能品嘗到甜點了。

那麼，大家聽到「和菓子」時，腦海中會浮現怎樣的具體想像呢？「大福」、「團子」、「羊羹」、「銅鑼燒」等使用米、麥等穀類，紅豆、黃豆等豆類製成的東西很多，也有許多會用砂糖增添甜度吧。因為是以搭配綠茶食用為前提，所以做得特別甜也是其特徵吧。和菓子深入日本人的生活中，除了一整年皆能享用的種類外，也有表現四季的季節和菓子。舉例來說，春天有使用鮮豔色彩製成的「櫻餅」；夏天有冰鎮後食用的「水羊羹」及「寒天」；收穫之秋會有使用大量當季食材製成的「栗子羊羹」；冬天有使用如雪般全白的鬆軟麻糬製成的「草莓大福」等等。對享受四季的日本人來說，這類季節性的和菓子，可說是生活中不可或缺之物吧。不管當禮物還是當伴手禮都能讓人開心的和菓子，不僅是將季節要素加入其中，也與日本傳統活動、風俗有深刻連結。新年有「菱葩餅」，賞花時不可或缺的白紅綠三色「花見團子」，端午節時的「甜粽子」、「柏餅」，賞月時的「月見團子」、彼岸節時期的「牡丹餅」、十二月時的「柚子餅」等等。經過和菓子店前，看見順應季節及傳統節慶提早替換的和菓子時，就可以知道哪個季節到來了。

最後，這個外表也施以美麗雕琢的和菓子，也是茶道裡不可或缺的存在。和菓子常會拿來搭配茶。使用少許抹茶刷出來的薄茶，會搭配「煎餅」及色彩鮮艷的可愛砂糖菓子「有平」等水份較少的點心；喝濃茶時則會搭配包入水分較多的紅豆餡製成的點心。順帶一提，和菓子不是喝完茶後食用，而是要在喝茶之前吃掉。如此一來，和菓子的甜才能凸顯出抹茶的美味。茶道與和菓子共同發展至今，身為繁華的城下町，茶道興盛的京都、金澤、松江被稱為日本三大甜點城。

單字與句型

單字

1. 嗜好品《しこうひん》：嗜好品。沒有太多的營養成分，純屬愛好的食物或飲品。
2. 軽食《けいしょく》：輕食。
3. 余談《よだん》：閒談。
4. 大航海時代《だいこうかいじだい》：大航海時代。歐洲自十五世紀到十七世紀左右積極向外國發展的時代。
5. 甘味《かんみ》：甜食。
6. 思《おも》い浮《う》かべる：憶起、聯想。
7. ふわふわ：形容東西輕柔蓬鬆、軟綿綿。
8. 手土産《てみやげ》：伴手禮。
9. 先取《さきど》り：搶先。
10. つけあわせ：①搭配、配合。②配菜。在此為②的意思。

句型

- ～を経《へ》て：經過～。

江《え》戸《ど》切《きり》子《こ》。

—— 江戸切子 下鳥陽子／著 31

ガラスの装飾加工法《そうしょくかこうほう》のひとつ、またはそのガラスやガラスの食器《しょっき》などのことを言《い》う。主要《しゅよう》な装飾技法《そうしょくぎほう》としては、ササン朝《ちょう》ペルシア（かつてのイランの王朝《おうちょう》）からシルクロードを渡《わた》って日本《にっぽん》に伝来《でんらい》した「白瑠璃《はくるり》の碗《わん》」が典型的《てんけいてき》な例《れい》である、ともいわれている。碗《わん》の全体《ぜんたい》にかわいらしい装飾《そうしょく》が施《ほどこ》された[1]もので、数多《かずおお》くの宝《ほう》物《もつ》と一緒《いっしょ》に奈良県《ならけん》の正倉院《しょうそういん》に安置《あんち》されている[2]。日本《にっぽん》では「切子《きりこ》」あるいは「切《きり》子《こ》ガラス」と呼《よ》ばれ、ガラスの表面《ひょうめん》に溝《みぞ》や平面《へいめん》の模様《もよう》が施《ほどこ》されるのが特徴《とくちょう》で、器《うつわ》やグラスの加工《かこう》に用《もち》いられることが多《おお》い。ダイヤモンドや金属製《きんぞくせい》の砥石《といし》で、滑《なめ》らか[3]にガラスを動《うご》かしながら、籠目《かごめ》・魚子《ななこ》・菊花《きっか》・格子《こうし》・亀甲《きっこう》など様々《さまざま》な紋様《もんよう》や色《いろ》の濃淡《のうたん》を作《つく》り出《だし》ていく。「江戸切《えどきり》子《こ》」や「薩摩切子《さつまきりこ》」で有名《ゆうめい》な日本《にっぽん》の「切《きり》子《こ》」には光《ひかり》の屈折《くっせつ》や反射《はんしゃ》により生《う》まれた絶妙《ぜつみょう》な[4]輝《かが》やきがある。

日本《にっぽん》の「切子《きりこ》」の歴史《れきし》は、一八三四年《ねん》江戸《えど》（東京《とうきょう》の旧称《きゅうしょう》）のビードロ（ポルトガルで「ガラス」の意味《いみ》）屋《や》、加賀屋《かがや》九兵衛《きゅうべえ》金剛砂《こんごうしゃ》（硬《かた》い鉱物《こうぶつ》の粉末《ふんまつ》）を使《つか》ってガラスの表面《ひょうめん》に模様《もよう》を施《ほどこ》したのが始《はじ》まりと言《い》われている。その後《ご》、長崎《ながさき》に伝来《でんらい》した外国《がいこく》のガラス製造書物《せいぞうしょもつ》をもとに薩《さつ》摩《ま》藩主島津《はんしゅしまづ》氏《し》が江戸《えど》のガラス職人《しょくにん》らと共《とも》に日本最初《にっぽんさいしょ》の洋式産業《ようしきさんぎょう》として「切子《きりこ》」を始《はじ》めた。藩《はん》の産業《さんぎょう》として発展《はってん》した「薩摩《さつま》切子《きりこ》」は、主《おも》に海外《かいがい》との交易用《こうえきよう》や観賞用《かんしょうよう》に作《つく》られていた。しかし薩摩藩《さつまはん》の衰退《すいたい》とともにわずか二十年足《にじゅうねんた》らずで途絶《とだえ》[5]、その職人《しょくにん》や技術《ぎじゅつ》が江戸《えど》や大阪《おおさか》へと移転《いてん》していった。江戸《えど》へと移《うつ》った「切子《きりこ》」の職人《しょくにん》や技術《ぎじゅつ》は、一八八一年《ねん》にイギリスの最先端《さいせんたん》の技術《ぎじゅつ》を導入《どうにゅう》することで、近代的《きんだいてき》な技法《ぎほう》を確立《かくりつ》し、「江戸切子《えどきりこ》」として途絶《とだえ》ることなく現代《げんだい》に継承《けいしょう》されている。「薩摩切《さつまきり》子《こ》」とは異《こと》なり、庶民《しょみん》が日常《にちじょう》で使《つか》うものが多《おお》かった。一時《いちじ》は途絶《とだえ》てしまった「薩《さつ》摩《ま》切子《きりこ》」も、その約百年後《やくひゃくねんご》の一九八五年《ねん》は当時《とうじ》の藩主島津《はんしゅしまづ》氏《し》の夢《ゆめ》や伝統《でんとう》を引《ひ》き継《つ》いだ職人《しょくにん》たちにより復活《ふっかつ》を遂《と》げ[6]今《いま》に至《いた》っている。

「切子《きりこ》」の主《おも》な工程《こうてい》いは透明《とうめい》なガラスと色《いろ》ガラスを二層《にそう》に重《かさ》ねる成形《せいけい》、そして加工《かこう》・磨《みが》きの作業《さぎょう》である。「江戸切子《えどきりこ》」は透明《とうめい》なガラス（透《す》きガラス）、もしくは透明《とうめい》なガラスに厚《あつ》さの薄《うす》い色被《いろき》せガラスを重《かさ》ねた二層《にそう》のガラスに模様《もよう》を施《ほどこ》していく。そのため透明《とうめい》な部分《ぶぶん》と色付《いろつ》きの部《ぶ》分《ぶん》の境目《さかいめ》がシャープで、透明感《とうめいかん》があるのが特徴《とくちょう》である。一方《いっぽう》、「薩摩切子《さつまきりこ》」は厚《あつ》みのある色被《いろき》せガラスを重《かさ》ねるため、カットすると境目《さかいめ》の部分《ぶぶん》にグラデーション[7]が生《う》まれる。それが世界的《せかいてき》に見《み》ても珍《めずら》しい「ぼかし」と呼《よ》ばれる特徴《とくちょう》である。復活《ふっかつ》を遂《と》げた「薩摩切子《さつまきりこ》」は、それまで難《むずか》しいと言《い》われていた「黒切子《くろきりこ》」の発明《はつめい》にも成功《せいこう》した。この発明《はつめい》は成形《せいけい》・加《か》工《こう》のいずれの作業《さぎょう》も目《め》で確認《かくにん》することが難《むずか》しく業界《ぎょうかい》では初《はつ》と言《い》われている。含有鉱《がんゆうこう》物《ぶつ》の種類《しゅるい》が多《おお》い黒《くろ》は割《わ》れ易《やす》く、成形《せいけい》や加《か》工《こう》の難易度《なんいど》が高《たか》くなるのは言《い》うまでもない。いずれにしても薄《うす》いガラスに模様《もよう》を施《ほどこ》す工程《こうてい》は、削《けず》る深《ふか》さを誤《あやま》るときれいな模様《もよう》がでなかったり割《わ》れてしまうため、とても神経《しんけい》を使《つか》う作業《さぎょう》となる。四角《しかく》や六角《ろっかく》の籠目紋《かごめもん》は竹籠《たけかご》の網目《あみめ》を模《も》したもので魔除《まよけ》の効果《こうか》があり、その酒器《しゅき》に酒《さけ》を注《そそ》ぐことで浄化《じょうか》する効用《こうよう》が期待《きたい》されるともいわれている。魚《さかな》の卵《たまご》を模《も》した魚子紋《ななこもん》は、子孫繁栄《しそんはんえい》を願《ねが》ったものである。また、日本《にっぽん》の天皇家《てんのうけ》の紋章《もんしょう》にも取《と》り入《い》れられている菊《きく》の花《はな》は不老長寿《ふろうちょうじゅ》を象徴《しょうちょう》する花《はな》であり、その菊花紋《きっかもん》も縁起《えんぎ》の良《い》い模様《もよう》で

▲薩摩切子。雕刻處那美麗的漸層為其最大的特徵與魅力。

ある。このように表面《ひょうめん》に施《ほどこ》された和紋様《わもんよう》にはさまざまな意味《いみ》があるのもおもしろい。

ガラスの表面《ひょうめん》の模様《もよう》もさることながら、作《つく》り出《だ》される色《いろ》も美《うつく》しい。ガラスに金属酸化物《きんぞくさんかぶつ》を混《ま》ぜることで、さまざまな色《いろ》ができる。成分《せいぶん》やガラスを溶《と》かす条件《じょうけん》を変《か》えると、異《こと》なる色《いろ》が生《う》まれるのだ。瑠璃色《るりいろ》をはじめ、紅《べに》・藍《あい》・緑《みどり》・紫《むらさき》・黄《き》などが代表的《だいひょうてき》で、どれも深《ふか》みのある色《いろ》が多《おお》い。瑠璃色《るりいろ》は澄《す》んだ濃《こ》い青色《あおいろ》で古《ふる》くから魔除《まよ》けや幸運《こううん》を呼《よ》ぶ「江戸切子《えどきりこ》」の代表《だいひょう》的《てき》な色《いろ》として長《なが》く愛《あい》されてきた。また、銅《どう》を使《つか》って発色《はっしょく》させたシックな紅色《べにいろ》は重《じゅう》厚感《こうかん》があり、「薩摩《さつま》の紅《べに》ガラス」と呼《よ》ばれ「薩摩切子《さつまきりこ》」が誇《ほこ》る伝統《でんとう》の色《いろ》である。

「切子《きりこ》」を体験《たいけん》できる工房《こうぼう》は数多《かずおお》くある。世界《せかい》にひとつだけのグラス作《づく》りに挑《ちょう》戦《せん》するのもよし。奮発《ふんぱつ》して専門店《せんもんてん》で美《うつく》しいグラスを手《て》に取《と》り何《なに》かに思《おも》いをはせるのもよし。緻密《ちみつ》な作業《さぎょう》[8]から作《つく》り出《だ》される日本《にっぽん》のガラス工芸《こうげい》「切子《きりこ》」の美《うつく》しさは、きっとあなたの心《こころ》を魅了《みりょう》するに違《ちが》いない。

這是一種玻璃的裝飾加工法，或者是指該類玻璃或玻璃餐具。有種說法是，薩珊王朝（伊朗古時的王朝）透過絲路傳來日本的「白琉璃碗」是主要的裝飾技法最典型的例子。整個碗施以相當可愛的裝飾，與眾多寶物一起收藏在奈良縣的正倉院裡。在日本稱為「切子」或是「切子玻璃」，玻璃表面刻出溝紋或是平面花紋是其特徵，常被使用在器皿、杯子的加工上。用鑽石或金屬製的砥石，滑順地移動玻璃，雕刻出籠目、魚子、菊花、格子、龜甲等各種花紋以及顏色濃淡。「江戶切子」及「薩摩切子」等知名的日本「切子」會因為光線折射、反射而創造出絕妙的光輝。

日本「切子」的歷史，據說起源於1834年江戶（東京舊稱）的ビードロ（葡萄牙語中的「玻璃」）屋，加賀屋久兵衛利用金剛砂（堅硬礦物的粉末）在玻璃表面上畫出模樣。之後，以傳到長崎的外國玻璃製造書籍為基礎，薩摩藩主島津氏和江戶的玻璃工匠一起開啟日本第一個西洋式產業「切子」。以藩的產業發展的「薩摩切子」，主要被用來和國外交易以及觀賞用。但隨著薩摩藩衰退，僅僅不到二十年就絕跡了，這些工匠和技術就轉移到江戶和大阪。轉移至江戶的「切子」的工匠與技術，於1881年導入英國最先進的技術後，確立了近代的技法，「江戶切子」因而綿延傳承至今。與「薩摩切子」不同，平民常在日常生活中使用。曾一度絕跡的「薩摩切子」也在約一百年後的一九八五年，在繼承了當時的藩主島津氏夢想與傳統的工匠手中復活，直至今日。

「切子」的主要製造工程為將透明玻璃與有色玻璃雙層交疊的成形步驟，以及加工、磨製的步驟。「江戶切子」是在透明的玻璃，或在透明玻璃上疊上有厚度的淡色玻璃的雙層玻璃上刻繪花紋。因此，透明部分和有色部分的界線明顯，擁有透明感是其特徵。另一方面，「薩摩切子」是將有厚度的有色玻璃交疊，所以雕刻後的界線會出現漸層，這是世界上少見，被稱為「朦朧」的特徵。復活的「薩摩切子」，也成功發明了一直以來被認為相當困難的「黑切子」。這個發明最困難的一點，就是不管是成形、加工的哪個步驟都得用眼睛確認，所以被認為是業界首創。含有多種礦物的黑玻璃容易破，不用說也知道成形與加工的難度相當高。不管怎樣，在薄玻璃上刻上圖樣的步驟，只要弄錯刻削深淺，就沒辦法刻出漂亮花紋，也可能弄破玻璃，是相當耗神的工作。四角及六角的籠目紋是模仿竹籠網眼做出來的花紋，有避邪效果，也被認為倒酒進這種酒杯後，有淨化的功效。模仿魚卵形狀刻出的魚子紋，有希望多子多孫的意思。另外，也被使用在日本天皇家家紋的菊花，是象徵長壽不老的花朵，菊花紋也被認為是很吉利的圖案。就像這樣，刻劃在表面上的和風圖案有各種意義，這點也很有趣。

不只是玻璃表面的花紋，製作出來的顏色也很漂亮。在玻璃中混入金屬氧化物後，就可以創造出各種顏色。只要改變成分與玻璃融化的條件，就能做出不同的顏色。以琉璃色為首，紅、藍、綠、紫、黃等最具代表性，不管哪種都是有深度的顏色。琉璃色是清澈的深藍色，是自古以來當作驅邪、招來好運的「江戶切子」的代表性顏色，長久以來深受喜愛。另外，使用銅發色的雅緻紅色有沉穩感，被稱為「薩摩的紅玻璃」，是「薩摩切子」自豪的傳統顏色。

有許多工房都能體驗「切子」，可以挑戰製作世界上獨一無二的杯子，狠下心來到專賣店去買漂亮的杯子讓想像奔馳也不錯。精細做工下創造出來的日本玻璃工藝「切子」的美，肯定會擄獲你的心。

▲經過約一個半小時的體驗後，專屬於自己的江戶切子就完成啦！ 照片提供：Chien 倩。日日常

▲若有機會，不妨參加當地的體驗，既有趣又相當有成就感！ 照片提供：Chien 倩。日日常

單字與句型

單字

1. 施《ほどこ》す：①施捨。②施加、施行。在此為②的意思。
2. 安置《あんち》：安置、安放。
3. 滑《なめ》らか：圓滑。
4. 絶妙《ぜつみょう》：巧妙、絕佳。
5. 途絶《とだ》える：中斷、斷絕。
6. 遂《と》げる：達成、完成。
7. グラデーション：【英】gradation，漸層。
8. 緻密《ちみつ》な作業《さぎょう》：精細的作業。

句型

- ～までもない：沒必要～。
- いずれにしても：無論如何。

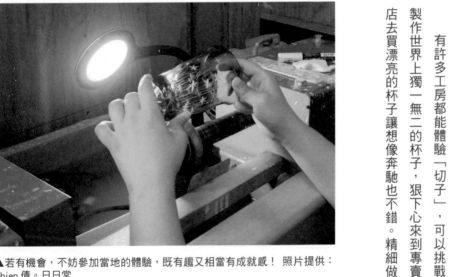

陶芸《とうげい》。

陶藝 水島利恵／著 32

ブログやインスタにアップされている[1]料理《りょうり》は、どれを見《み》ても美味《おい》しそうに見《み》え、お腹《なか》が空《す》いている時《とき》に見《み》てしまって後悔《こうかい》したことがある人《ひと》もいるのではないだろうか。料理《りょうり》がおいしそうに見《み》えるのは、料理《りょうり》を作《つく》る人《ひと》の腕《うで》がいいのはもちろんであるが、料理《りょうり》の盛付《もりつ》けに使《つか》われるお皿《さら》やお碗《わん》などの器《うつわ》も重要《じゅうよう》なポイントで、料理《りょうり》を映《は》えさせてくれる[2]陰《かげ》の立たて役《やく》者《しゃ》である。本来《ほんらい》は日本料理《にほんりょうり》に使《つか》われる和《わ》食器《しょっき》であるが、最近《さいきん》では伝統的《でんとうてき》なものとは一線《いっせん》を画《かく》した、モダンでおしゃれなデザインの食器《しょっき》も増《ふ》え、ケーキ皿《ざら》やコーヒーカップとして使《つか》われるなど、日本料理《にほんりょうり》にこだわらず自由《じゆう》な発想《はっそう》でテーブルコーディネイトを楽《たの》しむ人《ひと》が増《ふ》えている。

陶器《とうき》は四《よん》～五世紀《ごせいき》に朝鮮《ちょうせん》からろくろと窯《かま》の技術《ぎじゅつ》が伝《つた》わり、平安時代《へいあんじだい》になると中《ちゅう》国《ごく》から釉薬《ゆうやく》で色《いろ》をつける技術《ぎじゅつ》が伝《つた》わったとされているが、芸術《げいじゅつ》として発展《はってん》したのは安土桃山時代《あづちももやまじだい》である。茶《ちゃ》の湯《ゆ》の流行《りゅうこう》に伴《とも》ない、茶碗《ちゃわん》にも詫《わ》び寂《さ》びを醸《かも》す[3]ようなものが求《もと》められるようになると、多《おお》くの有名作家《ゆうめいさっか》が誕生《たんじょう》した。器《うつわ》と一言《ひとこと》でいっても様々《さまざま》なものがあるが、大《おお》きく「陶《とう》器《き》」と「磁器《じき》」に分《わ》けられる。原料《げんりょう》と焼《や》き方《かた》の違《ちが》いで区別《くべつ》され、粘土《ねんど》を使用《しよう》し、低温《ていおん》で焼《や》き上《あ》げたものが陶器《とうき》、石《いし》の粉《こな》が多《おお》く含《ふく》まれた粘土《ねんど》を使用《しよう》し、高温《こうおん》で焼《や》き上《あ》げたものが磁器《じき》である。陶器《とうき》は柔《やわ》らかい質感《しつかん》と熱《ねつ》を通《とお》しにくいのが特徴《とくちょう》で、素《そ》朴《ぼく》な仕上《しあ》がりのものが多《おお》いのに対《たい》し、磁《じ》器《き》はガラスのような滑《なめ》らかさがあり、絵《え》付《つ》けなどをして豪華《ごうか》な仕上《しあ》がりとなるものが多《おお》い。陶器《とうき》であれば瀬戸焼《せとやき》（愛知県《あいちけん》）、信楽焼《しがらきやき》（滋賀県《しがけん》）、益子焼《ましこやき》（栃木県《とちぎけん》）、磁器《じき》であれば有田焼《ありたやき》（佐賀県《さがけん》）、九谷焼《くたにやき》（石川県《いしかわけん》）などが代表的《だいひょうてき》な窯元《かまもと》として挙《あ》げられる。日本全国《にほんぜんこく》に百五十《ひゃくごじゅう》ほどもあるとされている陶磁器《とうじき》の産地《さんち》は観光地《かんこうち》となっているところも多《おお》く、「焼《や》き物巡《ものめぐ》り」をテーマにした旅行《りょこう》もできる。例《たと》えば小《こ》石原焼《いしわらやき》（福岡県《ふくおかけん》）、唐津焼《からつやき》（佐賀県《さがけん》）、有《あり》田焼《たやき》（佐賀県《さがけん》）、波佐見焼《はさみやき》（長崎県《ながさきけん》）、小《しょう》代焼《だいやき》（熊本県《くまもとけん》）の窯元《かまもと》を巡《めぐ》ると、九州《きゅうしゅう》を半周《はんしゅう》することができる。九州《きゅうしゅう》には有名《ゆうめい》な温泉《おんせん》も多《おお》く、名物《めいぶつ》[4]料理《りょうり》を食《た》べられるという特典付《とくてんつ》きだ。また、各地《かくち》の窯元《かまもと》では、一年《いちねん》に一度《いちど》陶器市《とうきいち》が開《ひら》かれるところも多《おお》く、たくさんの作家《さっか》の作品《さくひん》が一度《いちど》に並《なら》び、しかもお買得《かいどく》[5]価格《かかく》で購入《こうにゅう》できるとあって、毎年多《まいとしおお》くの人《ひと》で賑《にぎ》わう。

見《み》るだけでは物足《ものた》りないという人《ひと》には、世界《せかい》に一《ひと》つだけのオリジナル作品《さくひん》を作《つく》ってみよう。これらの窯元《かまもと》では「陶芸教《とうげいきょう》室《しつ》」を開催《かいさい》しているところも多《おお》く、観光《かんこう》客《きゃく》でも気軽《きがる》に参加《さんか》できる。電動《でんどう》ろくろを使《つか》って作《つく》る「ろくろコース」と、機械《きかい》を使《つか》わずに手《て》だけで作《つく》っていく「手《て》びねりコース」を設《もう》けているところが多《おお》く、ろくろで作《つく》る作品《さくひん》は皿《さら》や茶碗《ちゃわん》など上《うえ》から見《み》て円形《えんけい》の形《かたち》がきれいな作品《さくひん》ができ、手《て》びねりでは形《かたち》に制限《せいげん》がないので自由《じゆう》な発想《はっそう》で作《つく》ることができる。電動《でんどう》ろくろは難《むずか》しそうに思《おも》うが、気《き》を抜《ぬ》かず[6]集中《しゅうちゅう》することを心《こころ》がければ、三十分《さんじゅっぷん》ほどで上手《うま》く形《かたち》が作《つく》れるようになるので、陶芸作家《とうげいさっか》になった気分《きぶん》になってみるのも面白《おもしろ》い。また、もっと手軽《てがる》に体験《たいけん》したい人《ひと》には陶器《とうき》に絵《え》や文字《もじ》を書《か》くだけの「絵付《えつ》け」や、素焼《すや》きの陶器《とうき》に色《いろ》や質感《しつかん》を出《だ》すための釉薬《ゆうやく》をかける「釉掛《くすりがけ》」の体験《たいけん》もある。これらの体験《たいけん》は事前《じぜん》に予約《よやく》が必要《ひつよう》なところもあるので、インターネットなどで調《しら》べてから行《い》くほうがよいだろう。もう一《ひと》つの注意《ちゅうい》点《てん》として、作《つく》った作品《さくひん》を焼《や》いてもらう場《ば》合《あい》、受《う》け取《と》りが一《いっ》か月《げつ》ほど後《あと》になるので、郵送《ゆうそう》などの方法《ほうほう》で受《う》け取《と》ることができるか確認《かくにん》してから体験《たいけん》するようにしよう。

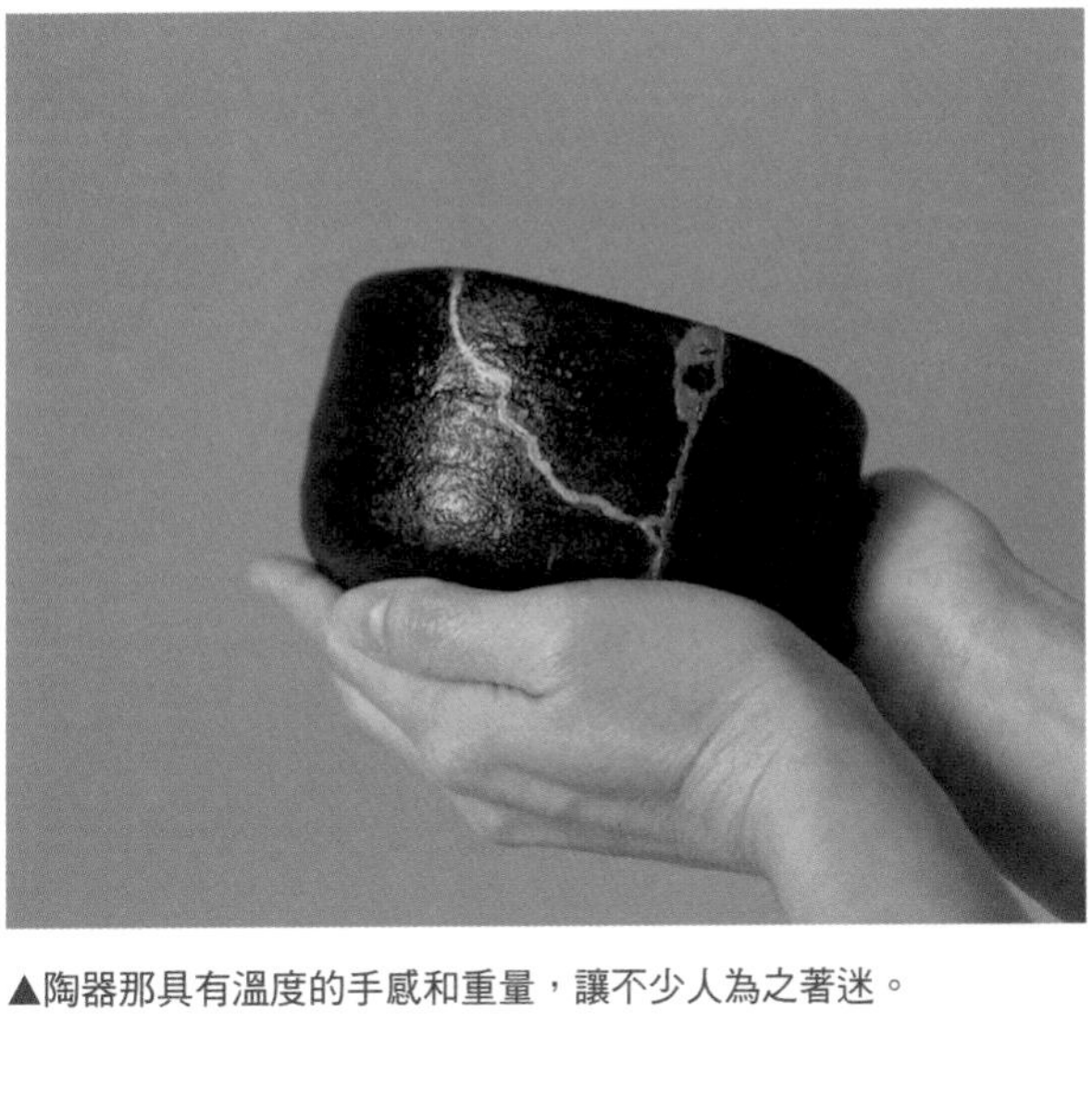

▲陶器那具有溫度的手感和重量，讓不少人為之著迷。

陶芸家《とうげいか》に興味《きょうみ》を持《も》った人《ひと》には、『緋《ひ》が走《はし》る』という漫画《まんが》を読《よん》でみるとよい。山口県《やまぐちけん》の萩《はぎ》を舞台《ぶたい》に、萩焼《はぎやき》の陶芸家《とうげいか》だった父《ちち》の跡《あと》を継《つ》いだ娘《むすめ》が、陶芸《とうげい》の最高傑作《さいこうけっさく》といわれる緋色《ひいろ》の器《うつわ》を作《つく》るために奮闘《ふんとう》するというストーリーで、一九九九年《ねん》にはNHK《エヌエチケー》でドラマ化《か》された。陶芸《とうげい》は奥《おく》が深《ふか》いと言《い》われるが、これを読《よ》めばその意味《いみ》が少《すこ》し分《わ》かるかもしれない。

年齢《ねんれい》や性別《せいべつ》を問《と》わず夫婦《ふうふ》や親子《おやこ》などが一緒《いっしょ》に楽《たの》しめ、ひたすら[7]自然《しぜん》の土《つち》と向《む》かい合《あ》うことで「無《む》」になれるところが陶芸《とうげい》の魅力《みりょく》の一《ひと》つである。店《みせ》で簡単《かんたん》に買《か》うことのできる器《うつわ》ではあるが、いくつもの工程《こうてい》を経《へ》る器作《うつわづく》りを体験《たいし》、その器《うつわ》を使《つか》って食事《しょくじ》をしてみると、土《つち》が生《う》んだ温《ぬく》もりを感《かん》じられ、普段《ふだん》の食事《しょくじ》が何倍《なんばい》もおいしく感《かん》じられることだろう。

張貼在部落格或是 Instagram 上的料理，不管哪個都看起來好好吃，應該有人在肚子餓時後悔看這些照片吧。料理之所以能看起來好吃，不只是製作料理的人有好手藝，盛裝料理的碗盤等容器也相當重要，是襯托出料理的幕後功臣。本來用來盛裝日本料理的和食器，最近與傳統餐具劃出界線，設計摩登、時尚的餐具逐漸增加，拿來當成蛋糕盤、咖啡杯使用等等，不拘泥於日本料理的自由創意，享受餐桌搭配的人也變多了。

陶器是四~五世紀時，轉盤與窯的技術從朝鮮傳入日本，平安時期時，利用釉藥上色的技術從中國傳入日本，但是在安土桃山時代才開始以藝術發展。隨著茶湯流行，也開始追求起茶碗本身可創造出侘寂氛圍的東西，許多知名作家因而誕生。雖然統稱為器皿，但其種類眾多，大致可分為「陶器」與「瓷器」兩大類。以原料和燒造方法不同做區分，使用黏土、低溫燒製的東西為陶器，使用含較多石粉的黏土、高溫燒製的東西為瓷器。陶器的特徵為柔軟的質感與不容易過熱，外表簡樸的成品居多，與之相較，瓷器有著如玻璃般的光滑外表，也較多畫上圖樣、華麗的作品。說到陶器，就會想到瀨戶燒（愛知縣）、信樂燒（滋賀縣）、益子燒（栃木縣）；說到瓷器就會想到有田燒（佐賀縣）、九谷燒（石川縣）等等，以上都是具代表性的窯元。據說日本全國有一百五十處的陶、瓷器產地，現在也有許多地方變成觀光地，可以來一趟以「巡禮窯燒物」為主題的旅行。舉例來說，巡禮小石原燒（福岡縣）、唐津燒（佐賀縣）、有田燒（佐賀縣）、波佐見燒（長崎縣）、小代燒（熊本縣）的窯元，就可以逛半圈九州。九州也有許多知名溫泉，可以品嘗特色料理也是此旅行的特典之一。另外，各地有許多窯元，一年會舉辦一次陶器市集，許多作家的作品一次全部擺出來，而且還能以划算的價格購買，所以每年都有許多人共襄盛舉。

光看還覺得不滿足的人，那就試著創作世界獨一無二的原創作品吧。這些窯元，其中有許多開設「陶藝教室」，觀光客也可以沒有壓力地參加。有許多地方分別設有使用電動轉盤的「轉盤課程」，與不使用機械，只用手捏製的「手捏課程」，利用轉盤製作盤子或茶碗時，可以做出從上方往下看是圓形的漂亮作品，而手捏不受形狀限制，可以自由發揮創意製作。雖然大家會覺得電動轉盤很難，但只要注意別鬆懈，專心致志，三十分鐘左右就能順利做出形狀，所以享受變成陶藝家的感覺也相當有趣。另外，想要更簡單體驗的人，也可以體驗在陶器上作畫、寫字的「上畫」或是在素面的陶器上釉藥創造出顏色或質感的「上釉」。有些地方想要體驗得事前預約，先在網路上查資料後再前往比較好。另外一個注意點，就是請對方郵寄窯燒做好的作品時，要一個月後才能收到，所以請先確認郵寄方式等是否能收到之後再體驗吧。

對陶藝家有興趣的人，可以看『緋色奔馳』這部漫畫。這部作品以山口縣的荻為故事舞台，描述繼承荻燒陶藝家的父親之後的女孩，為了做出被譽為陶藝最高傑作的緋色器皿而奮鬥的故事，NHK於一九九九年翻拍成連續劇。常聽人說陶藝相當深奧，看完這部作品後，或許多少能理解其中意思。

不問年齡、性別，夫妻或親子都能一起同樂，專心致志面對自然的土，就能達到無我的境界也是陶藝的魅力之一。雖然是能輕易在店家購得的器皿，體驗經歷好幾個步驟的器皿製作過程，使用這個器皿進餐時，就能感覺到泥土孕育出的溫暖，會覺得比平常美味上好幾倍吧。

▲捲起袖子動手體驗，成品不僅具有實用性，還相當具有紀念意義。

單字與句型

單字

1. アップする：上傳。アップロードする【英】upload，的簡稱。
2. 映《は》える：①映照。②顯眼、奪目。在此為②的意思。另，將上傳到 Instagram 的照片很時髦時，可說「インスタ映《ば》え」（曬 IG 美照），為 2017 年日本流行語大賞。
3. 醸《かも》す：醞釀。
4. 名物《めいぶつ》：名產。
5. 買《か》い得《どく》：優惠、划算。
6. 気《き》を抜《ぬ》く：舒緩（緊張情緒）。
7. ひたすら：一直、一心。

句型

・～のに対《たい》して：比起～。前續名詞・動詞普通形。
・～とあって：因為～。前續名詞・動詞普通形。

日本傳統趣味玩賞 : Nippon 所藏日語嚴選講座 / 科見日語 , EZ Japan 編輯部著 ; 林于楟譯 . -- 初版 . -- 臺北市 : 日月文化 , 2019.11
面 ; 公分 . -- (Nippon 所藏 ; 11)
ISBN 978-986-248-839-3(平裝)
1. 日語 2. 讀本
803.18 108014277

Nippon 所藏 11

日本傳統趣味玩賞:Nippon所藏日語嚴選講座

作　　者：科見日語、 EZ Japan編輯部
翻　　譯：林于楟
主　　編：蔡明慧 、尹筱嵐
編　　輯：尹筱嵐 、黎虹君 、林高伃
配　　音：今泉江利子、吉岡生信
校　　對：尹筱嵐 、黎虹君、林高伃
整體設計：呂佳欣
插　　畫：張好、呂佳欣、黎虹君
內頁排版：造極彩色印刷製版股份有限公司

發 行 人：洪祺祥
副總經理：洪偉傑
副總編輯：曹仲堯
法律顧問：建大法律事務所
財務顧問：高威會計師事務所

出　　版：日月文化出版股份有限公司
製　　作：EZ叢書館
地　　址：臺北市信義路三段151號8樓
電　　話：(02) 2708-5509
傳　　真：(02) 2708-6157
客服信箱：service@heliopolis.com.tw
網　　址：www.heliopolis.com.tw
郵撥帳號：19716071日月文化出版股份有限公司

總 經 銷：聯合發行股份有限公司
電　　話：(02) 2917-8022
傳　　真：(02) 2915-7212
印　　刷：中原造像股份有限公司
初　　版：2019年11月
定　　價：400元
I S B N：978-986-248-839-3